PASSAGE DU DÉSIR

Du même auteur

Baka !
Sœurs de sang
Travestis
Techno bobo
Strad
(Prix Michel Lebrun – Le Mans 2001)
Vox
(Prix Sang d'encre –Vienne 2000)
Cobra

DOMINIQUE SYLVAIN

PASSAGE
DU DÉSIR

VIVIANE HAMY

Conception graphique, Pierre Dusser

ISBN 2-87858-188-1
ISSN 1251-6961

À Frank

Quand on est môme, pour être quelqu'un il faut être plusieurs.

Émile Ajar

1

Novembre 2002

PARIS, C'EST UNE BLONDE… QUI PLAÎT À TOUT LE MONDE… mais non tu ne me plais pas… tais-toi donc… t'es pas un peu folle… LE NEZ RETROUSSÉ, L'AIR MOQUEUR… Tu nous saoules avec ton nez et tes cheveux…

LES YEUX TOU-JOURS RI-EURS !

Jean-Luc se donna quelques secondes pour reprendre ses esprits éparpillés sur le couvre-lit. La voix de la chanteuse sort de mon radio-réveil, pensa-t-il. Il est quatre heures du matin.

Et Jean-Luc se souvint qu'on était dimanche, celui où il fallait y aller, dents serrées, fesses itou, droit dans le mur. Il éteignit le radio-réveil. Sûr que Noah et Farid étaient venus le piéger. Ils avaient choisi une station abonnée à la nostalgie, réglé le volume à fond. S'ils voulaient lui faire oublier sa peur, c'était raté. Jean-Luc avait mal au ventre.

Il se leva, alla à la salle de bains, s'aspergea le visage d'eau froide et fixa dans la glace un gars au crâne rasé et au bouc brun qui avait l'air décalqué par rapport à celui de la veille. Il avala un antispasmodique, s'habilla et descendit à la cuisine.

Noah et Farid étaient là. Devant un café. Avec la tête de circonstance. Ils riaient intérieurement, ça se voyait.

Noah et Farid, habillés en noir, leurs cheveux noirs, les yeux noirs de Farid, les yeux bleus de Noah, mais à part ça des siamois, des siamois de Méditerranée. Ils grignotaient des biscottes.

– ÇA, C'EST PARIS ! chanta Farid.

– Cha chai Paris, dit Noah la bouche pleine. T'as bien dormi, mon Jean-Luc ?

Farid avait choisi la confiture de myrtilles, sa préférée. Un en-cas avant de se mettre la ceinture toute la journée pour cause de ramadan.

– Tu prétends toujours que Noah et moi, on n'écoute que du rap américain, alors on a voulu te faire plaisir, dit-il en faisant danser ses mains où brillaient trois bagues d'argent.

Farid ne les enlevait jamais. Pendant les braquages, elles étaient planquées sous ses gants. Elles représentaient beaucoup pour lui. Mais quoi ?

– *Yo, man !* Nous ce qu'on aime, c'est faire plaisir, dit Noah.

– Remarque, Mistinguett remixée, c'est l'idée à garder au chaud, ajouta Farid avec un nouveau geste gracieux qui montrait comme il était relax.

Farid était content de ses mains mais il pouvait aussi être content de sa gueule. La belle gueule d'un type de vingt ans qui n'a pas de souci parce que demain n'existe pas. À côté de ces deux-là, Jean-Luc se sentait vieux. Vieux, à vingt-six ans. Il se força à sourire.

Les siamois finirent de manger, Jean-Luc ne put avaler qu'un café et leur trio descendit au garage récupérer les kalachnikovs, les masses et les sacs. Ils montèrent dans le 4 X 4 Mercedes. La porte automatique s'ouvrit sur la BMW garée en retrait de la grille, à son volant Menahem mit le contact immédiatement. Un excellent, le jeune Menahem, il délivrait toujours en temps et en heure. C'est lui qui avait fauché le 4 X 4 et la BM à Asnières. Noah protégeait son frangin. Pas question de le laisser mettre un pied dans le pavillon : il était entendu qu'il ne s'occuperait jamais que de fournir les bagnoles et de faire le chauffeur.

Pendant la traversée de Saint-Denis, Noah alluma la radio. On arriva vite à la situation en Palestine. Des morts dans un attentat suicide. Et Sharon par-ci et Arafat par-là et Ramallah en ruine. Farid changea de station. Farid changeait toujours de station de radio, de chaîne de télé, de sujet de conversation ou d'espace vital quand ça causait sérieux, et Farid n'ouvrait jamais un journal. Même chose pour le rap américain. Farid n'aimait pas le rap français parce que ça obligeait à écouter les paroles, ça obligeait à ouvrir sa tête aux autres. Quant à Noah, tout ce qu'il avait appris en écoutant les rappeurs yankees, c'était ses *Yo, man !* qu'il balançait à tout va.

Jean-Luc prit un deuxième antispasmodique ; il fallait qu'il parle pour oublier que ses intestins dansaient la java ; et puis tout ce qui se passait entre les deux oreilles de Farid Younis l'intéressait. Il ne pouvait pas être que ce type qui claquait son fric en sapes et en CD. Farid était fermé comme une huître. Mais une huître à perle. Jean-Luc réfléchit et demanda :

– T'as un problème avec la réalité, Farid ?

– Aucun. Ma réalité c'est la thune.

– *Yo !* Moi aussi, dit Noah.

– Tu vois, Jean-Luc, mon meilleur pote est un sale Juif et sa réalité aussi c'est la thune.

– T'es le bougnoule de ma vie, dit Noah en chiffonnant les cheveux de Farid.

– Je comprends pas. Vous discutez jamais de ça.

– Y a déjà assez de gens pour en causer, dit Farid.

– Oh ça oui, dit Noah.

– Si j'étais à votre place, ça me ferait mal au bide. Des frères qui s'entretuent. Ça pourrait être vous deux. Chacun dans un camp. Vous y avez pensé ?

Gros silence des siamois. Un silence tranquille de brave-la-peur que rien ne remue. Le 4 X 4 entrait dans Paris et Noah prenait la direction du boulevard Ney, la BM et Menahem toujours dans son sillage.

– C'est un cauchemar en spirale, continua Jean-Luc. Ces gens décidés à s'étriper jusqu'au dernier sur un bout de terre promise depuis si longtemps qu'on ne sait même plus à qui. On ne voit pas comment ça peut s'arrêter.

– *Yo, man !* dit Noah. *Cauchemar en spirale.* De quoi tu parles ?

– Des morts qui s'empilent. De la tension qui monte. C'est ça dont je parle, Noah.

– C'est vrai que ça nous concerne, dit Farid. Et je vais te dire pourquoi, Jean-Luc.

– Vas-y, je t'écoute.

– Je pense que c'est mauvais pour nos affaires. Ils foutent le boxon sur toute la planète. Parce qu'à cause de ça des terroristes terrorisent et les gens, partout, ont peur. Alors, que ce soit ici ou ailleurs, les gens votent à droite. Et du coup, il y a plus de flics partout, surtout à Paris, et ça devient plus dur pour nous de bosser. Tu vois qu'on pense à ça, mon pote le sale Juif et moi. On a bien compris que tout était lié. Hein, Noah ?

– Bien sûr, *man*, répondit Noah en mangeant son envie de rigoler.

– Respect, Farid. Le rapport entre des terroristes qui terrorisent et nous qui braquons, c'est intéressant comme résumé.

– Tu voulais savoir si j'avais un problème avec la réalité, tu sais maintenant. La réalité, je la regarde en face.

Jean-Luc jeta une éponge imaginaire sur l'inconscience des siamois. Une inconscience qu'il leur enviait, maintenant il s'en rendait compte. Peut-être que s'il avait été ou juif ou arabe ou les deux, les siamois auraient été vraiment ses potes ; pareille connivence devait aider à avoir moins peur au moment de foncer dans le mur. Mais la seule chose qu'il savait c'est qu'il était circoncis. Avant de l'abandonner, sa mère avait pris soin de lui faire tailader le prépuce. Allez savoir pourquoi.

Adopté par une famille de Normands, il avait grandi dans une petite ville où les mômes allaient au catéchisme sans moufter. Un jour, il avait expliqué aux siamois de Méditerranée qu'il était un peu comme eux mais en moins précis. Le prépuce envolé ne les avait pas plus intéressés que Ramallah effondrée.

Il avait toujours aussi mal au ventre.

Un Paris désert défilait par la vitre. Même les putes d'Europe de l'Est étaient parties se coucher. L'automne ressemblait de plus en plus à l'hiver. L'envie de sillonner la Méditerranée le travaillait chaque jour davantage. Encore quelques coups et il pourrait acheter le vingt-cinq mètres de ses rêves. Une occasion. Une affaire à un million deux cent mille euros. Le deal se ferait via un broker de Palma de Majorque. On affirme qu'on préfère payer cash et le fric file sur un compte en banque des îles Vierges, un paradis fiscal où les bateaux changent d'immatriculation comme les vents de direction.

Il écouterait de temps en temps de la chanson française pour se souvenir de Paris et peut-être un peu de la Normandie. Après tout, c'était grâce à son enfance normande qu'il était devenu navigateur. Jean-Luc se demanda pourquoi Farid ne parlait jamais de l'Algérie, le pays de ses parents. Les Younis habitaient le quartier Stalingrad et Farid n'y allait jamais parce qu'il était fâché avec son vieux. La sœur aussi était fâchée avec le paternel et le frère avec la sœur. Une sacrée salade au fiel.

On approchait du but. Noah dépassait Saint-Philippe-du-Roule. Jean-Luc lut la banderole fixée au fronton. *Viens à lui, Jésus est là pour t'écouter.* Il aurait mieux valu un truc sexy genre : *Jésus se donne à toi.* Les gens avaient besoin de ça en ce moment, leur trouillomètre était à zéro. Jean-Luc avait entendu parler d'une étude à la radio. Les Français n'étaient pas les derniers à avoir les jetons. Terrorisme, chômage, menace de guerre, marée noire, virus apocalyptiques, vache folle, maïs mutant, sectes cloneuses. Tout leur foutait les foies. Décidément, il n'y avait qu'en mer qu'on était bien. À condition d'éviter les zones à pirates. Tant que je me parle, j'ai moins les pétoches, se disait Jean-Luc. On arrivait, l'affaire de quelques secondes…

Les Champs-Élysées étaient un poil plus habités que les boulevards des maréchaux. Ici une poignée de fêtards sortait de boîte. Par-ci, par-là, quelques anormaux à qui personne ne demandait jamais pourquoi ils avalaient du trottoir au kilomètre par une aube froide avalaient du trottoir au kilomètre. Il y avait des voitures, peu, elles filaient si vite dans l'avenue offerte jusqu'à la place de la Concorde et au-delà. Un Paris fluide…

On était arrivés.

Farid ajusta ses gants. Ses mains ne tremblaient pas. Aux pieds d'un building moderne, une vitrine bien éclairée avec portail électronique, deux employés derrière les guichets. Et, manque de bol, deux clients. Un gars et une fille avec des sacs à dos.

– Qu'est-ce que ces touristes à la con viennent foutre dans un bureau de change à cinq heures du mat ? articula Jean-Luc en enfilant sa cagoule.

– Chercher un peu de cash, comme nous, dit Farid.

Noah ralentit, tout le monde attacha sa ceinture. Farid passa sa cagoule à Noah avant d'enfiler la sienne. Noah fit monter le 4 X 4 sur le trottoir, accéléra.

– PARIS C'EST UNE BLONDE ! brailla-t-il.

– QUI PLAÎT À TOUT LE MONDE ! reprit Farid en rigolant.

Ils s'amusent comme des petits fous, c'est pas croyable, pensa Jean-Luc. Le 4 X 4 percuta la vitrine. Craquement de banquise. Grosses fissures. Soulagé, Jean-Luc se dit : ça vient, on va l'avoir. Noah fit marche arrière. Accélération. Un trou dans la vitrine, ça venait, ça dégringolait. Et pas de sirène, pas de flic. Rien. Un miracle qui recommençait et recommençait.

Le trio quitta la voiture. Kalachnikovs en bandoulière, Farid et Jean-Luc élargirent le trou à la masse pendant que Noah, grimpé sur le toit du 4 X 4, les couvrait. On entendait la fille crier.

Jean-Luc mit les guichetiers en joue, Farid les clients. La fille geignait, elle avait une dégaine de routarde propre. Farid la frappa au visage. Elle tomba à genoux, le nez en sang. Farid colla le canon contre sa tempe. Tétanisé, son mec semblait prêt à partir dans les vapes, pendant ce temps les guichetiers se tenaient immobiles, les mains en l'air. La force de l'habitude. Jean-Luc sortit les sacs de son blouson, les jeta par-dessus le guichet. Farid dit au plus jeune :

– Tu transfères tout ce que ton coffre a dans la panse. Vite.

Le guichetier fit ce que Farid demandait. Jean-Luc pointait le kalach tantôt vers les touristes, tantôt vers l'autre employé toujours immobile. L'argent coulait, coulait. C'est le coup de ma vie, se dit Jean-Luc. La femme se mit à gémir :

– *Please, don't shoot, please…*

– *Shut up !* gueula Farid.

Jean-Luc ne se doutait pas que Farid parlait l'anglais. À force d'écouter tout ce rap, finalement, ça venait.

Quand ils déboulèrent du bureau de change, Menahem arrivait avec la BM, portières entrouvertes. Jean-Luc sauta à l'avant, Farid se coula à l'arrière aux côtés de Noah. Menahem accéléra jusqu'au rond-point des Champs-Élysées et tourna dans l'avenue Matignon.

Un nouveau miracle bien propre, se dit Jean-Luc. À vue de nez, il y en avait pour un bon million d'euros. Au minimum. Noah avait commencé à compter les liasses. Farid souriait dans le vide.

Ça valait le coup de se foutre la trouille. Jean-Luc avait toujours senti qu'avec Farid ce serait la baraka. En prison, il avait mis au point une technique pour découvrir l'intérieur des gens. On pensait très fort à la personne qu'on voulait percer à jour. Tellement qu'on finissait en transe. On voyait comme un voyant. Peu de temps après sa sortie de Fleury, Jean-Luc s'était concentré sur Farid. Sur un fond de ciel fissuré orange, un ciel prêt à crever de colère, il avait vu un ange noir. Des ailes immenses qui flottaient en voiles, ça faisait un bruit doux et inquiétant.

Tant que cette puissance resterait concentrée sur le fric, ça irait. Mais gare si elle se retournait contre quelqu'un. Farid avait les tripes pour tuer.

La routarde américaine n'avait pas compris à qui elle avait affaire. Peut-être parce qu'elle était une femme. Tous les hommes savaient d'instinct qu'il fallait respecter Farid pour que le ciel gonflé de colère ne se fende pas en deux et ne coule pas sur le monde.

– Les mecs, grosso modo, on a raflé un million cinq cent mille euros, dit Noah d'une voix blanche. Et même un petit paquet de dollars. Et des yens.

Menahem osa un petit sifflement. Farid remettait les billets dans les sacs sans se presser. Mais pour Jean-Luc, il avait l'air de faire des calculs.

– Tu me déposes passage du Désir, dit Farid à Menahem en fermant un sac. Je rentrerai à Saint-Denis en métro.

– Qu'est-ce que tu fais, Farid ? demanda Jean-Luc.

– Je prends ma part.

– *Man*, c'est louf de se balader avec toute cette thune ! dit Noah.

Jean-Luc essayait de lire Farid mais celui-ci évitait son regard.

– Pour ta frangine ?

– Non, c'est pas pour Khadidja. C'est pour Vanessa.

– La copine de ta sœur ?

– Exact. Je vais lui donner ma part.

– Pardon ?

– Tu m'as bien entendu.

– Pourquoi donner tout ce fric à cette fille ? Elle est même pas de ta famille.

– Jean-Luc, qui te dit que Vanessa est pas de ma famille ?

La voix n'avait rien de sévère mais les yeux de Farid étaient maintenant plantés dans les siens. Les ailes de l'ange froufroutent, se dit Jean-Luc. Il pesa ses mots :

– C'était juste par curiosité. Et puis, il faut peut-être penser à l'avenir maintenant qu'on a réussi ce coup magnifique…

– Avec mon fric, je fais ce que je veux.

– J'ai jamais dit le contraire. On fait tous ce qu'on veut. Encore heureux avec le mal qu'on se donne. Mais prends quand même le temps de réfléchir.

Menahem arrêta la BM rue du Faubourg-Saint-Denis. Farid sortit sans un mot, s'éloigna sous la pluie en direction du passage du Désir. Jean-Luc laissa Menahem rouler un peu avant de reprendre la conversation, quelques phrases innocentes en amuse-gueule. Il connaissait Noah, savait qu'il finissait toujours par parler, surtout avec Farid hors champ. Pour Noah, Jean-Luc ne s'était pas fatigué à entrer en transe. Ça ne valait pas le coup. Qu'est-ce qu'il aurait pu voir ? L'aide de camp d'un ange, le poisson pilote d'un requin, ou tiens ! une belette copine avec un chacal. Noah avait un côté attachant et on se demandait bien pourquoi.

Jean-Luc et lui s'étaient rencontrés en tôle et Noah avait été content de trouver un gros gabarit qui le protège des cinglés et des pèdes. À la sortie, Noah avait retrouvé Farid, et son amitié pour Jean-Luc s'était rétrécie. Mais Jean-Luc n'en avait pas fait une maladie. Farid et Noah faisaient équipe avec lui pour son pavillon, une bonne planque à ne pas laisser passer. Les siamois habitaient dans une cité où tournaient trop de profiteurs et trop de flics. Pour autant, Jean-Luc se disait que Farid était apprivoisable. À condition de bien le saisir. En relief et en détail.

– Tu comprends, toi, qu'un mec file du fric à une fille qui veut plus de lui ?

– Il prouve qu'il la respecte, répondit Noah.

– Ça fait cher le kilo de respect, je trouve.

Menahem eut un gloussement.

– *Yo !* T'es là pour conduire, Menahem. Tu te mêles pas du reste ! dit Noah. (Et, s'adressant à Jean-Luc :) Farid donne tout. Il montre qu'il est pas un petit comptable de mes deux. Qu'il est classe. C'est ça, cherche pas, *man*. Et si y veut que Vanessa revienne, c'est pas un plan trop zarbi.

– Pourquoi il a besoin d'amadouer cette fille ? Avec la gueule qu'il a. Toi ou moi je comprendrais, mais Farid ?

– Farid se contente pas de peu.

– Elle est si belle que ça ?

– Je sais pas, *man*.

– Toi, son meilleur pote, tu sais pas ?

– Non.

– Noah, allez !

– Sur ma vie, sa meuf, je l'ai jamais vue !

– Il a quand même pas peur que tu lui piques !

– Farid, c'est comme Menahem, c'est mon frère, je lui dis tout, il me dit tout mais Vanessa il m'en parle pas. Et j'ai le respect. J'admets. Le jour où Farid parlera de Vanessa, j'écouterai. Mais pour le moment, je contrôle ma gueule.

C'est mon frère. Il y avait des nuages violacés droit devant eux sur un fond plus gris plombé que noir de nuit. Paris se réveillait lentement et on avait l'impression que ça lui faisait mal. La pluie avait déjà cessé mais la trêve n'allait pas durer, ça menaçait. Il faisait froid, les ultimes traces de l'été indien se barraient en couilles. Menahem conduisait coulant, les trottoirs étaient luisants de flotte, les rues vides de gens, vides de flics, ils seraient à Saint-Denis en un rien de temps.

Mon frère.

Jean-Luc admit que mieux comprendre Farid ne lui suffisait pas. En fait, il avait toujours voulu que Farid s'intéresse à lui. Que Farid l'appelle mon frère avec cet accent qui lui venait quelquefois. Cet accent qui était tout ce qui lui restait d'un pays dont il n'avait visiblement rien à foutre. Mon frère. Mon circoncis de Normandie. *Yo ! Man !*

2

La résurrection est affaire de volonté. C'est ce qu'expliquait ce matin-là le corps de Maxime Duchamp aux mains expertes d'Ingrid Diesel. Elle avait si souvent rêvé ce moment. Avant de découvrir son corps pour de bon, elle l'avait imaginé, guère grand mais si bien fait, puissance du torse, dessin parfait des épaules et des biceps, fessiers de rêve, jolies jambes, jolies terminaisons, et elle ne s'était pas trompée. Mais les stigmates de sa chair, elle ne les avait pas prévus. *How could you imagine the kiss of death ?* Le dos nu de Maxime et une partie de son flanc droit portaient des boursouflures, des coutu-rages qui racontaient que la mort l'avait un jour serré de près et qu'elle avait aimé ça.

Maxime venait de commencer l'histoire de sa voix calme, c'était un souvenir du 28 février 1991. L'avant-dernier jour de la guerre du Golfe. Et le dernier jour de sa carrière de photo reporter. Ingrid, bien sûr, voulait en savoir plus, mais Maxime prenait son temps. Ses yeux étaient clos, sa respiration paisible, son corps relâché, il semblait écouter la pluie, qui avait hésité longtemps mais qui maintenant n'hésitait plus. On l'entendait ruisseler sur la baie vitrée de l'atelier, crépiter sur le trottoir du passage. On est au chaud chez moi, pensait Ingrid, l'averse se déploie, seul son parfum perce par les interstices, un parfum chargé de l'odeur des feuilles mortes. Ah oui, on est bien. L'unique différence c'est que Maxime pense en français et moi en anglais mais là, tout de suite, nos pensées voyagent ensemble. *We are safe at home even if the fragrance of rain plays with our minds...*

– Bon, retourne-toi, Maxime.

Il obéit et ouvrit les yeux, ces yeux qui hésitaient entre le vert et le bleu, et lui sourit. Il y avait de quoi palabrer pendant des siècles à propos de ce visage. Ce visage facilement troublé, étonné, rieur, pensif mais obstiné aussi. Cet émouvant visage quelque peu abîmé, porté par un cou large, encadré par une chevelure très courte à la calvitie naissante. La première fois, Ingrid avait pensé à celui d'un marin, un petit timonier qui aurait pointé la barre successivement vers les quatre points cardinaux sans en oublier aucun et aurait tout vu, tout encaissé, emmagasiné, jusqu'à porter l'empreinte du monde, concentrée là entre front et menton. Elle n'était pas trop loin du compte. À défaut de navires marchands ou de bateaux de pêche, il y avait eu des porte-avions.

– Ils ont menti, Ingrid, tu sais.

– Comment ça ?

– Ce n'était pas une guerre propre. Ça n'avait rien de chirurgical. C'était dégueulasse. Il y avait du sang, des chairs calcinées, des cris de trouille, des larmes. Et moi, je photographiais tout ça.

– Jusqu'au 28 février.

– Tout juste. Mais si j'ai raccroché ce jour-là, ce n'est pas parce que je venais d'être blessé.

– *No ? Why then ?*

– Je photographiais un convoi, sur une autoroute, quand il a été bombardé. On était dans la jeep de presse. Le chauffeur a été tué sur le coup. J'ai pris des éclats dans le dos. Jimmy, le collègue de *Newsweek,* s'en est sorti avec quelques égratignures et je suis sûr qu'il se demandera toute sa vie pourquoi. On a été évacués. Je m'y vois encore dans cet hélico. Incapable de bouger, le dos en charpie. En face, un marine de vingt ans, blessé, qui pleurait. Et son meilleur copain. Mort, allongé dans un bodybag. Son blindé avait été détruit accidentellement par un missile américain. Entre eux, un autre soldat au visage couvert d'un bandage souillé de sang. Et moi, je ne pouvais pas m'empêcher de penser que ça ferait une photo fantastique, que j'étais dans l'impossibilité de la shooter et que Jimmy la ferait à ma place. On pouvait mettre ça sur le compte des analgésiques qui me plongeaient dans un vague coaltar. On pouvait.

– Et ce n'était pas ça.

– Non. Plus tard, j'ai analysé la situation à froid et je me suis dit qu'il fallait que j'arrête avant de devenir complètement insensible. Ou cinglé. Dans le milieu, beaucoup ont été surpris de me voir décrocher. Jimmy a obtenu le *World Press* pour cette photo et j'ai été content pour lui.

Ingrid travaillait les bras de Maxime. Elle le sentait toujours à l'aise mais un peu plus tendu. Ils avaient cessé d'écouter la pluie en duo, c'était manifeste. Au moment où elle pensait avoir rompu le charme, Maxime reprit :

– Quelle poigne ! Je n'imaginais pas le massage balinais comme ça.

– Comme ça quoi ?
– Comme ça musclé. Ça fait du mal, ça fait du bien.
– Si c'est mou, ça sert à rien.
– Mais je ne me plains pas. Continue !

Ingrid Diesel ne courait pas après le client. Masseuse professionnelle certes, mais non déclarée, basée discrètement passage du Désir dans le 10e arrondissement, sans plaque de cuivre indiquant son activité bien sûr, le bouche-à-oreille suffisait, elle se réservait le droit de choisir ses chalands. Rien que des gens à la peau engageante, et des sympathiques. En la matière, Maxime Duchamp n'était pas en reste. Simplement, Ingrid aurait voulu que cette sympathie prenne une autre tournure. Qu'elle grandisse et fleurisse dans leurs cœurs au point qu'ils n'aient plus qu'une seule solution : tomber dans les bras l'un de l'autre. Mais ça n'en prenait pas le chemin. Aucun point cardinal ne menait dans les bras du petit timonier.

Dans la vie de Maxime, il y avait une figure de proue. Ultraféminine, pleine de cheveux, bien faite avec son petit derrière tout rond, Khadidja Younis savait se faire désirer avec une science que les Françaises semblaient avoir inventée.

Les Françaises. Elles parlaient égalité des sexes quand ça les arrangeait mais savaient vite déballer la séduction en cas d'urgence. Même leurs voix changeaient dans ces moments-là. Elles parlaient doux et elles allaient même jusqu'à se taire, assez souvent, laissant le mâle croire qu'il menait la barque en même temps que la conversation. On avait alors l'impression que l'Histoire s'enroulait en sens inverse à la manière d'une vieille moquette, la sensation que les féministes n'avaient jamais brûlé leurs soutiens-gorge en symbole de libération. Qu'on avait toutes eu une illusion d'optique et que les ardentes batailleuses du *women power* n'avaient été qu'un club de charmantes ladies aspirant à s'échanger la recette du cake au citron entre deux tasses de thé. Qu'aucune d'elles n'avait jamais dit : les hommes sont de Mars, les femmes de Vénus. Jamais.

Les filles comme Khadidja étaient de Paris. Elles portaient des soutiens-gorge à balconnets et les hommes s'empressaient de retenir les portes pour qu'elles n'y heurtent pas leurs jolis minois, se précipitaient pour allumer leurs cigarettes, leur acheter des fleurs, leur faire des compliments qu'elles poinçonneraient d'un battement de faux cils. C'était comme le massage balinais. Ça allait faire mal, ça faisait déjà du bien.

Ingrid songea à son propre physique. À ses gènes. Russes par sa mère, irlandais par son père, une combinaison qui avait vu le jour à Brooklyn en 1972. La meilleure définition pour un tel physique était « hors normes ». Grande (quelques bons centimètres de plus que Maxime), musclée, pas une once de gras, le cheveu très blond et porté ras, le teint aussi blanc que possible, l'œil amande et glacier, la pommette saillante, la bouche débordante, les dents fortes, un cou de girafe et pour couronner le tout et renforcer le travail de mère Nature, un magnifique tatouage dorsal qui englobait les deux épaules et une partie de la fesse droite. Rien à voir avec le baiser de la mort, cette fois. Il représentait une femme se penchant au bord d'un étang cerné d'iris où nageaient des carpes dont l'une était folâtre.

Magnifique sur le plan esthétique – c'était un authentique *bonji* réalisé par un maître japonais de Kamakura – mais peut-être pas sur le plan érotique. Du moins pour Maxime Duchamp. Ingrid en mettait sa main aux ongles très courts à couper, rien à voir avec les griffes de Khadidja toujours laquées, toujours ornées de bagues dorées, et qui ne semblaient pas la gêner pour faire la serveuse aux *Belles de jour comme de nuit*, le restaurant du passage Brady. La deuxième vie de Maxime Duchamp. Ingrid savait déjà tout de la convalescence dans le

Quercy, auprès de la famille. Un retour aux sources qui avait fonctionné comme un déclic. Maxime y avait retrouvé sa grand-mère, patronne de la seule auberge du village, à quelques kilomètres de Castelsarrasin. Il avait passé des heures à l'aider en cuisine comme quand il était gamin. Et les gestes étaient revenus. Et la résurrection s'était imposée, claire et nette tels un tablier blanc amidonné et sa toque assortie.

Ingrid posa une nouvelle question dans un registre très différent mais tout aussi intéressant. Ce matin, Maxime était en verve. Il fallait en profiter.

– Tu n'as jamais été marié ?

Comme elle s'y attendait, il ouvrit grand ses yeux changeants et la considéra, l'air surpris.

– Je suis indiscrète, excuse-moi. En Amérique, on est comme ça. Des inconnus prennent l'autobus, cinq minutes plus tard ils en sont à détailler leurs mariages, leurs divorces, leurs maladies. Mais ça n'engage à rien... Et, en plus, toi et moi, on n'est plus des étrangers et...

– Ce n'est pas un secret. Oui, j'ai été marié. Une fois.

– Divorcé, alors ?

– Veuf. Rinko est morte.

– Rinko ?

– Elle était japonaise. On s'était rencontrés pendant la guerre des Malouines. Elle était venue se documenter à Buenos Aires pour un scénario.

– Cinéaste ?

– Non, dessinatrice de mangas.

Au bout d'un moment, il fallut bien l'admettre, le massage balinais toucha à sa fin. Ingrid l'annonça à Maxime. Il la remercia d'une fraternelle tape sur l'épaule, se rhabilla, récupéra son sac de sport. Il refusa le café qu'elle lui proposait. Il devait rentrer aux *Belles* aider Chloé et Khadidja à réceptionner les livraisons. Ils s'embrassèrent chastement sur les deux joues et Ingrid regarda Maxime ouvrir son parapluie sous le déluge noyant le passage du

Désir. Il se tourna vers elle, comprit qu'elle restait sur sa faim et lui dit en parlant fort parce que la pluie ricochait violemment sur la toile noire :

– Rinko a été assassinée.

– *What !*

– Elle l'a laissé entrer dans son atelier. Enfin, c'était aussi notre appartement, rue des Deux-Gares. On ne l'a jamais pris. C'était il y a douze ans.

– *I'm so sorry, man ! So dumb sometimes...*

– Il n'y a pas de mal, Ingrid. Ce n'était pas non plus un secret. Les cendres de Rinko sont chez moi. Un jour, Khadidja m'a demandé de quoi il s'agissait. Je lui ai dit.

Ingrid aurait voulu aller plus loin. Demander si Khadidja avait montré de la compassion. Ingrid aurait voulu savoir si Khadidja avait cessé deux secondes de s'intéresser à son look, celui qu'elle soignait de castings en auditions, pour prendre le visage de Maxime entre ses mains et lui dire à quel point... C'est exactement ce que j'ai envie de faire là maintenant tout de suite, se dit Ingrid, et je ne peux pas. Je peux malaxer le corps de Maxime Duchamp de la racine des cheveux à la pointe des orteils mais je ne peux pas prendre son visage entre mes mains et je ne peux pas poser ma bouche sur la sienne et lui offrir un baiser. *Fuck !*

Ingrid se contenta de répondre à son signe de la main. Elle le regarda s'éloigner vers la rue du Faubourg-Saint-Denis et le passage Brady. À deux pas d'ici. À des années-lumière en réalité. Elle avait voulu des révélations, elle en avait.

Ingrid se fit du café, mit de la musique et s'installa sur le canapé rose de l'entrée, sa salle d'attente. Maxime était son unique client de la matinée. Elle écouta un peu *The Future Sound of London*, de la techno planante qui allait bien avec la pluie et avec le seau de mélancolie qui venait de lui tomber sur la tête. Mais une fois son café bu, elle se releva avec énergie et alla s'asseoir derrière son ordinateur. Elle allait envoyer un e-mail à Steve pour lui raconter sa discussion avec Maxime. Steve, qui savait remonter le moral. Il avait le don d'empathie, faisait sentir qu'on n'était pas seul avec ses petits soucis. Après la chute des Twin Towers, Ingrid s'était sentie particulièrement angoissée. Ses échanges avec son compatriote de Miami lui avaient permis de tenir le coup.

Il y avait deux ans qu'Ingrid avait posé sa valise en France. Elle, la bourlingueuse américaine, qui avait appris à masser balinais à Bali, thaï à Bangkok, shiatsu à Tokyo, elle qui avait des contacts partout de Sydney à Solo, de Koh Samui à Hongkong, de Luang Prabang à Manille, de Vancouver à New York, cette bourlingueuse-là avait ouvert une parenthèse pour se poser à Paris. Où elle n'avait pas d'amis mais des connaissances, pas d'amour mais des espérances. Ses copains dispersés, elle leur parlait par e-mail via son ordinateur qu'elle n'éteignait presque jamais.

Paris, une cité bien trop belle pour qu'une voyageuse en fasse le tour en quelques mois. Un lieu où la douceur de vivre n'était pas un cliché malgré ce que pouvaient bien en dire les locaux, des râleurs de grand talent qui ignoraient pour la plupart leur chance d'habiter l'une des plus belles villes de la planète.

Et ce hasard qui avait voulu qu'elle s'installe passage du Désir. Steve avait trouvé ça génial. Ce qui l'était moins, c'est que Khadidja vivait dans le même immeuble. Ironie du sort. « Au-dessus de toi, il y a le corps de l'autre, cette rivale qui marche sur ta tête et piétine ton cœur. Cette situation est plutôt perverse », avait écrit Steve. Il avait souvent les mots « pervers » et « perversité » aux lèvres ou sur le bout du clavier mais peu importait, c'était aussi un garçon intelligent et drôle.

Khadidja partageait son appartement avec ses copines Chloé et Vanessa. Chloé la boulotte, l'autre serveuse de Maxime. Vanessa, la blonde au visage grave, employée dans un centre d'accueil pour les gamins des rues. Ingrid aurait préféré être la seule dans l'entourage de Maxime à habiter passage du Désir. Une si jolie métaphore. À la fois poétique et directe. Mais bon, c'était ainsi, les métaphores ne nous appartiennent pas plus que le reste.

Après son message à Steve, Ingrid irait arpenter Paris. Marcher lui faisait toujours un bien fou. Marcher pendant des heures même sous la pluie, même dans le froid qui gagnait chaque jour du terrain. En ce moment, si souvent, les trottoirs avaient ce gris-noir du macadam mouillé, cette sombre tonalité pailletée de minuscules brillances de quartz. Et dans certains quartiers, aux abords des parcs et des avenues boisées, les feuilles mortes ornaient encore l'anthracite des rues de mille taches d'or. Entre toutes, Ingrid préférait la délicate géométrie des feuilles d'érable, cette façon qu'elles avaient de se répandre en harmonie comme sous l'empire d'une théorie du chaos, un magnifique désordre organisé. Et puis il y avait ce ciel énervé qui emportait d'un seul coup tous ses nuages de plomb pour dévoiler une déchirure bleue. De grises, les façades devenaient blondes, libérée d'une bonne partie de sa population montée sur roues la ville chantait de douceur.

Paris se dégustait si bien les dimanches.

3

Le corps de l'autre au-dessus du sien. Les mains de l'autre sur sa gorge. Aucune chance. Trop de force. Une bête hurlait en elle. Une bête suante de trouille. Jamais cru que je voulais vivre autant que ça ! Si j'avais su que je voulais…

Sa tête était tournée vers l'étagère.

Il y avait ce livre.

Elle ne voyait plus que ce livre…

Hans Christian Andersen… ces heures à écouter… ma mère le racont…

Un éclair et la dernière phrase du conte, revenue du pays de l'enfance.

Tout le monde ignora… les belles choses qu'elle avait vues, et au milieu de quelle splendeur… elle était entrée avec sa vieille grand-mère dans… la…

Chloé Gardel et Khadidja Younis regagnèrent leur domicile du passage du Désir vers seize heures. Habituellement Khadidja s'attardait chez Maxime après le service, surtout les dimanches. Mais cette fois-là, elle avait un casting qu'elle ne voulait pas rater, comptait se pomponner et filer tenter sa chance. À peine arrivée, Khadidja alla prendre sa douche, ce qui fit que Chloé Gardel découvrit le corps la première. Chloé s'apprêtait à s'isoler pour jouer enfin du violoncelle lorsqu'elle s'aperçut que la porte de la chambre de Vanessa était entrebâillée.

La jeune fille était allongée sur son lit, en pyjama. Chloé crut que son amie flemmardait, rêvassait les yeux grands ouverts, tête tournée vers les livres et les peluches qui encombraient ses étagères. Chloé s'approcha et se sentit aspirée par le regard fixe de Vanessa. Elle remarqua les traces rouges sur le cou très blanc et se rendit compte que ses chaussettes étaient mouillées. Elle pataugeait dans une flaque de sang. L'idée que le meurtrier pouvait être encore dans l'appartement ne lui vint pas à l'esprit. Son cerveau déconnecta le temps qu'elle imagine son œsophage transformé en un volcan tiède et elle se mit à vomir.

Ce fut la masse inhabituelle, s'inscrivant à l'extrême gauche de son champ de vision qui finit par la ramener à la réalité. Elle tourna la tête et vit sur le fauteuil jaune un gros sac noir à fermeture éclair.

Pendant ce temps, Khadidja Younis, vêtue d'un bonnet en plastique et d'un peignoir, se demandait pourquoi l'aspirateur prenait un bain dans sa baignoire. Avec une tonne de produit moussant. Elle vit bientôt Chloé Gardel ouvrir la porte de la salle de bains. Livide et hébétée, elle tenait dans ses bras un sac ouvert sur des liasses de billets qui se déversèrent en une vague qui semblait sans limites. Malgré le visage de son amie, Khadidja ne put s'empêcher de sourire. Elle n'avait jamais vu autant d'argent de toute sa vie.

4

Le lieutenant Jérôme Barthélemy exécrait son nouveau patron, le commissaire Jean-Pascal Grousset. Il détestait tout du bonhomme, jusqu'à son prénom. Barthélemy avait toujours trouvé saugrenus les doubles prénoms, surtout les Jean quelque chose. Le premier gâtait toujours le deuxième et vice versa. Officiellement, les collègues désignaient le commissaire par JPG, officieusement la plupart y allaient du Nain de jardin. Bas du cul autant que des idées, Grousset était doté d'un collier de barbe entretenu avec passion, d'une chevelure poivre et sel à la longueur réglementaire, d'une pipe et d'une haleine de pipe. Il se la collait dans le bec quand il se trouvait à court d'arguments.

Pour l'instant le Nain de jardin faisait répéter pour la deuxième fois son histoire à la jolie beurette qui leur avait téléphoné puis ouvert la porte. Une fille qui n'avait pas l'air stupide mais à qui Grousset s'adressait comme à une demeurée.

– Vous réceptionnez les livraisons au restaurant, faites le service, rentrez chez vous. Vous allez prendre une douche. Sans vous préoccuper de savoir où était votre amie. Expliquez encore un peu pour voir.

– J'avais un casting.

– Où ça ?

– À M6.

– Au bout du compte, vous êtes serveuse ou comédienne ?

Khadidja Younis connaissait le Nain de jardin depuis vingt minutes et avait déjà tout compris. Elle ne répondait plus que par bribes pendant que sa copine, complètement sonnée, les chaussettes en sang, était assise sur une chaise de cuisine et redessinait pour la quarante-douzième fois une arabesque sur toile cirée, d'un doigt tremblant. Cette fille avait besoin qu'on l'emmène aux urgences psychiatrie mais le Nain de jardin préférait travailler sa colocataire au corps. Pas étonnant, elle était gironde. Et les belles filles sûres d'elles escagassaient Grousset. Ça n'avait rien de sexuel, c'était nerveux.

– C'est comme votre copine, elle est artiste aussi ? Musicienne ?

– Étudiante au conservatoire. Et serveuse. Aux *Belles*.

– Comme vous.

– Comme moi.

– Et à l'heure où votre amie se faisait tuer, elle était au restaurant à trois cents mètres de là, et attendait les livraisons, comme vous.

– Comme moi.

– Et aucune de vous n'a bougé de là ?

– Pour la troisième fois, non. Personne n'a fait l'aller retour pour assassiner Vanessa. Pas plus qu'on n'a fait le coup à deux. Parce que c'est à ça que vous pensez, je me trompe ?

– Répondre à une question par une question, ça ne prend pas avec moi.

Dégoûté, Jérôme Barthélemy alla voir les gars de l'IJ. Ils travaillaient en silence, celui toujours plus lourd qu'ils accordaient aux très jeunes victimes.

Elle n'avait pas vingt ans. Elle les aurait eus en février. Couchée sur le dos, ses longs cheveux blonds en corolle embroussaillée, arcs purs des sourcils, yeux clairs en amande, visage de porcelaine, elle donnait l'impression de se reposer. Le problème c'est qu'elle n'avait plus de pieds. Le photographe tournait autour du corps, obligé à des contorsions compliquées dans la chambre exiguë. Le flash crépitait à intervalles réguliers. Philippe Damien attendait patiemment qu'il ait fini ses photos.

Les marbrures sur le cou disaient qu'elle avait été étranglée mais, contrairement aux cas de strangulation dont se souvenait Barthélemy, les traits étaient intacts. Pas de congestion faciale, aucune trace de cyanose, pas de traces d'infiltration de sang. Vanessa Ringer avait été jolie, elle l'était encore.

– Le visage est indemne, dit-il à Damien.

– Oui, la mort a été rapide. Une pression continue des doigts sur les carotides de quinze à trente secondes suffit. La strangulation manuelle, plus que la ligature, est susceptible de provoquer l'arrêt cardiaque. L'impact des doigts sur les artères est plus précis. Et ces traces de griffures sur le cou, c'est elle. Pour tenter de se dégager.

– Ce qui veut dire que son tueur était costaud.

– Plus qu'elle en tout cas.

– Et qu'il lui a coupé les pieds *après* l'avoir tuée.

– Exact. À première vue, il l'a mutilée avec un outil puissant.

– Du genre tronçonneuse ?

– Plutôt un hachoir de boucherie. Les entailles sont nettes et il a même emprunté une planche à découper à la cuisine. Celle que tu vois là. En revanche, le hachoir, il l'a emporté avec les pieds.

– Pas d'agression sexuelle.

– Un crime tout froid, tout net.
– Minutieux.
– Jusque dans les moindres détails, Jérôme. Tu as vu l'aspirateur noyé dans la baignoire ?
– J'ai vu.
– M'est avis que je ne trouverai pas beaucoup d'ADN. Ni dans la chambre, ni dans le filtre de l'aspirateur.
– Lucide comme analyse.
– Pourvu que ce ne soit pas un serial…
Des cris interrompirent le technicien. Khadidja Younis gueulait après le Nain. Barthélemy et Damien échangèrent un sourire fatigué.
– Je n'aurais jamais imaginé que la patronne me manquerait autant, dit Barthélemy, je ne peux plus supporter ce mec.
Damien haussa les épaules d'un air compatissant et murmura :
– Il ne fera peut-être pas long feu. En attendant, bon courage, mon gars, surtout si c'est un tueur en série.
Khadidja Younis était agenouillée à côté de sa copine. La petite grosse, dos au mur, les jambes qui ruaient, avait les yeux hagards et sa bouche happait l'air comme si elle n'en trouvait pas assez dans la cuisine. Comme si elle voulait se dissoudre dans le mur. Le Nain de jardin venait de sortir sa pipe histoire de se donner une contenance, il regardait les deux filles d'un air offusqué.
– Je vous dis qu'il faut appeler son psy ! Il habite à côté, rue du Faubourg-Saint-Denis, docteur Antoine Léger, c'est quand même pas compliqué, merde !
– Surveillez votre langage, mademoiselle.
– Mais vous voyez bien qu'elle a une crise d'angoisse ! Je voudrais vous y voir.
– C'est un luxe qu'on ne peut pas se payer dans la police, les petites angoisses, mademoiselle. Et pourtant avec tout ce qu'on voit et ce qu'on entend ! Et puis moi ça m'intéresse de savoir pourquoi votre copine pique sa

crise et pourquoi vous êtes si agressive. Il y a quelque chose que vous gardez en magasin et il va falloir le cracher dans le bassinet, croyez-moi !

Au secours, pensa Jérôme Barthélemy, et il alla fouiller l'armoire à pharmacie. De retour dans la cuisine, la situation n'avait pas évolué d'un iota. La rondelette Chloé pétait un plomb sévère et la beurette Khadidja tenait tête au Nain tout en cajolant énergiquement sa copine à la façon d'une pietà qui aurait enfanté un très gros Jésus. Barthélemy posa la boîte de Lexomil sur la table en faisant un signe discret à Khadidja.

– Elle ne va rien vous dire dans l'état où elle est. Et moi non plus, pardi !

– Oh, mais j'ai tout mon temps. J'ai du tabac à pipe pour la journée. Il ne me faut rien d'autre.

– Vous êtes vrai ou je cauchemarde ?

Enfer et damnation. Lola Jost, c'est à cause de toi, tout ça ! Pourquoi est-ce que tu t'es tirée, hein, la patronne ? Pourquoi ?

– Barthélemy !

– Patron ?

– Allez interroger les voisins et prenez Vernier avec vous. Ce môme a besoin de goûter au terrain.

Barthélemy n'attendit pas que son patron change d'avis. Il embarqua le bleu, le colla dans les pattes d'un *uniforme* débrouillard, et intima l'ordre à leur duo d'interroger tous les habitants de l'immeuble. Puis il partit à la recherche d'Antoine Léger, psy, rue du Faubourg-Saint-Denis. À deux pas d'ici. Pas compliqué. Sauf qu'on était dimanche.

En marchant, il imagina la tête qu'aurait cet Antoine-là. À force de collectionner les témoignages des uns et des autres, il avait développé une petite théorie sur les prénoms : s'il n'est pas rare que les gens ressemblent à leurs chiens, il n'est pas rare que les gens ressemblent à leurs prénoms. C'était plus net pour certains, les Antoine notamment. L'Antoine est fréquemment un être blond, bouclé, à l'expression presque naïve, avec pour conséquence qu'il a souvent l'air jeune même quand il est vieux.

Le lieutenant Barthélemy repéra facilement la plaque en cuivre. Le psychiatre était aussi psychanalyste.

Deux étages plus haut : bingo. Le docteur avait les cheveux blonds et bouclés, sa bonne tête gardait des traces d'enfance. L'appartement devait aussi faire office de cabinet, c'était tout beige et bleu clair là-dedans, pour ne pas énerver le patient. Sûrement.

– Monsieur ? dit le docteur Léger d'une belle voix grave.

– Il y a urgence, docteur. Une de vos patientes. Chloé Gardel. Crise d'angoisse. Ça va mal. Sa colocataire, Vanessa…

– Vanessa Ringer ?

– Elle s'est fait assassiner.

Trouble parcimonieux dans le regard bleu, un bleu plus soutenu que celui du décor mais à part ça, rien d'autre ; le toubib avait l'habitude des crises, bien sûr.

– Et vous êtes…

– Lieutenant Jérôme Barthélemy, commissariat du 10e.

Le psy hocha la tête et plissa les yeux comme si l'officier venait de mettre le doigt sur un magnifique souvenir refoulé.

– Bon, docteur, je vous laisse terminer ce que vous êtes en train de faire mais activez un peu parce que dans quelques minutes mon patron va embarquer la pauvre gamine au poste.

Il s'apprêtait à tourner les talons lorsqu'il vit un dalmatien. La bête, splendide, avait de grands yeux noirs. À première vue, l'animal ne ressemblait pas à son propriétaire. Quoique. Il vous fixait sans rien dire et sans s'énerver. Alors qu'il aurait pu se permettre un jappement, un grognement, un reniflement de vos semelles, une danse dans vos pantalons.

– Nous arrivons, dit Léger.

– Nous ?

– Oui, Sigmund et moi. Mon chien n'aime pas rester seul à la maison.

– Comme vous voudrez, mais vous le laisserez sur le palier. À cause du sang, parce qu'il y en a pas mal. Et des relevés d'ADN. Vous comprenez ?

– Oui, je suis au courant, lieutenant.

En sortant de l'immeuble, Jérôme Barthélemy hésita entre retourner passage du Désir ou laisser ses pas l'emmener rue de l'Échiquier. C'était depuis le numéro 32 de cette artère anodine que Lola Jost méprisait le monde. Car il en fallait, du mépris, pour abandonner du jour au lendemain une équipe soudée, une bande qui en avait vu de toutes les couleurs mais savait se marrer dans les bons moments. On n'avait pas le droit de se barrer en jetant les mauvais souvenirs, les sales coups et les bons moments dans la même poubelle. Surtout quand on était la patronne, un personnage que nul n'aurait osé affubler d'un sobriquet genre « la grosse » ou « la rosse » ou « la chieuse » ou « la vieille » ou « la grosse chieuse » et pourtant, certains jours, on aurait pu. Il y avait de quoi. Lola Jost n'était pas une femme facile, Lola Jost avait un fichu caractère, Lola Jost n'était pas un prix de beauté.

Mine de rien, ses pas l'avaient déjà entraîné vers le sud, vers un soleil faiblard qui tentait de forcer une barrière de nuages gris et n'arrivait qu'à ressembler à une loupiote derrière un papier calque. Le lieutenant Barthélemy et ses pensées venaient de dépasser la rue d'Enghien. Si sa mémoire était bonne, la rue de la patronne était la prochaine. Alors il ralentit le pas. Et si elle le foutait dehors sans autre forme de civilité qu'un bon juron ? Et si elle le laissait derrière un œilleton de porte, tout bête sur un paillasson, à sonner, à sonner ? Et si elle avait quitté Paris pour aller chauffer ses vieux os dans un coin moins humide et moins peuplé, elle qui n'aimait plus les gens... Mais non... pas le genre. Jadis Lola Jost répétait à qui voulait l'entendre qu'elle détestait les déplacements d'air inutiles, toutes les occasions d'escapade qu'offraient petits et longs week-ends, vacances, congés sabbatiques, jours fériés. Une seule exception : quand la patronne allait voir son fils et ses petites-filles à Singapour. Mais elle partait pour les joies de la famille, pas pour celles de l'exotisme. Ah, non jamais. Elle n'en parlait même pas, de ces vacances sous l'équateur. On avait beau la cuisiner.

Elle nous a bien eus, tiens, tous autant qu'on est. Pour déplacer de l'air, elle en a déplacé quand elle a extirpé sa masse de son petit bureau pour ne plus jamais y remettre les pieds, se disait Jérôme Barthélemy en gravissant les marches d'un immeuble dépourvu d'ascenseur comme de gardienne. Pas folle, la patronne habitait au premier.

Son nom accompagnait le bouton de cuivre relié à un mécanisme de sonnerie qui allait déclencher on ne savait trop quelle réaction en chaîne. Là, devant cette porte qui n'avait l'air de rien, une planche en contreplaqué et voilà, Barthélemy se sentit dans ses petits souliers. Coincé aux chevilles, et à partir de là coincé jusqu'à la glotte et pourtant il allait bien falloir parler. Jusque-là, il n'avait fait que ressasser sa rancune. Ça commençait mal, mais il sonna. À plusieurs reprises. Il ne se passa rien. La chaîne de la réaction était enrayée. Chou blanc. Mais dans la cage d'escalier fleurant bon le pain grillé et le petit déjeuner dominical, Jérôme Barthélemy sourit en sortant un téléphone portable dont il avait failli oublier l'existence, emporté par les vagues de son ressentiment. Bien sûr, le numéro de la patronne était enregistré sous le vocable *Lola*, une familiarité qu'il ne se serait pas permise en dehors de l'espace d'un agenda électronique.

Le plus drôle de l'histoire c'est qu'elle ne s'appelle même pas Lola, se dit le lieutenant en pianotant sur son engin. Son vrai prénom, c'est Marie-Thérèse. Et bien sûr elle ressemble plus à une Marie-Thérèse qu'à une Lola. Mais bon, c'est sa seule coquetterie… Encore que, certains soirs, la clope au bec, assise sur le rebord de la fenêtre du bureau, les bras croisés, la jupe aux genoux laissant voir des jambes étonnamment intéressantes vu le reste du gabarit, quand elle vous entretenait des détails d'une affaire de sa voix rauque, aux accents traînants qui donnaient un petit côté suisse à la musique de tous ces mots, ses yeux intelligents furetant partout, Marie-Thérèse Jost vous avait les allures d'une Lola.

Elle répondit au bout de la cinquième sonnerie et le cœur de Barthélemy fit un bond. Qu'est-ce que c'était chouette de retrouver cette voix bourrue, chargée d'une valise de clopes, cette voix presque asthmatique et à l'autorité flamboyante.

– Allô, patronne ! C'est Barthélemy. Je suis sur le pas de votre porte.

– Et qu'est-ce que tu lui veux à mon pas de porte ?

– Euh, j'enquête dans le quartier avec le Nain de jardin et… je suis venu prendre un bol d'air chez vous et un café, éventuellement, si vous en avez un de prêt…

– T'es surtout venu me réveiller, mon garçon.

– Vous dormiez encore à cette heure ! J'y crois pas, patronne !

– À part toi, je ne vois pas qui ça perturbe.

– Enfin, je voulais dire que les siestes ce n'était pas votre genre…

– Bon, économise tes excuses, Barthélemy. Va pour un café ! Donne-moi deux secondes pour sauter dans ma robe de chambre.

Telle la légion sur Kolwezi, se dit le lieutenant, et il patienta cinq bonnes minutes. La porte s'ouvrit sur une Lola au visage bouffi et chiffonné, au regard aimable comme un nerf de bœuf. La robe de chambre semblait avoir appartenu à Clark Gable dans *Autant en emporte le vent*, mais enfin, elle avait l'air d'être bien chaude. Avec l'arrivée du froid, tout ça…

Barthélemy avait déjà pénétré une paire de fois chez la patronne. Un deux-pièces mal fichu avec un couloir trop grand et une cuisine trop petite, tout ça dans les tons vert et saumon pour rester zen quand les pizzaiolos du rez-de-chaussée expédiaient leurs livreurs à toute heure du jour et de la nuit. Il enleva ses chaussures pour se gagner les faveurs de la patronne et la suivit au salon. La pièce était colonisée par une table agrandie de toutes ses rallonges. On y avait posé une planche, et sur la planche un puzzle qui, rien qu'à le regarder, donnait mal à la tête.

– La chapelle Sixtine en cinq mille pièces, dit Lola. Autant dire du vice à l'état pur. Hier j'ai puzzlé comme une bête. Ce foutu Michel-Ange m'a fait me coucher à trois heures du matin.

– Impressionnant, dit Barthélemy.

– Tu veux vraiment un café ?

– Non.

– Tant mieux, parce que je me sens barbouillée. J'ai carburé au porto cinquante ans d'âge ; le visage d'Ève chassée du paradis me donnait du fil à retordre. Je vais faire une infusion menthe. Tu es partant ?

– Toujours, patronne.

– Oh, toi, tu as le ton du gars qui a quelque chose à demander.

– J'ai rien à demander, patronne, juste que peut-être… Je suis patraque et c'est pas la grippe.

– À ton âge, si ce n'est pas malheureux.

– Vous appréciez de scruter la Sixtine mais moi je peux plus voir le Nain de jardin en peinture. Sa vue m'oppresse, ses méthodes me flinguent, sa connerie m'engourdit.

– *En vain est bien un bien qu'on ne peut acquérir. Lorsque l'espoir est mort, le désir doit mourir.*

– Parole de moine zen ? demanda Barthélemy sans se démonter.

Il avait l'habitude des citations de la patronne qui avait été prof de français dans une autre vie, celle où quelques générations de collégiens avaient dû en baver épais.

– Non, une élégie de Bertaut. Tout ça pour dire qu'il faut que tu te fasses une raison : je ne foutrai plus les pieds au commissariat.

– À même pas un an de la retraite, ce n'est guère raisonnable.

– Je ne suis pas entrée dans la police pour les joies du fonctionnariat. Et les raisons de ma sortie ne concernent que moi.

– Vos raisons, tout le monde les connaît, rétorqua vaillamment Barthélemy, faisant fi du regard de la patronne qui approchait du point de glaciation. Vos raisons, elles s'appellent Toussaint Kidjo.

Lola Jost toisa son ex-collaborateur d'un air hautain, puis sans un mot mit le cap vers la cuisine. Barthélemy, soulagé d'être encore persona grata dans la place, l'écouta fourgonner dans ses casseroles. Elle revint, hiératique, la mine en pierre de taille, une théière fumante et deux tasses sur un plateau, la hideuse robe de chambre pendouillante évoquant presque une traîne royale :

– Enlève-moi cette planche de là et surtout ne gâche pas la Sixtine.

Barthélemy s'exécuta avec la joie recouvrée de qui renoue avec la personne compétente pour déblayer l'horizon en soufflant sur le brouillard. Une chef, une manageresse, une balayeuse de néant. Une illusion, bien sûr, mais qui réchauffait assez bien le cœur. Pas une seule pièce ne tomba sur la moquette verte.

– Bon, raconte, soupira-t-elle, ça te fera du bien et moi ça me divertira.

Et Barthélemy raconta la blonde Vanessa et ses deux amies du passage du Désir. Des filles qui n'ont pas l'air de rouler sur l'or et partagent un petit appartement pour pouvoir vivre à Paris centre. Il décrivit le visage livide et intact de la victime, la strangulation forte et rapide, le coup de l'aspirateur, l'absence de connotation sexuelle. Et les pieds coupés sans doute au hachoir ; Barthélemy insista sur ces pieds coupés et volatilisés. Il évoqua le manque de tout : d'ADN, d'ennemis potentiels, de mobile, de sens. Et le contraste. Un contraste incompréhensible entre une strangulation propre et une mutilation sale, un visage intact et deux moignons poisseux. Tout ça était arrivé à une fille sans histoire, au travail modeste, sans petit ami qui plus est, s'il fallait en croire ses colocataires. Pas de journal intime, pas de lettres, rien qu'une étagère avec des livres, d'enfants pour la plupart, du genre « La petite fille aux allumettes », et des poupées et des peluches.

Lola Jost avait noué ses mains sur sa tasse fumante ; la vapeur embuait ses lunettes, et il ne lisait pas ses yeux. En lui parlant à froid de mutilation, il prenait un risque, lui faire revivre la mort du lieutenant Toussaint Kidjo. Sa disparition aussi subite que violente marquait le début des ennuis, l'amorce de l'incendie qui gonflerait jusqu'à ne laisser que des cendres. Sous la houlette de la patronne, ils avaient formé une équipe soudée, tous les gars du 10e. De cela, ne resterait bientôt que noir de charbon : chaque jour, le Nain de jardin jetait de la gazoline sur le brasier comme un Simplet sadique, un misérable foutant en l'air le peu d'intérêt qu'il y avait à se lever le matin. Oppressant. Et après ça, on s'étonnait de voir les gens courir chez le psy. Qu'il s'appelle Antoine ou Jean-Gédéon. Qu'il possède un dalmatien ou un nasique de Bornéo.

– Je connais Khadidja et Chloé, dit Lola en rompant le silence. Elles sont serveuses aux *Belles de jour comme de nuit*, un restaurant du passage Brady où j'ai mes habitudes. Pour moi, ce sont de gentilles gosses. Grousset va les malmener un peu et puis il les relâchera.

– Il n'a pas l'air de voir les choses comme ça. Il n'y a pas trace d'effraction. Soit le tueur avait les clés, soit Vanessa l'a laissé entrer.

– Tu sais bien que plus de soixante-dix pour cent des homicides sont à rechercher du côté des proches de la victime, Barthélemy. Eh bien si tu le sais, JPG aussi. Il travaille les colocataires de Vanessa. N'importe quel flic de base ferait la même chose.

– Le mode de raisonnement du Nain me gêne beaucoup moins que son style.

– Un bon conseil, Barthélemy : donne du temps au temps. Et tu verras, tout s'arrangera.

– Ce n'est pas ce que me disent mes nerfs. Et ils se gourent rarement, les vaches.

– Tu connais la métaphysique du puzzle, Barthélemy ?

Il se contenta de hocher la tête de gauche à droite.

– Il suffit d'une unique pièce et tout à coup l'univers tient en un seul morceau. À condition, bien sûr, de se contenter d'un univers raisonnable. Un univers à notre portée. Quand on ne peut plus assumer plus lourd que soi, il faut s'alléger, Barthélemy.

– Je ne comprends pas ce que vous voulez dire, patronne.

– Dis donc, dans le temps, tu étais plus vif ! Ce que je veux dire c'est ça : je ne peux plus passer le porche du ciat du 10e. Ça m'est physiquement impossible. Je ne peux plus m'asseoir derrière mon bureau comme si de rien n'était et diriger votre bande d'incapables avec une main de fer dans un gant de velours, ou une gueule de bois sous un masque de carnaval. J'ai été, je ne suis plus. J'ai donné, je n'ai plus rien à distribuer. Alors je fais des puzzles et cette modeste activité me satisfait. Pleinement.

– Difficile à croire.

– Je ne te demande pas d'y croire, je ne suis pas gourou, mon garçon. Contrairement à ce que tu as pu penser. Maintenant, c'est Jean-Pascal Grousset alias JPG qui vous dirige. Il n'est pas aussi con qu'il en a l'air. Il te laisse chercher la pièce.

– La pièce ?

– De puzzle, eh, benêt. Celle que tu vas peut-être placer au bon endroit pour terminer ton enquête et faire tenir le monde en un seul morceau durant cinq minutes. C'est ta gloire et ton sacerdoce, mon petit. Mais pour ça, il faudrait peut-être la commencer, ton enquête de proximité. Tu ne crois pas ?

Barthélemy leva un sourcil sceptique en même temps que la tasse à ses lèvres. Il s'était remis à flotter. On voyait les salves, grises et argentées, grises plutôt, en surimpression sur la façade d'en face. Il allait falloir y aller. C'était certain. Et inévitable. Interroger tous ces gens pour savoir s'ils avaient vu quelqu'un, appris quelque chose, s'ils avaient une opinion sur Vanessa Ringer, Chloé Gardel ou Khadidja Younis. Avant la fuite de Lola Jost, ce travail méticuleux avait paru satisfaisant à Jérôme Barthélemy. Il se sentait limier furetant, la truffe dans la gadoue, et ça ne le dérangeait pas, bien au contraire, puisque la patronne collait sa truffe elle aussi dans tous les caniveaux du quartier sans en rater un seul. Mais c'était fini. On était seuls de nouveau.

Barthélemy prit congé la mort dans l'âme. Il était venu creuser un doute, il repartait avec une certitude. *Lorsque l'espoir est mort, le désir doit mourir.* Lola Jost avait été une splendide enquiquineuse, son glaive invisible pesant lourd sur le garrot du quartier, son pas d'amazone pachydermique faisant trembler le pavé, elle n'était plus désormais qu'une mémère qui puzzlait.

Après le départ de son ex-collaborateur, Lola Jost alla regarder la pluie tomber en essayant de se remémorer le visage de Vanessa Ringer. Elle se souvenait d'une jolie gamine qui avait l'air froid ou triste. On la croisait chez les commerçants de temps à autre, vêtue de couleurs sombres, ce qui faisait d'autant plus ressortir son visage de camélia.

Lola abandonna Vanessa et sa fenêtre. Elle mangea deux tranches de pain d'épice et une banane à cause de l'apport en magnésium, c'était bon pour les méninges et a fortiori pour les puzzles. Elle fuma une cigarette en toussant et fit la vaisselle en écoutant les informations sur France Info. Le présentateur évoquait un braquage sur les Champs-Élysées. Trois hommes cagoulés et armés de fusils d'assaut avaient dévalisé en quelques minutes un bureau de change, un peu avant cinq heures du matin, et emporté la coquette somme d'un million et demi d'euros. Ils avaient disparu comme ils étaient venus, abandonnant derrière eux leur voiture bélier. L'affaire se soldait par une touriste canadienne en état de choc, et par une déclaration d'un ponte de l'Antigang expliquant que les temps changeaient. On avait affaire à une nouvelle génération de malfaiteurs, très différente de celle des braqueurs à l'ancienne avec code de l'honneur, expérience professionnelle, conscience du risque encouru. Aujourd'hui, ces jeunes délinquants, fréquemment issus des cités bordant la capitale, s'attaquaient ici à des bijouteries, là à des bureaux de change ou des salles des ventes, armés de matériel militaire et d'un culot à toute épreuve. Ils agissaient vite, prenaient des risques insensés et n'hésitaient pas à brader le fruit de leur hold-up dans une fuite en avant sans conscience du lendemain.

– Eh bien oui, mon gars, c'est pas des rentiers, dit Lola Jost à voix haute avant d'éteindre la radio.

5

Jean-Luc avait occupé une partie de son lundi à nettoyer et ranger son pavillon. Il aimait l'ordre et cette activité l'aidait à réfléchir. De fait, il n'avait pas cessé de penser à Farid et à cette invraisemblable histoire de fric. Il avait bien agi en restant cool. Mieux valait laisser Farid aller au bout de son rêve. Logiquement, avec tout ce blé, la fameuse Vanessa avait dû lui ouvrir grand les bras.

Maintenant, Jean-Luc suivait la Route du Rhum à la télévision. Les concurrents en bavaient des ronds de chapeau, la mer était particulièrement mauvaise cette année. Il était baba devant les exploits d'Ellen MacArthur. C'était peut-être bien cette brunette qui allait gagner. Ils étaient du même âge. À une femme comme celle-là, il se disait qu'il pourrait faire cadeau de cinq cent mille euros. Là, oui. Ellen MacArthur était une héroïne. Tout ce qu'elle vivait, endurait sur son monocoque, Jean-Luc parvenait à l'imaginer. Il essaya de la lire en se concentrant très fort mais c'était impossible. C'est à ce moment-là qu'on sonna à la porte. Les emmerdeurs arrivent toujours au bon moment, se dit Jean-Luc en soupirant.

– Il faut que tu viennes.

Noah avait l'air changé. Difficile de dire pourquoi. Et tout à coup, Jean-Luc réalisa que c'était la première fois depuis sa rencontre avec Farid qu'il voyait

Noah se balader tout seul. Les siamois s'étaient dissociés. Sans Farid, Noah n'était que l'ombre de lui-même.

– Farid veut plus sortir. Grouille.

– Il ne veut plus sortir de votre cité, et alors ? T'as vu le temps ? On est bien mieux chez soi.

– Mais non, de son appart ! Il répond même plus à travers la porte.

– Qu'est-ce qui s'est passé ?

– *Yo !* J'en sais rien, *man.* Farid a commencé par tout casser et maintenant il est barricadé et…

– Attends une minute. Tu dis qu'il a tout cassé. Mais ça a dû faire du boucan.

– Pas qu'un peu, *man.*

– C'est maintenant que tu me dis ça ! Les voisins vont appeler les flics !

– Peut-être pas. Le mec à gauche, c'est un vieux gaga et les mecs à droite, c'est des ganja.

– Quoi ?

– *Yo !* Suis un peu. Des Blacks qui fument de la ganja.

– Et alors ? Ça rend pas sourd. Et puis vous avez plus que deux voisins dans votre immeuble.

– On y va, Jean-Luc ? Tu viens ?

– Attends, il faut que je réfléchisse.

– Tu peux pas réfléchir dans la voiture ?

– Noah ?

– Oui ?

– Focalise trente secondes, tu veux ? Si t'as pas pu entrer, c'est que la porte de Farid a un problème.

– Tout juste, *man.* Elle est blindée. Tu penses bien ! Il y a tellement de petits casseurs de mes deux dans cette cité.

Grâce à la Route du Rhum, Jean-Luc eut une illumination. Il alla chercher sa tenue de skipper rouge dans un placard ainsi que son casque intégral. Il l'avait gardé après la vente de sa moto. Il enfila la tenue sous un feu de questions et descendit dans le garage chercher une bombe à peinture. Il se souvenait d'avoir maquillé les chromes d'une des bagnoles livrées par Menahem avec une bombe argentée. Noah, qui avait enfin compris qu'il n'aurait pas de réponse, le regarda vaporiser le casque sans faire de commentaires. C'était déjà ça de pris. Content de son travail, Jean-Luc ordonna à Noah de prendre les masses posées sur l'établi et de les porter dans la voiture.

Noah et Jean-Luc sortirent de l'ascenseur au dixième étage et rejoignirent le onzième par l'escalier. Avant d'enfiler son casque argenté, Jean-Luc nota l'odeur de ganja qui flottait entre les murs au rythme d'une chanson de Youssou N'Dour. La musique sortait de la porte de droite mais le voisin de gauche, lui, était bien en phase avec la réalité et très intéressé par son environnement. Une de ses oreilles était collée contre la porte de Farid Younis.

– POMPIERS DE SAINT-DENIS ! brailla Jean-Luc.

Le vieux sursauta.

– Oh, j'allais justement appeler la police. Le jeune homme doit être intoxiqué. Je crois qu'il a tout cassé chez lui. Pourvu qu'il ne se soit pas donné la mort.

– On va le sortir de là. Mais rentrez chez vous, monsieur. Il faut qu'on défonce la porte à la masse. Ça va faire du bruit et ça risque d'être dangereux.

– J'ai l'habitude, vous savez. Mes voisins aiment terriblement la musique et le jeune intoxiqué rentre toujours chez lui en la claquant, cette porte, sans se préoccuper de savoir s'il est midi ou minuit. La nouvelle génération est comme ça maintenant, il faut s'y faire. Ça fait trente-sept ans que j'habite dans cette cité. Je m'appelle Sébastien Hopel. Content de voir que les pompiers interviennent toujours aussi vite, eux. C'est plus le cas de tous les corps de métier.

Farid était torse nu sur son lit et avait descendu une bouteille de gin. Avant de fracasser ses quelques meubles et d'arracher les stores. Il avait l'air de dormir profondément. Naufrage dans la salle de bains. L'armoire à pharmacie et son contenu avaient rejoint la lunette des toilettes dans la baignoire et un *France-Soir* flottait sur le dessus. Jean-Luc le retourna et découvrit à la une un gros titre, « INSÉCURITÉ ! », illustré par le visage d'une jolie blonde. « Vanessa Ringer, 19 ans, assistante sociale, a été assassinée chez elle, hier dans la matinée. Passage du Désir, dans le 10e arrondissement de Paris, les dimanches ne sont paisibles qu'en apparence… »

Farid a lu le journal pour la première fois de sa vie et ça ne lui a pas réussi, se dit Jean-Luc en pliant les feuilles dégoulinantes avant de les glisser dans sa poche de skipper. Puis il étudia les boîtes de médicaments flottant dans l'eau. Rien de trop inquiétant : aspirine, paracétamol, pastilles pour la gorge. Et pas d'antispasmodique. Évidemment. Farid, l'homme sans peur, n'en avait pas besoin.

– *Yo !* Lui qui touche jamais à l'alcool.

– Tout ce que j'espère c'est qu'il ne s'est pas envoyé un cocktail gin-somnifères.

– Non ! Il avait pas de ça chez lui.

– Apparemment.

– Sûr ! Farid va jamais chez le toubib. Et j'ai pas souvenir qu'on a braqué une pharmacie.

– Emballe-le dans la couverture, Noah, on l'embarque. Pendant que tu fais ça, je vérifie qu'on ne laisse rien de valeur.

– Tu penses à quoi ? Au sac avec sa part ?

– Bravo, tu as deviné.

– Jamais j'aurais imaginé que Farid bousillerait tout autour de lui comme un putain d'Attila le Hun. T'as vu ? Il a même arraché les stores.

Mais non, c'est l'ange qui s'est emmêlé les ailes dedans, pensa Jean-Luc. Et il répondit :

– Du beau travail, en effet.

– Tu crois que le vieux gaga t'a pris pour un vrai pompier ?

– Il a pas l'air aussi gaga que tu veux bien le dire. De toute façon, il peut me prendre pour Guy l'Éclair ou Spiderman, je m'en fous. On a récupéré Farid. Ce qui urge c'est de se tirer de ta cité.

Et de bien te mettre dans le crâne que tu n'es pas près d'y revenir, pensa-t-il en prenant Farid dans ses bras. Il pesait plus lourd que ce qu'il aurait cru.

Installé au chevet de son ami, Jean-Luc veillait depuis longtemps. Les doubles rideaux de la chambre filtraient la lumière du jour et le visage endormi était éclairé à moitié. De temps en temps, il grognait, bougeait. Son cerveau devait être farci comme une caugourge et son cœur saigné à blanc. Le prince venait de perdre Shéhérazade et ne savait plus quoi foutre de ses mille et une nuits.

On avait essayé de le réveiller en lui faisant ingurgiter du café avec un entonnoir. Noah avait filé un coup de main mais on n'avait réussi à rien sinon à tacher le papier peint et les fauteuils. Du moment que Farid n'était pas aux portes du coma, on pouvait le laisser cuver son gin. Il s'en sortirait. Et puis, sur un bateau, il en verrait d'autres. La cuite, il l'aurait tous les jours et sans boire. Jean-Luc avait pris deux décisions. Baptiser son voilier *L'Ange noir.* Convaincre Farid de l'acheter à deux pour prendre la mer. Jean-Luc avait déjà pas mal d'économies, ça serait facile à boucler. Il fallait un objectif à

Farid, une vie à vivre autrement qu'au jour le jour. Jean-Luc lui apprendrait comment naviguer. Et pour Noah, on verrait bien. Si Farid voulait vraiment l'embarquer, on ferait un effort.

Évidemment, il allait d'abord falloir éclaircir l'embrouille du passage du Désir. Mais Jean-Luc avait appris à être patient, tel le navigateur prêt à risquer sa peau et son bateau treize jours et douze nuits sur l'océan, de Saint-Malo à Pointe-à-Pitre par exemple. De toute manière, que Farid ait ou non tué Vanessa, Jean-Luc était déterminé à l'embarquer. Restait un problème qui n'était pas mince : savoir ce que Farid avait fait de son fric. Jean-Luc était allé au kiosque rafler tous les journaux disponibles et avait zappé de chaîne en chaîne. Aucun journaliste n'évoquait la présence d'un sac bourré d'argent dans l'affaire Vanessa Ringer. Ça pouvait vouloir dire que les flics gardaient l'info secrète, que les colocataires de Vanessa avaient mis le blé à l'ombre, ou, beaucoup mieux, que Farid l'avait planqué quelque part. On ne manquait pas de scénarios.

En attendant, Jean-Luc s'était concentré à plusieurs reprises pour voir ce que faisait l'ange et finalement, après bien des efforts, il l'avait vu, tête en bas, accroché par les pieds à un grand arbre noir dépouillé de ses feuilles. Les ailes repliées sur son corps exactement comme celles d'une chauve-souris géante. Jean-Luc prit la main de Farid et la remua doucement pour faire scintiller ses bagues d'argent dans le rayon pâle.

– Eh ! Tu sais plus qui tu es, mec, hein ? Eh bien moi, je l'ai jamais su, vois-tu. Ça nous fait quelque chose en commun maintenant. Que tu le veuilles ou non.

6

Vers vingt heures, la chapelle Sixtine au point mort, son paquet de blondes dans le même état, Lola Jost décida qu'il était grand temps d'aller dîner en ville ; connaissant Maxime Duchamp, son restaurant devait être ouvert malgré la catastrophe qui s'était abattue sur les jeunes têtes de Khadidja et Chloé. Il était géré en bastion de bien-être, modeste point de ralliement d'une bande d'habitués à qui on proposait les prix les plus doux possible. Les *Belles de jour comme de nuit,* un petit restaurant sans façon. Bon, simple et pas trop cher. Autant dire une rareté à Paris.

Lola Jost enfila son imperméable et ses bottes, glissa un nouveau paquet de cigarettes dans sa poche, sortit son parapluie de son porte-parapluie en porcelaine orné de dragons (un cadeau de son fils qui n'avait qu'un seul défaut : il aimait les chinoiseries), et prit la direction du passage Brady. En remontant la rue du Faubourg-Saint-Denis, Lola se dit que s'il continuait à pleuvoir à cette cadence, les cassandres qui annonçaient un débordement de la Seine pire que celui de 1910 finiraient par avoir raison.

S'engouffrant dans le passage couvert, le vent rabattait les habituelles senteurs où dominait le curry. Les *Belles* était le seul établissement dans son genre au cœur d'un passage gavé de restaurants indiens. Malgré le courant d'air, Lola s'attarda pour consulter l'ardoise. Il y avait du museau vinaigrette, des crudités variées, de l'andouillette AAAAA, du bœuf mode, de la canette de Barbarie et des desserts. Mais les desserts n'avaient jamais intéressé Lola Jost. Elle était résolument sel et spiritueux.

À travers la vitrine, elle repéra Édouard, le fils du marchand de journaux. Il portait un grand tablier noir et servait à la place de Chloé et de Khadidja. Étudiant à l'école hôtelière, ce petit gars faisait régulièrement des extra pour Maxime. Ce qui laissait entendre que JPG avait bel et bien placé les gamines en garde à vue. Bon, elles n'en mourraient pas et ça donnerait à Khadidja de l'inspiration pour ses auditions. Ce qui ne nous détruit pas nous renforce, et ainsi de suite.

Lola reconnut certains habitués, dont cette grande bringue blonde aux cheveux ras, taillée comme une lutteuse et qui avait un accent amerloque. Cette fille appréciait, elle aussi, le petit bastion. Lola la soupçonnait de ne pas s'intéresser exclusivement à la gastronomie ; son manège avec Maxime ne lui avait pas échappé. Elle le couvait des yeux à la dérobée lorsqu'il quittait ses fourneaux pour venir faire l'aimable avec sa clientèle. Maxime Duchamp, bien que de petite taille, avait toujours eu la cote avec les femmes. Cette gueule de baroudeur revenu de loin mais pas de tout, ce regard chaviré, difficile de s'en lasser.

Édouard l'installa à sa table habituelle, celle qu'elle avait partagée si souvent avec Toussaint. Face au miroir d'où elle pouvait observer son monde sans être vue, Lola se vit pareille à un cachalot échoué. Un gros visage surmonté de cheveux gris coiffés à la mémère, un corps taille cinquante, cinquante-deux, ça dépendait des marques. C'était toujours comme ça les fois où le fantôme de Toussaint Kidjo venait frapper à la porte.

– Quel sale temps, madame Jost ! C'est courageux à vous d'être venue.

– Il ne faut pas se plaindre tout le temps, mon garçon. En 1910, la Seine est montée de plus de six mètres. Le zouave du pont de l'Alma en avait jusqu'aux moustaches. Les gaspards qui n'étaient pas morts noyés s'en donnaient à cœur joie dans les restaurants. Comparé à ça, tout va bien.

– À la radio, ce matin, ils disaient que ça pourrait recommencer.

– On pleurera le moment venu, Édouard. En attendant, ce sera une andouillette frites agrémentée d'un rouge maison. Et avertis Maxime que j'aimerais lui dire un mot à l'occasion. Entendu ?

– Entendu, madame Jost.

L'andouillette fut savoureuse, les frites aussi et lorsque la dernière goutte de vin du patron mourut dans le verre de Lola, Maxime Duchamp vint s'asseoir à sa table et la considéra un instant sans rien dire. Il faisait ça très bien.

– Salut, Maxime, dit-elle parce qu'il fallait bien rompre le charme et reprendre le fil du temps.

– Salut, Lola.

– Ce matin, en me levant, je me suis souvenu que mon vrai prénom était Marie-Thérèse et que j'avais cent vingt ans.

– Je refuse de t'appeler Marie-Thérèse. Tu seras toujours Lola pour moi.

– Bon d'accord, dit Lola. Mais j'ai soif.

Maxime leva le bras à l'intention d'Édouard et dessina un signe cabalistique dans l'espace. Leur duo se tut jusqu'à l'arrivée du vin. Maxime savait que Lola pensait à Toussaint Kidjo mais il avait le tact de ne pas prononcer son prénom ; il attendait qu'elle le fasse à sa place. Lola n'avait pas envie d'évoquer Toussaint. Elle laissa le silence flotter puis ouvrit son nouveau paquet de cigarettes sans en proposer à Maxime. Il n'avait pas ce vice.

– C'est qui la Viking taillée dans un drakkar ?

– La grande blonde en pull marin ?

– Oui.

– Ingrid Diesel. Elle est masseuse passage du Désir.

– Tout un programme.

– Thaï, shiatsu, balinais.

– C'est quoi ce fourbi ?

– Elle fait tous les styles.

– T'as essayé ?

– Oui, Lola.

– C'était bien, Maxime ?
– Formidable.
– Comment l'as-tu connue ?
– Au club de gym de la rue des Petites-Écuries. C'est une sacrée nature. Elle ne rate jamais un entraînement.

Lola vida son verre, Maxime le sien puis il les resservit. Lola se dit que c'était exactement ce qu'elle avait envie qu'il fasse. Qu'il lui serve du vin, qu'il boive avec elle. Qu'il ne lui dise pas qu'elle fumait trop. Qu'il l'écoute parler ou se taire. Qu'il lui raconte ce qu'il avait sur le cœur ou pas. Avec Maxime, on était toujours à l'aise. Ce lundi soir, Maxime avait envie de parler, alors il dit :

– Tu sais sûrement que Khadidja et Chloé sont en garde à vue.
– Je sais.

Et elle l'écouta parler des filles. Chloé qui avait des problèmes de poids, qui se réfugiait dans la pratique du violoncelle ou celle d'amis invisibles quelque part sur le net. Khadidja en brave petit soldat qui tenait bon pour deux, il en était sûr. Mais c'était dur pour des filles si jeunes. Chloé, Khadidja et Vanessa, le trio d'inséparables, elles se connaissaient depuis le collège. Chloé était morte de peur. Khadidja faisait la fière mais n'en menait pas large. Elles n'avaient pas la moindre idée de qui avait bien pu s'en prendre à leur amie. De deux choses l'une : ou Vanessa avait ouvert à son tueur, ou il était entré avec des clés. C'était tout ce que Chloé et Khadidja avaient à dire, et la police, en la personne d'un petit commissaire borné, trouvait cela insuffisant.

– Je fais tout pour les rassurer. Mais cette affaire ne sent pas bon. Le tueur lui a coupé les pieds, tu sais.
– Je sais, mon ex-adjoint m'a mise au courant.
– Ce n'était pas dans la presse ce matin.
– Classique. Grousset veut que le meurtrier en sache plus que le public pour qu'on puisse le piéger pendant les interrogatoires.

– Imagine qu'on ait affaire à un dingue et qu'il veuille remettre ça avec Khadidja ou Chloé. C'est ce que pense le lieutenant Barthélemy. Tu y crois à cette théorie, toi ?

– Je ne crois rien. D'autant que je ne suis plus flic, souviens-toi.

Lola s'était exprimée d'une voix plus triste qu'elle ne l'aurait souhaité. Alors, elle lui sourit pour compenser. Maxime tapota sa main avant de lui dire d'un ton malicieux :

– Tu sais ce qu'il te faudrait ?

– Aucune idée.

– Une bonne consultation avec Antoine.

– C'est qui celui-là ?

– Un habitué des *Belles* et le psy de Chloé. Peut-être qu'en allant t'allonger sur son divan, tu te sentirais mieux. Et son chien s'appelle Sigmund.

– Non !

– Si. En plus, Antoine est un type passionnant. Tu sais pourquoi les psys font allonger le patient sur un divan et se tiennent derrière lui ?

– Pour pouvoir s'offrir une petite sieste de temps en temps ?

– Tu n'y es pas, Lola. Le patient se livre mieux quand il est face au vide, c'est-à-dire face à lui-même.

– Tu trouves ça rassurant ?

– Accepter le vide, je trouve que c'est un bon début.

Lola se sentait mieux d'avoir parlé avec Maxime, et s'était remise à son puzzle. Elle avait forcé sur le vin du patron mais s'en moquait ; ça l'aiderait à dormir. Quand retentit la sonnette, elle pensa à Barthélemy et se leva en bougonnant. Mais au-delà de l'œilleton, il n'y avait qu'Ingrid Diesel, la masseuse polyvalente. Lola consulta sa montre : 22 h 35. Elle ouvrit néanmoins à la culottée – elle souriait comme quelqu'un ayant un service trop lourd à demander. Lola la considéra sans rien dire. Une attitude qui en son temps en avait déstabilisé plus d'un.

– Madame Lola Jost ?

– Ça dépend…

– Je m'appelle Ingrid Diesel. Je viens de la part de Maxime Duchamp, des *Belles*.

– Oui, oui, je connais Maxime. Et alors ?

– Est-ce que je peux entrer ?

Lola laissa faire sans dissimuler son peu d'enthousiasme. La lutteuse baragouina quelques phrases d'excuse, enleva ses chaussures pour ne pas salir la moquette – un bon point – et alla se vautrer sur le canapé. Un point moins bon. Ses chaussettes étaient gris-bleu, elle portait un jean délavé, un tricot à rayures qu'elle enleva sans façon en soupirant qu'il faisait si chaud. Lola se retrouva face à une fille musclée, en débardeur, au tatouage s'aventurant sur une épaule. Elle alluma une blonde, en proposa une sans succès à sa visiteuse, alla s'asseoir dans son fauteuil préféré et resserra sa robe de chambre à la fois sur son for intérieur et son for extérieur.

– Maxime m'a dit que vous aviez été dans la police.

– C'était bien avant votre naissance. Les dinosaures envisageaient tout juste de s'installer.

– J'ai tout de même dépassé la trentaine.

– Et peut-on savoir ce qui vous amène à cette heure tardive, Ingrid Diesel ?

– Oh, il n'est même pas onze heures. Eh bien, j'habite passage du Désir, l'immeuble où Vanessa Ringer a été…

– Oui, je suis au courant.

– Vos collègues m'ont interrogée une première fois chez moi. Je n'avais rien à dire de mal au sujet de mes voisines. Quand j'ai vu qu'ils les embarquaient au commissariat, j'ai suivi. Une fois sur place, j'ai plaidé leur cause et là un de vos collègues a été désagréable.

– On oublie trop souvent qu'un commissariat n'est pas une plage tropicale. Les gens y sont stressés et peu aimables avec les touristes.

– Je pense que vous pouvez m'aider. Enfin, nous aider tous. Les gens du quartier. Parce que la mort d'une jeune fille, ça concerne tout le monde.

– Cet entretien avait commencé sur des bases rationnelles. Vous avez employé le plus-que-parfait en parlant de ma carrière. C'était pile-poil dans le mille. Mais nous dérapons. C'est dommage. D'autant que tout ça devient une manie, vous êtes la deuxième à me chanter l'air de la nostalgie. Qu'on se le dise : Lola Jost fait à présent des puzzles chez elle. Du moins quand on lui en laisse le loisir.

– Mais les puzzles, ça doit être terriblement…

– Terriblement quoi ? Emmerdant ?

– Euh, oui. Mais excusez-moi encore si je vise au centre. Maxime m'a dit qu'on pouvait vous parler, que vous étiez une femme bien.

– Une femme bien. Voilà une expression fabriquée en série. Je préférerais *Maxime m'a dit que vous étiez bien une femme*. Alors là, d'accord. Je suis bien une femme. Ou du moins ce qu'il en reste après avoir donné de ma personne. J'ai donné et donné et donné et maintenant j'ai le droit de rester chez moi à puzzler ou à tailler les carottes en forme de roses, si ça me chante. Ou à faire des mots fléchés, tiens. Ça m'arrive quand j'en ai marre des puzzles. J'ai le droit.

– Non.

– Comment ça, non ?

– Si vous ne faites rien, on arrêtera un innocent et le salaud qui a tué Vanessa restera en liberté. C'est inacceptable.

– Moi aussi, je connais des grands mots et pas seulement fléchés : inadmissible, intolérable, irrecevable, inconcevable et même injuste. Alors ne dépliez pas vos grands mots sous mon nez, ils ne m'impressionnent pas.

– Mais la vie c'est quand même autre chose que de rester chez soi en oubliant les autres.

– La vie, mademoiselle, c'est de la confiture aux clous et si vous ne l'avez pas compris à votre âge, je ne peux rien pour vous.

– Maxime m'a dit que vous aviez été un sacré flic avant que votre collègue se fasse tuer.

– Vous commencez à me fatiguer.

– Au lieu de macérer dans l'auto-apitoiement et dans cette robe de chambre hideuse, secouez-vous donc et venez aider le quartier.

– Bon, ça suffit. Je n'accepte pas qu'une tondue tatouée et à rayures manque de respect à ma robe de chambre. Tire-toi.

– *No.*

– Tu l'auras voulu. J'appelle mes *collègues* comme tu dis, pour qu'ils t'embarquent. Cette fois, je te garantis qu'ils vont t'accorder toute leur attention.

– Vous n'êtes pas une femme bien. Maxime s'est trompé et j'insiste : votre robe de chambre est hideuse. *Totally ugly !* Quand vous serez bien rassise dans votre petite vie de retraitée peinarde, de planquée, vous n'intéresserez vraiment plus personne. Et ça ne saurait tarder.

– La porte n'a pas changé d'emplacement et le commissariat non plus. Tu as deux secondes pour choisir ta destination.

L'Américaine ne se le fit pas dire trois fois. Lola put ainsi refermer sa porte sur la dévergondée. Elle resta immobile un instant à fixer la porte et l'œilleton ; elle pensa brièvement à un cyclope rectangulaire et cataleptique. Le genre de personnage qui aurait pu jouer dans les Shadoks. Mais les Shadoks ne passaient plus à la télé depuis des lustres. Puis elle se rendit compte que la tatouée avait oublié son pull. Elle se pencha à la fenêtre et vit sa silhouette en pétard s'éloigner vers le passage du Désir. Athlétique, le pas. À moitié à poil dans le froid d'une nuit de novembre mais la rage au cœur pour tenir chaud. Les gens étaient inouïs à leurs moments perdus.

Lola lut machinalement l'étiquette du pull. Une marque qui sonnait breton. Une taille quarante. Lola se souvint qu'elle avait fait du quarante du temps de sa jeunesse. Du temps des Shadoks. Elle emporta le pull dans sa chambre et se posta devant le miroir de sa penderie. C'est vrai que cette robe de chambre est moche, et alors ? Au moins, elle est chaude. Elle posa le pull marin sur ses seins en pastèque et ce tricot prit l'allure d'un décroché du rayon fillette. Par un processus darwinien déglingué, la sirène s'était mutée lentement en vieux cachalot. Si lentement qu'on n'avait rien vu venir. Et des millénaires après le naufrage, une gourgandine venait agiter un petit pull marin en fanion tout naïf, en pavillon de complaisance reconnaissance, en s'imaginant que tout était simple. Qu'il suffisait de dire oui, oh oui, allons-y.

Bon, allez, arrête ton cinéma, Lola. Tu as trop bu, ma fille. Il est temps d'aller te coucher.

Et c'est ce que fit Lola. Mais à peine la tête sur l'oreiller, elle se redressa. Un bout de phrase était resté coincé dans son oreille. Une phrase de la fille Diesel. Elle avait dit : « Si vous ne faites rien, on arrêtera *un* innocent… » Et elle était soi-disant allée témoigner rue Louis-Blanc en faveur de Khadidja et de Chloé. Lola se leva et alla téléphoner à Barthélemy. Le petit con sembla ravi de l'entendre et y alla de ses « patronne » longs comme un lundi sans puzzle. Elle déblaya vite le terrain au coupe-coupe et le lieutenant lui dit ce qui l'intéressait : le Nain de jardin en avait déjà marre de jouer avec les deux serveuses des *Belles*. Maintenant, il allait s'intéresser à leur patron. En tant que petit ami de Khadidja Younis, Maxime Duchamp avait accès aux clés de l'appartement des filles. Et le matin du drame, il était sur les lieux. En train de se faire masser par la Diesel. Lola s'habilla en vitesse, prit le pull marin ou marine, elle ne savait plus trop, et mit le cap sur le passage du Désir.

7

INSÉCURITÉ ! LES CHIENS SONT LÂCHÉS ! IL FAUT LES MORDRE !

Quelqu'un avait vaporisé son point de vue à la peinture rouge sur la vitrine du brocanteur dont la boutique bordait l'immeuble de Diesel et des filles. Lola passa son doigt sur un point d'exclamation et constata que c'était assez frais. Et puis, dans le O de MORDRE, elle vit une bouteille contenant une minuscule ballerine aux jambes articulées, avec tutu et chaussons de danse. La clé actionnant le mécanisme dépassait sur le côté droit. Lola scruta le passage, il était vide, hormis un joli brouillard et un type qui dormait sous un amas de cartons. Elle sonna chez I. Diesel.

– J'ai enlevé ma robe de chambre et je t'ai rapporté ton pull marin ou marine, je ne sais plus.

– Ce qui m'intéresse, c'est surtout de savoir si tu as changé d'avis.

– Et hop, droit au but. Toi, tu n'as pas changé de style. Bon, tu m'y fais pénétrer dans ton quant-à-soi en rez-de-chaussée ou tu me laisses perfectionner mes rhumatismes ?

La fille Diesel recula d'un pas et Lola entra dans une pièce qui ressemblait à une salle d'attente. Version psychédélique. Un canapé orange faisait face au même en rose, des coussins d'un bleu ciel d'été y étaient éparpillés, un tapis en peluche jaune et mauve évoquait une peau de tigre mutant. Une *lava lamp* déployait la danse molle d'une abstraction de cire dans un liquide violet. Autant dire un paysage sous LSD. Et il y avait de la musique, une œuvrette répétitive sans doute composée par un robot neurasthénique.

– Tu veux que j'arrête la musique ?

– Pas du tout, dit Lola en s'asseyant au milieu du canapé orange. Mais je voudrais que tu arrêtes ton numéro de music-hall.

– *What do you know about my music-hall ?* De quoi tu parles ?

– Ce n'est pas pour le quartier ni pour Khadidja ni pour Chloé que tu es venue me trouver. C'est pour Maxime.

– O.K. J'admets.

– Et puis ce n'est pas Maxime qui t'a dit de venir me trouver. S'il avait voulu que je mette mon nez dans cette histoire, il me l'aurait demandé lui-même.

– J'admets aussi. Maxime m'a simplement dit un jour que tu étais flic. Et cette nuit, quand j'ai vu comment il paraissait soulagé d'avoir discuté avec toi, je t'ai suivie.

– Ouf, on va gagner du temps. Maintenant, raconte la suite, je suis tout ouïe.

Ingrid Diesel se tortilla un peu les mains qu'elle avait longues. Puis elle alla ouvrir un réfrigérateur rose que Lola n'avait pas encore remarqué et en sortit deux bouteilles de bière qu'elle décapsula prestement. Elle en tendit une d'office à Lola sans proposer de verre et but au goulot de la sienne. Lola étudia cette petite bouteille au long col et but à son tour. En voyage, fais comme les indigènes, se dit-elle en cherchant son paquet de blondes.

– Tu n'as pas de cendrier ?

– Je ne fume pas.

– Cela ne m'étonne pas. Donne-moi un verre, je mettrai mes cendres dans la bouteille.

Au lieu de se lever, Ingrid arracha une page de magazine et confectionna un soigneux petit bateau qu'elle posa devant Lola en expliquant que c'était un cendrier.

– Le matin de la mort de Vanessa, Maxime était ici. C'était son premier massage. Il est resté environ une heure.

– Il avait un sac ?

– Oui, son sac de sport. Maxime sortait de son club de gym. Pourquoi ?

– Pour rien, continue.

– Le barbu qui m'a interrogée pense que Maxime a pu tuer Vanessa avant ou après la séance de massage.

– Le barbu s'appelle Grousset. Il est certes un peu lourdingue mais pas au point d'échanger ses théories avec un témoin.

– Il ne m'a pas dit ce qu'il pensait. C'est ce que j'en ai déduit. Et puis, il y a l'histoire des clés.

– Le double des clés des filles. Qui est dans un tiroir derrière le comptoir avec toutes les autres clés du restaurant. Ça tombe mal dans le cas d'un homicide sans effraction.

– Ah, tu es au courant ?

– Bien sûr. Moi aussi je suis une habituée des *Belles* et de Maxime, ne l'oublie pas.

– Et puis, il y a encore autre chose.

– Allons bon.

– Maxime a été marié à une Japonaise. Elle est morte il y a une douzaine d'années. Dans leur atelier-appartement de la rue des Deux-Gares. Assassinée. On n'a jamais retrouvé le meurtrier.

– Bougre de coquinasse !

– *What ?*

– T'inquiète, c'est du provençal. Mon grand-père était de Gardanne. Ça remonte quand j'ai des émotions. Mais comment as-tu réussi à savoir tout ça ? Je connais Maxime depuis plus longtemps que toi et...

– J'ai simplement posé des questions.

– T'es pas gênée comme fille.

– C'est une question de mentalité. Vous aimez trop le secret en France. Mais j'avoue que j'ai un peu poussé. Tu sais, quand on masse les gens, l'intimité s'installe petit à petit. *Well, anyway,* je lui ai posé des questions, il a répondu en toute simplicité, je me suis excusée en disant qu'aux États-Unis, quand des inconnus se retrouvaient dans l'autobus, il n'était pas rare qu'ils échangent des confidences et…

Et c'est à ce moment précis que les deux femmes entendirent des voix et un bris de verre.

– C'est dans ta musique ? demanda Lola en posant sa bière sur une pile de magazines.

– *No.*

Elles se précipitèrent au-dehors. Deux types couraient vers le Faubourg Saint-Martin. L'homme aux cartons était bien réveillé, il insultait les deux guignols et tentait de les poursuivre, mais ses bras allaient nettement plus vite que ses jambes. La vitrine du brocanteur en avait pris un coup. La brisure formait une toile d'araignée qui semblait emprisonner la danseuse. Lola vit Ingrid Diesel partir en flèche. Sa bière mexicaine toujours à la main, elle hurlait : « *STOP MOTHERFUCKERS ! I'LL KILL YOU !* » Lola courut dans son sillage, mais avec moins de vélocité. Ses poumons renâclaient. Ses genoux aussi. Elle vit le plus rapide des hooligans sauter sur un scooter et démarrer. Diesel avait attrapé son copain au col et lui défonçait les épaules à coups de bouteille et avec méthode. La droite, la gauche, la droite, la gauche. Le larron scootérisé se mit à charger Diesel qui ne lâchait pas prise. Lola brailla : « POLICE ! ON NE BOUGE PLUS ! » et l'homme fit demi-tour pour disparaître tout au bout du passage. Elle ne put pas lire la plaque minéralogique.

Son comparse était couché en chien de fusil et bramait :

– Tape plus ! C'est bon ! Tape plus !

– Bon, arrête le massacre et attache-le avec ça ! ordonna Lola en tendant sa ceinture d'imperméable.

– Je sais où frapper, dit Ingrid essoufflée. Ça fait mal mais ça casse pas.

– Bizarre, ce n'est pas trop l'impression que ça donne, répliqua Lola, et elle appela Barthélemy avec son mobile.

C'était la deuxième fois qu'elle le réveillait en une heure, cependant le jeune lieutenant semblait toujours aussi heureux de l'entendre.

– Il faut que tu viennes cueillir un client en vitesse. Et puis il faudra me le questionner serré pour retrouver son comparse échappé en scooter.

– Eh bien, pour une retraitée de la police, vous êtes drôlement active, patronne !

– C'est cela, Barthélemy. Toutes les nuits, je me colle un loup noir sur le nez, j'enfile un justaucorps assorti et je parcours les rues à la recherche d'une injustice à me mettre sous la dent. C'est très bon pour le cœur.

– Il y a du nouveau, patronne.

– Vas-y, envoie l'info.

– Vanessa Ringer gardait ses jouets et ses bouquins de gamine sur une étagère. J'ai fait remarquer à Grousset qu'une des poupées était trop récente pour dater de l'enfance de la victime. C'est une Bratz. Une marque qui fait un tabac.

– Tu t'intéresses aux poupées, Barthélemy ?

– Ma fille en a commandé une pour Noël. Et je l'ai déjà achetée pour éviter la cohue dans les magasins. Eh bien, patronne, sachez que les poupées ne sont plus ce qu'elles étaient. Elles sont branchées et sexy. Elles ressemblent désormais aux chanteuses de Star Academy ou aux filles du Loft. Maquillage, bijoux, nombrils à l'air, tenues olé-olé qui scintillent et pieds amovibles.

– Tu as bien dit « amovibles » ?

– J'ai bien dit « amovibles ». On ne change plus la chaussure, m'a expliqué la vendeuse. On change le pied équipé de la chaussure. Et les gamines ne trouvent même pas que ça fait prothèse. Drôle d'époque que la nôtre, patronne.

– Comment est-elle, cette Bratz ? Ne me dis pas qu'elle est blonde ?

– Non seulement elle est extrêmement blonde mais en plus elle porte une tenue blanche sur laquelle sont dessinés, au feutre rouge, une croix et un cœur. Je trouve que ça évoque assez bien l'assistante sociale, non ?

Barthélemy vint en personne réceptionner le casseur. Il le menotta et rendit sa ceinture à la patronne. Il s'attarda un temps au milieu du groupe que formaient Lola Jost, Ingrid Diesel et la victime, un clochard hirsute, barbu, même du nez, et au front bandé, fruit du travail de la masseuse qui n'avait pas froid aux yeux. Il l'avait vue au poste tenir tête au Nain de jardin. Un souvenir délectable.

Le clodo était en train de manger un jambon-gruyère que Diesel lui avait confectionné. Il râlait parce qu'il n'y avait que du soda américain à boire. Le casseur avait la tête d'un type massacré à la bière mexicaine et qui se demandait pourquoi on l'obligeait à bivouaquer avec deux terreurs et un clodo au lieu d'aller au poste ; mais ce demeuré ne pouvait pas comprendre. Il ne pouvait pas imaginer ce que c'était de retrouver la grande Lola. Celle-ci s'adressa au clodo :

– Comment tu t'appelles ?

– Antoine, mais mes potes m'appellent Tonio. Cette nuit, et pour toujours, t'as le droit de m'appeler Tonio, ma Samaritaine.

Barthélemy se dit que certaines théories étaient mitées. On croyait que les Antoine avaient à peu près tous des gueules d'ange, et puis voilà.

– Quand t'es arrivée, ma grande, ces crevures venaient de me réveiller. Y z'ont explosé la vitrine. Et y voulaient me redessiner la gueule, me tirer mes cartons, mais moi j'ai fait la légion. J'ai pas peur de ces gaziers.

– On en a arrêté un.

– Je vois bien, et il en mène pas large, le couillasson, mais y a l'autre. Celui que vous avez attrapé, c'est un lâche. Avant, il est venu tout seul graffiter. Je l'ai engueulé parce que ça pue, la peinture en bombe. C'est pour se venger qu'il est revenu avec son pote sur son engin pétaradant.

– Barthélemy est flic, il va s'occuper de ça. Hein, Barthélemy ? Et puis, il va demander au graffiteur justicier de lui expliquer sa théorie sur l'insécurité, des fois qu'il ait des infos de première main sur l'affaire Vanessa Ringer.

– No problemo, patronne.

Ensuite, il avait bien fallu se quitter. Lola Jost avait suivi Ingrid Diesel chez elle en laissant maintes questions en suspens. Voulait-elle mener l'enquête à la barbe du Nain ? Envisageait-elle sous tous ses aspects une éventuelle réintégration au ciat du 10e ? Ses réflexions l'empêchaient-elles de dormir et l'amenaient-elles à tuer le temps en compagnie d'une masseuse adepte du combat de rue ? À défaut de trouver une réponse aux mystères du monde, aussi épais que le brouillard qui ne semblait pas gêner le clodo (lequel avait déjà reconstitué son lit en carton), Barthélemy se dit qu'une question au moins pouvait se transformer en réponse cette nuit.

– Dites-moi, Tonio, étant petit, vous n'étiez pas blond et bouclé, genre gueule d'ange ?

– Et comment que je l'étais, mon pote. On me faisait une raie de premier communiant mais elle tenait jamais. À cause des boucles.

– Monsieur l'inspecteur, si ça ne vous ennuie pas, je voudrais bien aller au commissariat, dit le casseur.

Maxime Duchamp revenait à pied du commissariat de la rue Louis-Blanc par le quai de Valmy, presque désert à cette heure. Il était allé porter un chandail à Khadidja. En longeant le canal Saint-Martin, humant l'odeur de bruine mêlée à celle des eaux stagnantes, ses pas chahutant les feuilles mortes des châtaigniers, il oublia un temps les ennuis des deux jeunes filles pour songer à Rinko. Elle avait fait des dizaines de croquis de ce quartier, cherchant l'inspiration pour un manga qui démarrait paisiblement à Paris et finissait mal à Tokyo. Rinko n'aimait que les histoires violentes et désespérées, les aventures d'où aucun héros ne sortait indemne même après s'être battu comme un lion, les contes cruels qui rendaient malheureux. Elle se serait intéressée de près à la mort de Vanessa. Pour des tas de raisons.

Rinko avait pourtant été une femme fragile. Une épouse qui supportait de moins en moins de savoir son mari aux quatre coins de la planète, risquant sa peau pour une photo. Elle retardait le moment d'avoir un enfant à cause de cela. Ils s'étaient mariés si jeunes. Ça avait été la passion pendant un certain temps.

Une fois aux *Belles*, Maxime monta directement à l'appartement et entra sans hésiter dans son bureau. Il n'avait pas consulté ses photos depuis au moins deux ans, depuis sa rencontre avec Khadidja en fait. Elles étaient classées chronologiquement. Il retrouva vite son reportage sur les enfants roumains, ceux des orphelinats et ceux des rues. Des tirages en noir et blanc. Les premiers étaient datés du 22 décembre 1989, le jour de la chute du régime de Nicolae Ceauşescu. Il tourna les pages en prenant son temps. Chaque cliché ramenait des émotions, des sons, des odeurs. Visages d'enfants bagnards, crânes aux cheveux ras pour décourager la vermine, maigreur de ces corps à qui personne n'avait jamais rien donné et surtout pas d'amour. Ces gamins pouilleux, en loques, dormant sur les trottoirs, dans les gares, n'importe où, mangeant dans les poubelles, sniffant de la colle. Il y avait ce môme qui se cognait la tête contre le mur et puis cet autre, revenu presque à l'état sauvage, et qui avait mordu au sang une infirmière.

Noël 89 : Maxime s'en souviendrait toute sa vie. Il était censé travailler une petite semaine et être de retour à la maison pour le Nouvel An. Il était resté un mois, empoigné par ces gamins, par leur souffrance. Il ne savait plus si c'était de la compassion ou de la fébrilité. Ou les deux. Il ne cherchait plus à savoir. Il était dans ce qu'il faisait. Ça n'avait jamais été aussi fort. Pour une fois, il avait voulu ralentir, embrasser son sujet à bras-le-corps et témoigner. Plus seulement prendre des images mais les donner à voir. Rinko téléphonait tous les jours. Il lui expliquait, elle ne comprenait pas. Elle voulait qu'il revienne. Elle lui disait que sans lui, la nuit, elle avait peur. Elle aurait voulu sentir son corps contre elle, son corps rassurant. Il lui avait dit : « Je ne suis pas ton *Teddy Bear.* » Il le pensait vraiment. Ses appels, il les avait trouvés dérisoires.

Et puis il était lentement revenu à lui, à la notion de temps, à l'agence. Lionel Sadoyan, son patron, l'avait sommé de « déconnecter ». Il avait renâclé, était revenu. Paris en janvier 1990. Arrivée par le dernier avion de la soirée, personne n'était prévenu. Dans le taxi qui le ramenait, il ne pensait même pas à Rinko. Tout lui semblait incroyablement propre, organisé, fluide. Riche.

Maxime Duchamp referma le portfolio et le rangea. Il s'allongea sur son lit, tout habillé, lumière éteinte. Il entendait la pluie. C'était une musique qu'il aimait d'habitude. Mais cette nuit, tout était différent. Il sentait les effets de la poigne d'Ingrid Diesel. Elle avait travaillé son corps et sa mémoire. Il l'entendait lui demander : « Tu n'as jamais été marié ? »

Longtemps, Maxime s'était dit que s'il était rentré de Bucarest à la date prévue, Rinko ne serait pas morte. Après la crémation, il s'était baladé dans un coma mental pendant assez longtemps. L'efficace Sadoyan s'était chargé de tout. Les photos sur les enfants de Roumanie avaient fait le tour des rédactions du monde entier. L'efficace Sadoyan s'était fait discret. Il avait appelé après un délai raisonnable. Et Maxime avait repris son matériel et était reparti en guerre.

Il lui avait fallu plusieurs mois pour réaliser que son cœur refroidissait chaque jour un peu plus. Il lui avait fallu attendre le 28 février 1991.

8

Elles avaient fait le chemin à pied jusqu'à la rue des Récollets. Le ciel était d'un bleu invraisemblable. Ingrid trouvait que le climat de Paris était nettement plus farceur que ses habitants. Quatre jours de pluie, un coup d'été indien. En plein mois de novembre. Mais les autochtones n'avaient pas l'air de trouver ça bizarre, d'ailleurs les autochtones avaient l'air blasé. Au centre d'accueil, Ingrid était assise à côté de Lola dans le bureau du patron de Vanessa Ringer et elle ne le trouvait ni aimable ni coopératif. Guillaume Fogel avait du mal à s'extraire de son ordinateur. D'incompréhensibles colonnes défilaient à toute allure sur son écran, elles l'intéressaient plus que ses visiteuses. Elles lui donnaient le prétexte de baguenauder avec les questions d'une femme qui n'était plus qu'un flic à la retraite. Lola avait été honnête en le précisant. Ingrid se disait que ça avait été une erreur. Et pourtant quand Lola Jost s'y mettait, elle savait être convaincante. Hier soir, elle lui avait mis le marché en main : « Ingrid, j'ai deux règles. Un, je ne travaille pas gratis. Deux, je ne travaille pas seule. Alors tu me payes en nature. Je veux un massage par semaine et, surtout, tu me donnes un coup de main. » Ingrid, qui avait d'autres sources de revenus que ses massages et donc du temps libre, n'avait pas résisté à l'autorité de « la patronne ».

– Vous n'avez rien remarqué d'anormal quand Vanessa travaillait pour vous ? Elle avait eu des problèmes ici ?

– Mais non. C'est ce que j'ai dit au commissaire Grousset. Vanessa s'entendait avec tout le monde. Et elle passait bien auprès des gamins, elle savait comment les prendre.

– Vous pouvez préciser ?

– Elle était douce mais se faisait respecter. À mon avis, Vanessa avait trouvé sa voie chez nous et croyez-moi, ce boulot n'est pas une sinécure.

– Jamais d'altercations avec les collègues ou les gamins ?

– Pas que je sache.

– Il faut sûrement une formation d'éducateur pour travailler ici. Et Vanessa n'en avait pas.

– En principe, mais ce qui compte avant tout pour moi, c'est la motivation ; croyez-moi, commissaire, si on fonctionnait comme ça dans ce pays, il y aurait moins de jeunes au chômage.

– Ce sont surtout des petits Roumains que vous avez ici ?

– Pas seulement, mais en grande partie. J'ai d'ailleurs dû me mettre au roumain. Heureusement, j'ai fait un temps partie d'une ONG à Bucarest, ça aide.

– Vous n'avez jamais eu d'ennuis avec les Albanais qui tiennent ces gamins ?

– Non, ces salopards savent se faire discrets. Quand on a commencé à réagir pour les braquages d'horodateurs, ils ont vite recyclé les gamins dans le vol et la prostitution.

– Quel âge ont les plus grands ?

– Je dirais dans les quatorze ans mais c'est difficile à dire, aucun n'a de papiers.

– Vanessa avait des relations avec eux en dehors du travail ?

– Ah, sûrement pas. Je conseille à mes gens de faire une stricte séparation entre boulot et vie privée. Sinon, on ne tient pas le choc.

– Et Vanessa a suivi votre conseil ?

– Étant donné son caractère raisonnable, je suppose que oui. Elle avait l'attitude de quelqu'un avide d'apprendre, avide d'aider. Vanessa, c'était un bon petit soldat.

– Vous avez un exemple ?

– Je me souviens d'un gamin sur la défensive. Vanessa a été très patiente avec lui. Elle ne parlait pas roumain. Il ne devait connaître que quelques mots de français. Mais ça a fait tilt. Elle l'a apprivoisé.

– On peut le voir, ce gamin ?

– Ça me fait penser que je ne l'ai pas vu depuis deux jours.

Lola émit un léger soupir. Elle attendit que Fogel offre une précision mais rien ne vint.

– Et cette disparition n'aurait pas un rapport avec la mort de Vanessa ? demanda-t-elle, la tension affleurant dans sa voix.

– Les enfants ne savent rien. Les éducateurs ont la consigne de se taire jusqu'à nouvel ordre.

– N'oubliez pas que le visage de Vanessa a fait la une de certains journaux.

– Ah.

– Vous n'aviez pas pensé à ça.

– Euh, non, mais vous savez, on est un peu occupés ici.

– Comment s'appelle cet enfant ?

– Écoutez, je ne sais pas vraiment si je peux…

– Je comprends vos réticences, monsieur Fogel. Appelez le commissariat du 10e et demandez à parler au lieutenant Barthélemy. Vous serez rassuré. Et vous pourrez nous aider.

– Mais aider qui, au fait ?

– Les proches de Vanessa, ses amies, vous quand vous vous regardez le matin dans la glace.

– Mais madame !

– N'y voyez pas d'injure, monsieur Fogel. Jean-Pascal Grousset est un flic très moyen. Je l'ai eu sous mes ordres assez longtemps pour le savoir. Si personne ne met son grain de sel dans l'affaire, le meurtrier courra encore quand il y aura prescription.

Fogel laissait ses colonnes de chiffres tranquilles. C'était déjà ça. Il sembla batailler dur avec sa conscience mais finit par dire :

– Il s'appelle Constantin. Douze ans environ. Blond. Un sweat-shirt à capuche noir. Il a fait partie d'une bande de pilleurs d'horodateurs et puis il s'est réfugié au centre parce qu'on voulait le prostituer. Mais on ne connaît ni son vrai nom, ni son âge réel, ni le nom de ceux pour qui il volait.

– Une idée de l'endroit où on peut le trouver ?

– Vanessa m'a dit un jour que Constantin était émerveillé par les Champs-Élysées. Il vivait dans la mouise mais cette avenue mythique, il ne pouvait pas s'empêcher d'aller y traîner. Les vitrines illuminées, les touristes du monde entier, le fric qui déborde de partout, tout ça…

– C'est sûr que ça change de Bucarest.

L'accoutrement d'Ingrid consistait en un blouson et une chapka de peau fatigués et doublés de fourrure qui la faisaient ressembler à un jeune aviateur de l'armée soviétique en déroute. Par souci de discrétion, Lola faillit lui suggérer de le laisser dans la voiture avant de franchir la porte du commissariat du 8e arrondissement où elle avait gardé de bons contacts avec le capitaine Huguette Marchal. Gros avantage, cette dernière ignorait que Lola s'était mise en retraite de son propre chef. Au téléphone, Marchal lui avait signalé trois gamins arrêtés pour vol à la tire sur les Champs cet après-midi.

Le plus jeune portait un polo noir en coton léger. Il était blond. Les deux autres n'étaient vêtus que de tee-shirts et leurs baskets étaient trouées de partout. Ils étaient bruns. Lola pensa à l'averse qui tombait sur Paris depuis quelques minutes. La clémence d'octobre n'était plus qu'un lointain souvenir, l'automne se durcissait et bientôt ces gamins auraient froid.

Elle s'approcha du petit blond. Le questionna. Il refusa de dire son nom et fit semblant de ne pas comprendre le français. Il avait un sourire malicieux. Des yeux assortis. Il lançait des blagues incompréhensibles à ses copains qui pouffaient de rire en mâchant du chewing-gum. Ils se paient carrément ma tête, se dit Lola. Comment font les enfants pour avoir toujours envie de rigoler ? Même quand ils ont été vendus par leur famille à des ogres modernes, même quand ils se baladent en tee-shirt par une nuit humide et froide ? Et puis elle pensa à Toussaint Kidjo qui aurait eu mal au ventre pour ces mômes de la nuit. Toussaint aurait trouvé les mots. Il avait le don de se faire aimer de presque tous ceux qui l'approchaient. Un bien étrange phénomène. C'était sans doute parce qu'il ne jugeait personne. Lola dut admettre que depuis qu'elle avait commencé cette enquête avec l'invraisemblable donzelle Diesel, les images de Toussaint frappaient moins fort. La carapace noire des remords se fendillait pour laisser affleurer les bons souvenirs.

– Je reconnais le plus grand, dit Huguette Marchal. On l'a déjà arrêté plusieurs fois dans le quartier. Et je sais qu'il parle français.

– Tu connais Constantin ? demanda Lola au môme qui faisait semblant d'entendre du chinois et écarquillait les yeux et levait les mains, des mains qui disaient *je ne sais rien, madame le flic, rien de rien.*

9

C'est Ingrid qui pilotait la Twingo. Lola n'aimait plus conduire la nuit et sa nouvelle coéquipière devait très bien se débrouiller. Cette fille était habile de ses mains. Autant pour masser que pour casser du casseur. On pouvait lui faire confiance. Et puis ça rappelait à Lola ses rondes de nuit avec Toussaint Kidjo. Il prenait toujours le volant, conduisait vite et bien, en souplesse, souvent sur un fond de musique du Sénégal, le pays de son père. Paradoxalement, cette musique du soleil allait bien avec le ciel étoilé. Ou du moins l'idée qu'on s'en faisait, les étoiles étant de plus en plus rares sous le ciel de la capitale.

Pour une Américaine, Ingrid connaissait bien Paris, filait vers la porte Dauphine sans marquer d'hésitation. Évidemment, elle conduisait vitre ouverte, histoire de faire comprendre que fumer était une coutume dépassée pratiquée par une poignée de pithécanthropes. Mais Lola n'avait jamais été frileuse.

Il était près de vingt-trois heures, quelques voitures éparses sur la place Charles-de-Gaulle, puis Ingrid enfila l'avenue Foch. De la largeur, de la verdure en veux-tu en voilà, de beaux immeubles. Au bout d'une des avenues les plus chic du monde, un trou noir, un vortex à aspirer les gamins, se dit Lola en pensant à son propre fils et à ses deux petites-filles qu'elle trouvait plutôt réussies.

Ingrid ralentit, se coula parmi ces voitures en maraude, Lola se dit qu'elle n'aurait pas fait un mauvais flic. En plus, son aspect androgyne était bienvenu dans le cas présent. Blouson et chapka étaient restés sur la banquette arrière. Mais le pull marin faisait bel effet. Sous l'aviateur, le matelot.

– Fais le tour à petite vitesse que je voie s'il y a des têtes connues.

Un temps en mouvement, elles avaient cessé de tourner et attendaient, moteur au ralenti, mais les types gardaient la distance. Évidemment, qu'est-ce qu'elle croyait, Lola ? Qu'elles avaient des têtes de clientes potentielles ? En plus des infâmes cigarettes de Lola, on sentait l'odeur humide du bois de Boulogne – trop humide à son goût ; il y avait ces silhouettes plantées au bord du trottoir, au bord du monde. Laquelle leur dirait où aller ?

Et puis Ingrid crut voir un adolescent. Il souriait, mais non, c'était un homme, son adolescence loin derrière lui. Son regard lui donne dix mille ans, pensa-t-elle. À son tour, Lola baissa sa vitre, demanda au type s'il connaissait Constantin. Cela ne donna rien, mais il leur proposa ses services. Ingrid se retint de l'insulter, décida de remettre la voiture sur orbite, laissant ce sourire en suspension. Il y en avait d'autres qui flottaient dans l'air moite, dans l'odeur de bois. Ils mettaient Ingrid mal à l'aise, évoquaient des sangsues.

– Lui, là ! dit Lola d'un ton presque joyeux.

Ingrid prit la tangente en se demandant combien d'années avaient été nécessaires à sa compagne pour être à l'aise dans cette ambiance. Le type ne devait pas avoir plus de vingt-cinq ans, il portait un costume, une chemise éclatante de blancheur, presque un phare dans la nuit ; ses cheveux blonds étaient savamment ébouriffés, son visage plutôt maigre mais beau. Il n'avait pas des yeux tiroir-caisse, lui. C'était autre chose. Il essayait de ressembler à David Bowie et y arrivait presque.

– Il s'appelle Richard, dit Lola. C'était un de mes tontons. Une vraie langue de vipère mais toujours aussi classe.

– J'admets qu'il n'est pas mal. Pourquoi fait-il ça ? La drogue ?

– Tout juste. Il a plein d'amants mais sa fidèle épouse, c'est la dope.

Pour Ingrid, son costume n'était guère différent de celui des types qui travaillaient dans les buildings de la Défense. Il ne ressemblait pas à ses collègues qui affectionnaient plus le jean ou le cuir.

– Contente de te revoir, Richard. Si, si, je te jure.

– Commissaire Jost, ça fait un bail. Et tu circules toujours dans ta petite voiture pourrie. La paye reste mince dans ta partie. Après toutes ces années, les vaches !

– Peut-être bien, Richard, mais les réponses à mes questions sont gratuites, alors j'en profite.

– Puisque tel est mon destin... allez, vas-y, questionne. Qu'est-ce qui te ferait plaisir ?

– Retrouver un Roumain. Constantin. Dans les douze ans. Très blond, un sweat-shirt à capuche noir.

– J'appelle ça une colle. Et j'ai pas en rayon.

– Je me doutais bien que je n'allais pas gagner du premier coup. Je voudrais seulement que tu me mettes sur la voie sans que ça dure toute la nuit. Je sais à quel point tu aimes te faire désirer.

– Mais non, tu ne sais pas. De toute façon, de Constantin, je ne connais point. Les petits ont des kapos audessus d'eux. Des types de quinze, seize ans, des compatriotes qui font le tapin eux aussi. Il faut que tu mettes la main sur un gars comme ça, tu vois ?

– Si tu crois m'apprendre un truc, c'est un peu juste.

– Ta collègue ne parle pas, elle est timide ? Elle a la même coiffure que Jean-Paul Gaultier. Et le même pull. C'est chouette.

– Normal, c'est Jean-Paul Gaultier.

– Je me disais aussi.

– Bon, Richard, tu la lances ta fusée éclairante ? Ou Gaultier et moi, on sera obligés de t'embarquer. Vu que tu es beau comme un dieu déchu, ça te fera rater pas mal d'occasions et bientôt les nuits seront de plus en plus longues et de plus en plus fraîches. Réfléchis vite.

– Flatteuse, va. Tu sais comment t'y prendre. Eh bien, ma délicieuse, prends donc la contre-allée et remonte un peu vers l'Étoile. Pas celle du Berger. La nôtre, celle de Paris. Moi, j'ai jamais réussi à l'appeler place Charles-de-Gaulle…

– Richard, tu t'égares.

– Tu verras une Mercedes garée, immatriculation CD. Dedans, il y a un type mal coiffé en train de s'occuper d'un corps diplomatique. Il s'appelle Ilie. On dirait un prénom de gonzesse mais bon, c'est le sien. Il s'appelle vraiment Ilie. Mais dépêche-toi parce que même si les nuits sont longues, les pipes sont…

Et s'effilocha la phrase du dieu déchu, Ingrid avait déjà engagé la Twingo vers le cœur de la place.

– T'as le feu au petit pull marin marine ou quoi ? demanda Lola.

– Je n'aime pas ce genre de conversation, ce genre d'hommes, ce genre d'endroits…

– Dommage. Parce que contrairement aux apparences, la nuit vient à peine de commencer.

Ingrid se gara avant la contre-allée. Elles laissèrent la voiture, marchèrent en direction de l'Arc de Triomphe qui brillait à travers la masse des arbres noirs. La Mercedes était à deux pas. Elles attendirent que la portière s'ouvre sur un jeune blond.

– Prends-moi le bras, ça fera grand-mère et petite-fille en promenade digestive.

– Jette ta cigarette, ça ne fait pas grand-mère respectable.

– Bon, d'accord.

– Et moi, j'ai l'air naturel ?

– Évite de lui balancer une bière mexicaine en pleine poire et ça ira. Attention, on va le sauter…

– *What ?*

– Langage de flic. On le crève, on l'arrache. Mets-toi un peu au diapason, quoi, Ingrid. ON LE SAUTE ! ALLEZ ZOU !

Lola avait une bonne tête de plus que le garçon, elle le plaqua sans effort contre la carrosserie d'une camionnette. Pour faire bonne figure, Ingrid cria « Police ! On ne bouge plus ! ». Il articula deux trois bouts de phrase avec des *r* qui roulaient. Ses yeux tournaient comme ses *r*, il cherchait ses amis. Les compatriotes, les kapos. Richard avait peut-être une langue de vipère mais il savait choisir ses mots.

– On sait qui tu es, tu t'appelles Ilie.

– J'ai rien fait !

– Qui dit le contraire ? T'affole pas, tout va bien.

Ingrid lui donnait dans les dix-sept ans, il avait de l'acné, une moustache qui se dessinait.

– Écoute-moi attentivement, Ilie, reprit Lola. On ne te veut pas de mal. Tu réponds à mes questions, on s'évapore. Comme des guerriers ninja dans la nuit. Tu nous vois, hop, tu nous vois plus. D'accord ? Tu comprends ce que je te dis ?

Ilie hocha la tête, Lola dit qu'elle allait le lâcher et qu'il fallait se tenir tranquille. Il réajusta son blouson et se lissa les cheveux. Il avait une mèche folle qui revint lui balayer le visage mais l'arrière de son crâne était presque rasé.

– On cherche le petit Constantin. La dernière fois, il traînait vers le Faubourg Saint-Denis. Et ne me dis pas que tu ne le connais pas. Je sais que tu le connais. On me l'a dit.

– Qu'est-ce que tu veux à lui ?

– Réponds à ma question, Ilie. Constantin, tu sais où il est ?

– Constantin, il s'est sauvé et je sais rien. Rien du tout. Voulait pas venir ici travailler. Il s'est sauvé. Je jure à la police. C'est vrai.

– S'il s'est sauvé, tes patrons le cherchent. Et ils ont bien dû commencer quelque part. Tu nous dis où.

– Je jure à la police je sais rien.

– Bon, on t'embarque, dit Ingrid en prenant l'air dur.

– Je sais rien, je jure, je jure.

– Il y a quelqu'un qui le connaît ? questionna Lola. Quelqu'un qui saurait ?

– Peut-être le cuisinier.

– Quel cuisinier ?

– Son nom, je sais pas. Je connais restaurant. Le cuisinier donnait à manger quelquefois. C'est pour ça, Constantin aller là-bas. Dans le passage Brady.

– Si tu m'as raconté des salades, je reviens demain et je te fais expulser. Et c'est peut-être bien ce qui pourrait t'arriver de mieux.

– Je jure, je jure. J'ai dit tout. Le cuisinier, c'est vrai.

– Bon, tu peux t'en aller, Ilie. Si c'est vraiment ça que tu veux.

C'était ça qu'il voulait. Ingrid et Lola le regardèrent repartir vers la porte Dauphine.

– Tu n'as pas l'impression d'être revenue à la case départ, Lola ?

– Mais non, Ingrid, je te répète que la nuit ne fait que commencer.

– À force, tu sais à qui je nous fais penser ?

– À Jean-Paul Gaultier et Mae West ?

– *No !* Aux belles…
– De jour comme de nuit, c'est ça ?
– *Exactly.*

10

Le passage Brady était plongé dans la pénombre. Mais une lueur trouait tout ça qui provenait des *Belles.* Lola y vit comme un symbole mais l'image s'effilocha. En plus de la lumière, il y avait des cris, un couple s'offrait une dispute. Ou, plus exactement, une femme jetait sa colère à la tête d'un homme qui essayait de garder son self-control. La voix était celle de Khadidja. Ingrid et Lola échangèrent un bref regard et se postèrent le plus près possible du restaurant.

– Tout ce qui te préoccupe, c'est d'avoir raté un casting à cause de ta garde à vue. Voilà le fin mot de l'histoire.

– QUE TU DIS !

– Je constate, c'est tout.

– TU VEUX QUE JE TE LE DISE LE PUTAIN DE FIN MOT DE L'HISTOIRE, HEIN ?

– Oui, mais sans brailler. Et sans gros mots.

– Le fin mot de l'histoire, il me reste coincé là. Tu m'as dit que ta femme était morte, ah ça oui ! Le seul problème, c'est que tu as soigneusement évité DE ME DIRE DE QUOI !

– Un bémol en dessous, tu veux. Si cela t'avait intéressée deux secondes, je te l'aurais dit.

– Tu t'en fous de savoir que j'ai eu l'air d'une conne devant ce petit flic hargneux.

– On en revient à toi. C'est triste.

– C'est pas de moi que je te parle. C'est de nous, Maxime. Je me suis fâchée avec mes parents, avec mon frère, à cause de toi.

– Ah, parce que tu as un frère ? Première nouvelle.

– Là n'est pas la question. Mon frère est un sale type, mais quand il dit que je suis maquée avec un homme bien trop vieux qui ne m'épousera jamais, il n'a pas tort.

– Qu'est-ce que le mariage vient faire là-dedans ?

– J'en ai rien à foutre du mariage, c'est pas ça le problème. Je supporte très bien que tu ne me fasses pas de promesses. C'est tes cachotteries que je n'encaisse pas. C'est aussi grâce au flic que j'ai appris que tu allais te faire masser chez l'Amerloque qui ressemble à un travelo, figure-toi !

– Ce n'est pas un secret.

– Ah bon ?

– Ingrid Diesel est juste une copine et elle masse à merveille. Ça élimine le stress. Tu devrais essayer.

– Et en plus, tu te fous de moi.

– Moi, moi, moi. Tu n'as que ce mot à la bouche, Khadidja.

– Tu comprends rien à rien, Maxime, et j'en ai jusque-là de ta morale. Je me casse.

– Tu es libre.

– C'est tellement facile. Et ça t'arrange bien.

– Qu'est-ce que tu veux dire ?

– Je n'ai plus rien à te dire. Salut.

Ingrid et Lola se dissimulèrent derrière les troènes de la terrasse, surtout Ingrid. Khadidja fila comme une bombe, les talons aiguilles de ses bottines claquant dur sur le pavé.

– Solide tempérament, dit Lola.

– Moi, j'appelle ça *bad temper.* Un sale caractère.

– Favoritisme.

– *What ?*

– Tu as un faible pour Maxime. Je ne suis pas tombée de la dernière pluie.

– Contrairement aux gouttes qui embrument tes lunettes. Tu devrais les nettoyer, Lola.

– Tu changes la conversation, Ingrid. Laisse-la tranquille, elle est très bien comme conversation et, dans le fond, elle ne te veut pas de mal.

– Je te répète que tes lunettes sont mouillées. Tu les essuies ou pas ?

– Si, si, je les essuie.

– Alors, qu'est-ce qu'on fait ? On entre ou pas ?

– On entre.

– *Good. Let's move.*

Et elles poussèrent la porte. Maxime était derrière son bar et venait de sortir la bouteille des grandes occasions. Et des grands désastres, comme celui qu'arborait son visage. La calamité s'estompa légèrement sous l'effet du courant d'air qu'elles apportaient dans leur sillage. Lola s'approcha du bar, de la bouteille. Sur l'étiquette bordée de bleu, quelqu'un avait écrit à la main « Englesqueville 1946 ». Elle s'en souvenait. De l'eau de feu qui vous brûlait l'œsophage et imprimait un parfum de pommes vitrifiées dans votre chair.

– On arrive à temps pour le calvados. Je suis sûre qu'Ingrid n'a jamais goûté un truc pareil.

Maxime ajouta deux verres sur le comptoir de cuivre. Et les remplit.

Il faisait vraiment bon aux *Belles*, Lola abandonna son imperméable sur un dossier de chaise. Maxime leva son verre :

– Aux femmes, et sans rancune.

À son tour, elle trinqua, et en profita pour jeter un coup d'œil à Ingrid. Sa coéquipière ne perdait pas une miette du visage de Maxime. Et cette moisson était dure à avaler. On prétend que les Américains sont de grands enfants, on a tort, se dit-elle. Celle-ci est en train de mûrir à toute allure. Lola trempa ses lèvres dans la liqueur mordorée. Ingrid s'envoya une lampée intrépide et faillit s'étouffer. Maxime sourit. Ça faisait plaisir à voir.

– *Oh, my gosh !*

– Eh oui, c'est du farouche, commenta Lola. On ne saute pas dessus comme une cow-girl sur un mustang. Approche-le tout doux, ma fille.

Ils finirent prudemment leurs calvas, à petites gorgées, et comme Maxime s'apprêtait à resservir de l'air du gars qui a décidé d'y consacrer sa nuit, Lola couvrit le verre d'Ingrid de sa main.

– Pas pour elle. Cette nuit, elle pilote ma Twingo.

– Pour quoi faire, par ce temps de cochon ?

– Pour sauver ta peau, Maxime.

– Qu'est-ce que tu racontes, Lola ?

– Ingrid et moi avons monté une association provisoire de défense. D'un seul protégé. Toi. Il est hors de question que Grousset te mette le meurtre de Vanessa sur le dos.

– C'est trop gentil, mais je suis assez grand pour me défendre tout seul, d'autant que je n'ai rien à me reprocher.

– C'est un argument qui n'empêchera pas la meule policière de rouler. Grousset est un con du genre constant. Il ne lâche pas prise. Surtout s'il a des bricoles à meuler. La clé de l'appartement des filles dans le tiroir du bar, par exemple. Ou, juste à l'heure du crime, ton massage chez l'Amerloque. Excuse-moi, Ingrid.

– *You're welcome, dear.*

– Et puis, il y a les pieds tranchés.

– Avec un hachoir et une planche de cuisine. Le détail qui tue, ajouta Ingrid.

– Sans oublier la mort de Rinko, continua Lola.

Maxime remplit son verre et but le contenu d'un trait. Il marqua une assez longue pause, puis en s'adressant aux deux femmes à la fois demanda :

– Vous voulez vraiment que je vous parle de Rinko ?

Lola hocha la tête tranquillement tandis qu'Ingrid, tétanisée, soutenait le regard du restaurateur comme si la langue française s'était brusquement retirée de son cerveau. Maxime prit son verre d'une main et la bouteille de l'autre et se dirigea vers l'escalier qui menait à l'appartement. À mi-chemin, il se retourna et leur fit signe de le suivre. Lola eut la sensation que Maxime était un livre dont elle venait de tourner la première page.

11

– Qu'est-ce qui t'arrive, Chloé, tu ne dors pas ? Mais tu trembles !

– Un type a appelé deux fois. Il voulait te parler.

– Quel type ?

– Je ne sais pas.

– Il a parlé de l'argent ?

– Non. On devrait peut-être quitter l'appart et demander l'hospitalité à Maxime. J'ai peur, Khadidja !

– Ça ne sert à rien d'avoir peur. De toute façon, je me suis fâchée avec Maxime. Il va falloir qu'on se débrouille seules.

– Mais on n'a nulle part où aller !

Khadidja songea à la mère de Chloé. Lucette avait vécu dans cet appartement jusqu'à son accident de voiture. Mère célibataire, déprimée chronique, elle n'avait jamais réussi à être rassurante, voguant de petits boulots en jobs minables. Elle valait nettement mieux que les parents de Vanessa, en tout cas. Un duo de cathos intégristes bornés à pleurer. Quand ils avaient appris que Vanessa sortait avec Farid, ils lui avaient rendu la vie impossible, pour finalement la mettre à la porte. Mes parents c'est kif-kif, s'énerva Khadidja. Religion, piège à cons.

– Dis, Khadidja, c'est qui ce mec, à ton avis ?

Khadidja considéra Chloé un moment, puis la prit dans ses bras et la serra fort. Elle caressa ses cheveux en la berçant. Ensuite, elle l'entraîna dans la cuisine ; en confectionnant du chocolat chaud, elle lui expliqua la théorie qu'elle avait échafaudée pendant qu'elle, Chloé, noyait sa frousse dans les *Suites pour violoncelle* de Bach.

– Je suis sûre que mon frère est là-dessous. Dès qu'il y a une embrouille, Farid n'est pas loin.

– Mais c'était pas Farid au téléphone.

– C'était un de ces types qu'il a toujours autour de lui. Farid est peut-être un loup, mais c'est pas un solitaire, crois-moi. Il y a deux hommes en lui. L'infernal et le charmeur. Il alterne. Toute mon enfance, ça a été pareil. Mon frère est un dingue. Mais qui a l'air normal.

– Arrête, ça ne me rassure pas du tout.

– Il faut que tu saches une chose, Chloé.

– Quoi ?

– Je n'ai pas peur de Farid. On est du même sang et j'ai la même force en moi. D'ailleurs, je suis née avant lui. On s'est bagarrés dans le ventre de ma mère mais c'est lui qui est sorti en dernier. Et ce sera toujours comme ça.

– Je croyais qu'on ne pouvait pas faire autre chose qu'aimer son jumeau.

– Le pire, c'est que je l'aime. Ça ne m'empêche pas de le voir comme il est et de me méfier.

– Et si c'était lui...

– Pour Vanessa ?

– Oui. Tu irais à la police ?

– Je ne donnerai jamais mon frère à la police. Quoi qu'il arrive.

⁂

Un pied dans l'intimité de Maxime ; Ingrid était émue. Ce qu'elle découvrait lui plaisait. Elle ne s'étonnait que d'une chose : pas une seule photo n'ornait les murs. Elle n'aurait pas imaginé l'appartement d'un ancien photo-reporter comme ça. Quant à Lola, elle semblait se moquer du décor. Elle ne voyait que son objectif : la réponse à ses questions. En même temps, son inquiétude était presque palpable.

Maxime sortit un grand carton à dessin d'un placard, l'ouvrit sur la table pour révéler les planches originales d'une bande dessinée. Un travail à l'encre noire. Un trait délié et puissant. Des adolescents dans une mégapole où se mélangeaient tradition et modernité. Ingrid reconnut Tokyo, ses voies express, ses trains, ses poteaux électriques tissant leur filet de câbles au-dessus des ruelles, ses champignonnières d'immeubles à la laideur fascinante, ses quartiers villages, ses habitants au quotidien : les cyclistes sur les trottoirs, les marchands itinérants de patates douces. Et puis la foule partout. Dans les gares, les magasins, aux carrefours. Et la solitude. Rinko Yamada-Duchamp semblait très forte pour parler de la solitude.

– *Otaku* est le chef-d'œuvre de Rinko, dit Maxime. Elle n'avait pas peur de s'attaquer aux sujets qui fâchent.

– Que signifie « *otaku* » ? demanda Lola.

– « Celui qui s'abrite à la maison ». Un otaku est un jeune homme qui refuse de devenir adulte. Il s'enferme chez lui, oublie le réel et ne vit que pour sa passion.

– Quel genre ?

– Modélisme, collection de montres, petites culottes de lycéennes, vidéos pornos et ainsi de suite.

– Je note un certain penchant pour le fétichisme, non ?

– Tout juste. Il y a d'ailleurs tout un marché autour des idoles. Photos, disques, poupées à l'effigie de jeunes chanteuses, actrices.

– On a un peu ça chez nous.

– Au Japon, c'est plus complexe. Si l'otaku refuse les contraintes de la vie en société, la société japonaise n'oublie pas l'otaku et lui vend ce qu'il aime. C'est ce mercantilisme cynique que pointe le manga de Rinko.

– Qu'est-ce que ça raconte ?

– Difficile de résumer, l'histoire compte quinze tomes. Elle commence sur une lycéenne en bikini en train de se faire photographier en studio ; son image permettra la conception de figurines commercialisables. Cette fille va devenir la pièce maîtresse d'une collection. Celle d'un otaku complètement cinglé.

Maxime referma le carton à dessin. Puis il remplit son verre. Ingrid comprit qu'il avait l'intention de prendre une cuite. Elle eut envie de la prendre avec lui. Mais Lola était d'une autre humeur. Elle attendait que Maxime peaufine son évocation. D'ailleurs, l'ex-commissaire et l'ex-reporter se fixèrent un moment sans rien dire. Il y avait de la tendresse dans les gros yeux ronds de Lola mais aussi de la fermeté. Maxime céda le premier :

– Vous vouliez savoir qui était Rinko. Vous savez.

– Tu n'as ouvert qu'un carton à dessin…

Maxime eut encore un sourire mais il faisait peine à voir. Si Lola n'avait pas été là, Ingrid l'aurait pris dans ses bras. Elle en tremblait presque.

– Rinko a fait un sacrifice en me suivant ici, elle trouvait l'inspiration dans la vie de ses compatriotes. À Paris, elle a continué de dessiner mais ce n'était plus pareil. Elle n'était plus au centre. À la fin de l'histoire, c'est à Paris qu'elle a trouvé la mort. Il reste son travail et, comme je le disais à Ingrid l'autre jour, ses cendres sur la cheminée. Et puis sa collection de poupées, ces effigies de lycéennes dont elle s'était servie pour *Otaku*. Si le commissaire Grousset veut trouver un lien entre mes souvenirs et Vanessa Ringer, eh bien qu'il cherche.

– Comment Rinko est-elle morte ?
– Étranglée.
Lola s'assit, et Ingrid suivit le mouvement. Ses genoux lui jouaient un sale tour.
– Une deuxième strangulation, même à douze ans d'intervalle, je te le dis tout de suite, Maxime, ça la fout mal.
– Peut-être, mais c'est la réalité. Que veux-tu que j'y fasse ?
– Que tu me donnes le plus d'informations possible pour que je distance Grousset. Tiens, par exemple, quelles étaient tes relations avec Vanessa ?
– Dis donc, ça fleure vraiment l'interrogatoire de flic, Lola.
– Maxime, fais un effort.
– Elle venait souvent manger avec nous.
– Nous ?
– Khadidja et Chloé. On prend toujours nos repas en cuisine avant l'arrivée des clients. Vanessa venait nous rejoindre. L'amitié des filles faisait plaisir à voir et je savais que Vanessa ne roulait pas sur l'or. Et puis, je la trouvais un peu maigre ; au moins, avec nous elle se nourrissait correctement.
– Moralité, tu la voyais souvent.
– Très souvent.
– Pas bon, tout ça.
– Tu trouves ?
– Je trouve, oui.
– Je ne vois pas ce qu'il y a de mal à ouvrir sa porte aux gens.
– Il faut absolument qu'on se décarcasse pour retrouver un témoin, un petit Roumain. Il a disparu après la mort de Vanessa.
– Constantin ?
– Tu le connais donc ?

– Vanessa l'avait amené. Depuis, il revenait me voir de temps en temps. Il aimait me regarder travailler, et manger un morceau par-ci par-là.

– Tu as une idée de l'endroit où il peut être ?

– Non, parce que je ne lui ai jamais posé de question. Constantin revenait de loin, d'un endroit que je connais trop bien, et je n'avais pas envie de lui remettre le nez dans son marasme. Je l'ai nourri, je lui ai fait la causette. Enfin, c'était plutôt des discussions par gestes.

Ingrid et Lola marchèrent jusqu'au rideau liquide qui barrait la rue du Faubourg-Saint-Denis. A contrario de leur enquête, ça s'énervait. Ingrid leva la tête vers le fracas cinglant de la verrière du passage Brady.

– Dans un déluge pareil, le môme est forcément à l'abri quelque part.

– Je l'espère pour lui. Mais pourquoi faut-il que des êtres humains vivent comme ça, surtout des gamins, tu le sais, Lola ?

– À la chute de Ceauşescu, le monde a réalisé que des dizaines de milliers d'enfants croupissaient dans des orphelinats ressemblant foutrement à des camps de concentration. Des victimes de la politique nataliste d'un dictateur qui voulait doubler sa population pour fêter le troisième millénaire. Contraception interdite. Cinq enfants obligatoires par famille. L'État s'engageait à prendre en charge ceux que les parents abandonnaient, faute de fric, d'amour, de tout ce que tu veux. Toute une génération a été sacrifiée à cause des idées de grandeur d'un pauvre type.

– Et on ne fait rien ?

– Si, des associations s'y emploient, mais il y a du boulot. Énormément de boulot. L'Europe à deux vitesses, vois-tu.

Leur duo se tut un long moment, absorbé par les trombes qui avaient pris possession de la rue, décrassaient la voiture de Lola. Au bout d'un long moment, le grondement sur la verrière ne fut plus qu'un tapotis. Et maintenant, qu'est-ce qu'on fait ? se demanda Ingrid. Et elle s'apprêtait à poser la même question à Lola lorsque celle-ci la précéda :

– Maxime parle et se tait en même temps. Tu as remarqué ?

– *What do you mean ?*

– Il ne veut pas tout nous dire. C'est l'évidence. Ah, quelle poisse !

– Maxime n'a pas envie de penser à son passé.

– Le seul problème, c'est que son passé a très envie que Maxime pense à lui.

12

Chloé Gardel rêvait que son corps était un violoncelle et qu'un gnome équipé d'une petite cuillère essayait de le remplir de nourriture. Il tentait de faire passer la bouillie à travers les ouïes de l'instrument. De l'autre main, il appuyait fort sur sa bouche.

Elle prit une goulée d'air et se réveilla. Elle sentit la présence d'un corps d'homme qu'elle ne voyait pas. Elle essaya de hurler.

– On ne gueule pas.

Malgré la peur, elle reconnut le timbre de la voix. Calme mais glaçante. Celle du téléphone.

La lumière éclata, révélant un visage. Crâne rasé, bouc de diable, des yeux fixes. Et très vite, elle entendit son amie :

– Mais lâche-la, crétin ! Qu'est-ce que tu fous ?

L'homme enleva sa main, faisant apparaître Khadidja.

Et Farid.

Chloé se recroquevilla contre le mur. Elle avait espéré sa disparition. *Dès qu'il y a une embrouille, Farid n'est pas loin.* Khadidja avait raison.

– J'évite qu'elle ameute les voisins. Tu as intérêt à oublier le mot « crétin ».

– Vous n'aviez qu'à sonner au lieu d'entrer comme des enfoirés de Fantômas !

– Excuse-moi, mais ta sœur est vachement mal élevée, Farid.

– Bon, tout le monde à la cuisine, on va parler, dit Farid d'un air las.

Chloé enfila un sweat-shirt sur son pyjama et suivit le mouvement. Elle essayait de respirer profondément pour remettre ses idées à l'endroit. Peine perdue, dans son cerveau mille images confuses dansaient la sarabande. Elle fit un détour par la salle de bains et avala un des comprimés du docteur Léger. Elle se surprit à espérer son arrivée ici, en pleine nuit. Il arriverait à persuader Farid et son copain de partir. Il avait tenu tête au flic barbu qui voulait l'embarquer au poste en pleine crise, et gagné un peu de répit. Le docteur Léger n'était pas comme ces violents qui ne connaissent que la force. Ils lui sortaient par les yeux, tous ces mecs…

– Si Madame veut bien venir, il y a réunion en cuisine.

– Je prends juste mon médicament.

C'était le copain de Farid. Il faisait bien deux mètres. Quelle peur il lui avait faite, ce grand abruti. La vague d'angoisse montait, ses mains s'étaient remises à trembler. Elle détestait quand ses mains faisaient ça. Elle avait l'impression que son système pouvait rester bloqué sur « tremblement ininterrompu », et après ça, comment jouer du violoncelle ?

– J'espère que tu n'en as pas profité pour téléphoner.

– On n'a qu'un téléphone, et il est dans l'entrée.

– Les portables, ça se trimballe partout…

– J'ai pas les moyens d'avoir un portable.

Dans la cuisine, Khadidja tenait la dragée haute à son frère. Mais il n'avait pas l'air de l'écouter. Il avait sa tête des sales jours, le regard fixé sur ses mains. Chloé se souvenait de ses bagues en argent. La nuit au bord du canal, elles brillaient. Et puis ce sang, tout ce sang. Chloé avala son envie de vomir et se força à s'asseoir en face de Farid ; il ne leva même pas les yeux vers elle. Elle bénit le docteur Léger, ses comprimés faisaient de l'effet en quelques minutes. Elle se sentait déjà mieux.

Khadidja rappelait Mistinguett à Jean-Luc. Elle avait ce côté petite femme de Paris qui vous tient tête, cause à vous saouler. Qui n'hésite pas à vous traiter de crétin avec ses poings sur les hanches. Il n'aimait pas frapper les filles mais celle-là, il ne se serait pas fait prier pour lui en coller une. Chloé, c'était une autre affaire. Elle avait tout de la paumée qui vit dans l'ombre de sa copine. Jean-Luc se disait qu'il ne fallait pas se fier à ces filles timides, les boulottes qui se trouvent moches, les trop petites, les pas maquillées, les mal fagotées. Elle ressemblait vaguement à Ellen MacArthur, les cheveux bruns et courts, les joues rondes, le nez retroussé. Peut-être que cette Chloé avait plus de caractère que ce qu'on croyait.

Il essaya de se concentrer pour la lire mais c'était difficile avec Khadidja qui tchatchait à n'en plus finir. Pourtant, Farid ne lui avait posé qu'une question simple : « Où est le fric ? » Pour le moment, il était l'Ange perché sur la cathédrale, gargouille de luxe qui attend que le commun des mortels ait fini de causer pour prendre son envol. Il était dans les hauteurs, dans son grand silence ténébreux, la tête penchée, les paupières à moitié closes, les mains tranquilles. Chloé lui jetait des regards à la dérobée, elle avait une sacrée frousse de lui, ça se voyait comme le spi d'Ellen MacArthur au milieu de l'écran télé. Chloé avait compris à qui elle avait affaire. Ou bien

Chloé savait. Elle sait quelque chose sur Farid que je ne sais pas, se dit Jean-Luc.

– Tu entres comme un voleur, tu manques nous faire crever de trouille et tout ce que tu trouves, c'est « où est le fric ? ». Moi aussi, j'ai une question, Farid. C'est toi qui as tué Vanessa ?

Farid tourna la tête vers elle. Et puis, il dit « non ». Juste « non ». C'était impeccable.

– Et il faut que je te croie sur parole !

Là, il ne répondit rien et se contenta de la fixer de ses yeux sombres, où voguait une bonne louche de mépris. Jean-Luc se souvint d'une discussion entre Noah et Farid à propos de Khadidja. Farid était furieux parce que sa sœur couchait avec un non-musulman, un type bien plus vieux qu'elle qui n'avait aucune intention de lui passer la bague au doigt. En plus, elle voulait être comédienne ou chanteuse. Marrant comme Farid pouvait être conservateur, pensa-t-il.

– Notre porte n'a pas été forcée. Comment tu expliques ça ? C'est bien avec une clé que tu viens d'entrer ?

– J'ai rien à t'expliquer. Je répète ma question : où est le fric ?

– De quel fric tu parles, à la fin ?

Farid poussa un soupir puis il eut une espèce de sourire presque navré. La dernière fois que Jean-Luc l'avait vu faire ça, ça s'était mal terminé pour son interlocuteur.

– On a réussi un beau coup. J'ai décidé de donner ma part à Vanessa.

– Le dernier braquage sur les Champs, c'était toi ?

– C'est pas ton problème. Vanessa a refusé mon argent. J'ai insisté. Elle a dit qu'elle allait le donner à une association pour les enfants roumains.

– C'est vrai ?

– Oui.

– Et tu lui as laissé le fric ?

– Comme si tu ne le savais pas.

– Non seulement je ne sais rien, mais je n'essaie même pas de comprendre pourquoi tu voulais lui donner cet argent.

– Tu as raison, n'essaie pas. De toute façon, ça ne te concerne pas.

– Oh, mais si. Vanessa était mon amie, et tu es mon frère. Ce que je ne comprends pas, c'est pourquoi tu viens me parler de fric alors qu'elle est morte. Je croyais que tu l'aimais comme un fou. C'était des mensonges tout ça, hein ?

– Je m'en branle, du fric. Ce que je veux savoir c'est si tu l'as tuée pour l'avoir.

– NON MAIS T'ES MALADE OU QUOI ?

– Oh ! Moins fort ! intervint Jean-Luc.

– Réponds, dit Farid d'une voix glaciale.

– Tu fais chier, lâcha Khadidja.

La gifle de Farid la fit décoller de sa chaise, elle gémit en heurtant le carrelage. Farid lui balança un coup de pied dans les fesses. Et puis un autre. Jean-Luc surveillait Chloé, des fois qu'il lui prenne une idée genre je me sauve ou je hurle. Mais Chloé restait comme une grosse pierre sur sa chaise, il y avait juste ses yeux pleins de larmes qui clignaient un peu.

Et Farid cognait, cognait.

Tout d'un coup, on entendit Chloé. Une petite voix d'abord, couverte par les cris de Farid qui traitait sa sœur de salope et ceux de Khadidja qui dérouillait :

– C'est pas elle, arrête, c'est pas elle ! Je t'en supplie ! ARRÊTE, FARID !

Farid se redressa, toisa Chloé deux secondes. Et il l'agrippa par les épaules pour la secouer, la secouer. C'était pas la peine, elle parlait, elle parlait comme une fontaine. L'ange noir avait le don de les faire couler, de la même façon que le fric.

– On rentrait des *Belles*. J'ai trouvé Vanessa morte sur le lit. Khadidja était dans la salle de bains. Je suis allée la prévenir et elle a dit qu'il fallait appeler tout de suite la police. La police a fouillé partout. Il n'y avait pas d'argent. Celui qui a fait ça a dû partir avec. Et je crois aussi qu'il a volé le journal de Vanessa. Mais ne la frappe plus, je t'en prie, arrête ! Khadidja n'a rien fait. Elle n'aurait pas mutilé Vanessa. Et puis elle n'a jamais rien dit à personne, jamais. Et moi non plus. Alors, arrête. Je t'en supplie.

– Mutiler ! Qu'est-ce que tu racontes ?

– Il lui a coupé les pieds.

Farid resta pétrifié. Jean-Luc, fasciné par le visage de son ami, n'entendit plus les gémissements et les pleurs des filles pendant un court moment. Puis il se tourna vers Chloé devenue molle comme un chiffon. Effectivement, Chloé sait quelque chose que je ne sais pas. Khadidja itou. *Elle n'a jamais rien dit à personne... et moi non plus... volé le journal...*

– Où en sont les flics ? articula Farid.

– Nulle part, répondit Chloé. Ils cherchent parmi les proches, ils questionnent le quartier mais ils n'ont rien.

– Vanessa avait quelqu'un dans sa vie ?

– Non.

– Tu as intérêt à être sûre.

– Depuis toi, il n'y avait jamais eu personne. Je crois que les hommes, elle ne les voyait plus. Tout ce qui intéressait Vanessa, c'était son travail.

– Je commence à me demander si elle n'avait pas raison, commenta Khadidja d'une voix faible.

C'était une pénible mais il fallait lui reconnaître un certain caractère. Jean-Luc jugea le moment bien choisi pour intervenir :

– Oui mais qui d'autre qu'un petit ami serait entré ici peinard ? Il a vu le fric, et ni une ni deux, il a décidé de se casser avec. Vanessa a voulu l'arrêter, il l'a étranglée. Il a camouflé ça en crime de maniaque. Point barre.

– Si les flics le trouvent, je le tue, dit Farid.

– C'est mal parti, renvoya Khadidja en se redressant.

Elle continua sur sa lancée.

– Vanessa l'avait griffé, il lui a coupé les ongles. Il a fait le ménage. L'aspirateur, il l'a noyé dans la baignoire. Macache, pas d'ADN. Il l'a mutilée en utilisant un hachoir, une planche à découper, et puis la couverture du lit pour absorber le sang. Alors vous pensez bien qu'un type aussi organisé, les flics vont le chercher un peu.

– S'ils ne le trouvent pas, c'est moi qui m'en charge, continua Farid comme si sa sœur n'avait rien dit.

Mince, c'est plus coton que prévu, pensa Jean-Luc.

Une fois Farid sorti de sa cuite, Jean-Luc s'y était pris en douceur. Il avait envoyé Noah en mission et était resté l'oreille collée contre la porte de la chambre d'amis. Farid avait tout raconté à son *frère*.

Il était entré chez les filles avec ses clés, s'était assis sur le lit pour contempler Vanessa dans son sommeil. Il avait caressé ses cheveux, son visage, jusqu'à ce qu'elle se réveille. À l'écouter, il s'était dit que l'Ange devait être sacrément bon au pieu. Vanessa l'avait traité comme un étranger. Farid avait ouvert le sac, montré l'argent : « C'est à toi… je ne peux plus vivre sans toi… » Vanessa était restée sans réaction, un vrai glaçon. Une fille qui n'en avait plus rien à secouer de rien. Et puis, elle s'était mise à répéter : « Reprends l'argent, je n'en veux pas. » Farid avait abandonné le sac sur un fauteuil et s'était barré pour éviter de dire des choses qu'il regretterait, pour lui laisser le temps de réfléchir. Les dernières phrases de Vanessa avaient été : « Je vais tout donner à une association pour les enfants roumains abandonnés. Étant gamine, La petite fille aux allumettes était mon conte préféré. Je croyais que la misère c'était bon pour le XIXe siècle. Je me trompais. » Farid s'était mis à pleurer comme un con dans la rue, comme un con dans le métro. Les gens le regardaient, il n'en avait rien à foutre. C'était la première fois qu'il pleurait depuis que son père l'avait tanné au ceinturon, quand il était môme. Un détail intéressant, ça. Un père contremaître dans l'usine à fabriquer les anges noirs.

Étape un : on savait ce qui s'était passé dans la chambre entre Vanessa et Farid. Pas grand-chose. Étape deux : on ne savait pas comment on allait prendre la mer, et de la hauteur par la même occasion. Pour l'instant, l'ami voguait sur les vagues de sa tempête intérieure et ça hufflait dur, la carlingue en prenait un coup. Farid voulait massacrer le salaud qui lui avait tué l'amour de sa vie. Normal. Le problème, c'est que l'opération risquait de prendre du temps. Mutilation, manucure, ménage, immersion d'aspirateur. Très compliqué, mais jouable. Il faudrait de la patience et de la force de caractère. Comme pour la Route du Rhum.

13

Ils étaient enfin partis. Chloé trouvait les mots pour réconforter son amie. Une situation étrange, pensait-elle. Avant, elle était l'élément fort du trio. Pour la première fois, c'est moi qui la console. Khadidja était allongée sur son lit et elle lui enduisait les fesses et les cuisses de crème à l'arnica. Farid avait évité de marquer sa sœur au visage. Mais Chloé le soupçonnait de ne pas vouloir ameuter les flics.

– Demain, à la première heure, rappelle-moi de faire changer les clés, articula Khadidja. (Sa belle tête bouclée s'abandonnait dans les draps. Elle était épuisée. Mais elle ajouta :) je suis fière de toi, tu l'as bien eu. Tu as dit ce qu'il fallait pour que ça sonne juste.

– Je me suis étonnée moi-même. Jamais je ne me serais crue capable de mentir à ton frère.

Chloé se demanda si son mensonge suffirait à garder Farid et son géant à distance. Tout dépendrait de ce que Khadidja déciderait au sujet de l'argent. Elle la borda ; quand elle la sentit sur le point de s'endormir elle quitta la chambre et s'installa devant son ordinateur.

Jamais elle n'avait éprouvé une telle envie de parler à Peter Pan. Un garçon de son âge, né à Paris, qui aimait la musique, la BD, le cinéma. Il vivait à Tokyo où son père avait été muté quelques années auparavant. Sa mère restait à la maison et s'occupait de lui et de ses deux frère et sœur. Bien sûr, Peter Pan n'était qu'un pseudo mais c'était la règle sur le net et ça permettait de se sentir libre. Chloé l'avait imaginé à partir de sa pudique description, *cheveux bruns, yeux bleus, taille moyenne.* En quelques semaines, le jeune homme était devenu son confident. Elle avait osé lui avouer sa boulimie, les vomissements qu'elle s'imposait quelquefois après avoir mangé au point d'en avoir mal.

Depuis la mort de Vanessa, leurs échanges avaient pris une autre tonalité. Peter compatissait plus qu'avant. Il voulait devenir écrivain et tout ce qui touchait à l'âme humaine l'intéressait.

Cette nuit, elle comptait lui raconter la visite de Farid et du géant et puis l'histoire du sac bourré de billets. L'amitié de Peter était douce et sans risque. Cachée derrière son propre pseudonyme, Chloé transformait prénoms et lieux. Elle était Magdalena, clin d'œil à Bach, son compositeur préféré. Khadidja était devenue Jasmine, et son frère, Karim. C'était excitant de travestir la réalité. Elle se sentait ainsi plus proche de Peter qui voulait transmuter la vie pour en faire sa création. Et elle avait moins peur.

Chloé ouvrit sa boîte aux lettres électronique. Il y avait un message de Peter Pan.

« Hello, Magdalena ! À Tokyo, les fans de la famille impériale pleurent. Vendredi était le jour de la crémation du prince Takamado, mort d'une crise cardiaque. Au cinéma, j'ai découvert le dernier Takeshi Kitano. Fini les films de gangsters. *Dolls* est une violente histoire d'amour où il est question de poupées, de pauvres marionnettes humaines… »

Tout en lisant, elle préparait sa réponse :

« Salut Peter, cette nuit j'ai cru passer de l'autre côté de la toile et entrer pour de bon dans un film de gangsters… »

– Le gamin s'appelle Constantin. Il a dans les douze ans et porte un vêtement noir à capuche. Et il est vraiment très blond.

Lola questionnait une prostituée, boulevard Ney. Elle portait des cuissardes argentées et un manteau rose fluo ouvert sur une tenue qui n'était pas de saison. Elle pouvait avoir entre vingt et trente ans. C'était au moins la cinquantième marcheuse qu'elle interrogeait avec Ingrid en suivant le cercle tracé par les boulevards des Maréchaux autour de Paris. Elle s'était dit qu'il fallait enquêter du côté des filles sous la coupe des Albanais. Mais aucune d'elles ne pouvait ou ne voulait reconnaître le petit Roumain. La nouvelle interlocutrice de Lola avait un accent bien parisien.

– Je sais même plus à quoi ils ressemblent, les gens, à force d'en voir.

– C'est quoi, ton nom ?

– Tout le monde m'appelle Barbara. T'aurais pas une clope ?

– Si. Et prends le paquet pendant que tu y es. Il vaut mieux que j'arrête, je sens la grippe qui monte.

– T'as qu'à te faire vacciner.

– Bon, Constantin, il se cache. Il a peur. Il parle à peine le français. Il est petit comme tous les mômes. En conséquence, Constantin ne ressemble pas à tous les gars que tu vois défiler. Mais il y a de fortes chances qu'il ait été enrôlé par les Albanais.

– Je travaille pas pour eux.

– Je m'en doute mais dix mètres plus haut, tes collègues ont toutes l'accent slave.

– Et dix ans de moins au compteur que moi, je sais. Ça ne me fait pas rigoler, crois-moi. Mais tout ça ne me dit toujours pas de qui tu parles. Dis donc, c'est vrai que t'as pas l'air dans ton assiette. Les vaccins, ça marche aussi sur les flics.

– Pour le moment je n'ai pas le temps.

– Et moi, tu crois que j'ai le temps ? Mais tiens, pendant que j'y pense... pourquoi tu demanderais pas à Kawa ?

– Qui ça ?

– Avec ses gars, elle tourne en camionnette sur les Maréchaux.

– Une collègue motorisée ?

– Mais non. Son bus, c'est celui d'une association. La Main tendue, qu'ils s'appellent. Ils distribuent des médicaments, des vaccins. C'est eux qui m'ont vaccinée. Et des préservatifs, du gel, de l'aspirine et du café. C'est pour ça qu'on l'appelle Kawa et puis parce qu'elle a la peau café au lait. On discute un peu. Ils sont plutôt sympas et pas trop lourds pour une fois.

– Mais je ne cherche pas à me faire vacciner, je cherche Constantin.

– Eh ! je te parle plus de vaccin. Kawa, elle tourne sans arrêt dans la nuit, elle l'a peut-être vu, ton Constantin.

– Et on la trouve où cette main tendue ?

– En principe, c'est elle qui te trouve. Mets ta voiture en orbite sur les maréchaux et tu finiras par croiser leur camionnette blanche. Ou alors, reste ici. Ils ne sont pas encore passés cette nuit.

– Ils passent par ici toutes les nuits ?

– Ah non, j'ai pas dit ça.

– Ça serait trop beau, Barbara. Bien trop beau.

Ingrid mit donc la voiture en orbite sur les boulevards des Maréchaux. Lola avait cessé de fumer et elles roulaient vitres fermées. C'était un changement appréciable. Mais Lola semblait accuser le coup. Il était quatre heures du matin, brouillard et pluie s'unissaient pour essayer de lui coller la grippe. Elle avait beau avoir l'air d'une montagne magique, Lola Jost était comme tout le monde. Ingrid se demanda si elle n'était pas fiévreuse.

– Tu ne crois pas qu'on devrait rentrer, Lola ? On recommencera demain.

– *J'ai vu de ces nuits plus belles que les jours, qui faisaient oublier la douceur de l'Aurore, et l'éclat du midi* [1].

– *What ?*

– Cherche pas. J'ai été prof de français. Certains collectionnent les petites culottes de lycéennes, moi c'est les citations.

– Tu en connais beaucoup ?

– Plein.

– Pourquoi es-tu entrée dans la police ?

– Pour la même raison que je fais des puzzles. Je t'expliquerai un jour quand on se connaîtra mieux.

– Tu as été mariée ?

– Oui, avec un Anglais.

– *Oh yeah ?* Tu parles bien ma langue, alors ?

– Moins bien que toi la mienne mais je la comprends parfaitement.

– *What happened to your english hubby ?*

1. Pierre Moreau de Maupertuis, *Abrégé du système du monde.*

– On a divorcé, il y a longtemps.
– *Why ?*
– Dis donc, Ingrid, c'est dans une Twingo à Paris que tu circules, pas dans un autobus à Oklahoma City.

14

Lola tendit la main à Guillaume Fogel, qui répondit à son geste sans enthousiasme en s'installant dans sa voiture. Elle lui répéta ce qu'elle lui avait dit au téléphone : elle avait retrouvé Constantin dans la camionnette de la Main tendue, elle le remerciait par avance d'accepter de faire l'interprète. L'association avait du bon café à proposer autant qu'une écoute chaleureuse, en revanche personne n'y parlait un mot de roumain.

Alors qu'ils roulaient sur le périphérique, Lola songeait qu'elle avait pourtant été gracieuse. Elle était venue chercher Fogel à son domicile, rue de la Grange-aux-Belles. Elle en avait profité pour faire un détour par une pharmacie. La fièvre domestiquée, elle essayait d'entretenir la conversation tout en fonçant sur le périphérique où le flot des voitures grossissait imperceptiblement. Mais depuis le début du voyage, Fogel n'avait daigné accorder que de brèves réponses à toutes ses tentatives.

Elle eut envie d'arrêter là les frais et de poser de vraies questions de flic. Quelles étaient vos relations exactes avec Vanessa Ringer ? Que faisiez-vous dimanche 17 novembre entre neuf et onze heures du matin ? Mais il valait mieux garder le directeur du centre d'accueil dans les meilleures dispositions possibles.

Lola quitta le périphérique porte de la Villette. Le bleu sombre des bâtiments de la Cité des Sciences tranchait sur la toile rose et gris du ciel. C'était assez beau, assez triste aussi. Et par la suite, tout devint plus triste et moins beau aux abords du canal de l'Ourcq. Il n'y avait qu'Ingrid de bien dans le décor. Laissée en surveillance, elle faisait les cent pas sur ce boulevard morose, ses cheveux blonds capturant la lumière du matin.

– Ça va, le gamin ? lui demanda Lola.

– Il mange en compagnie de Kawa.

– Il t'a parlé ?

– Je l'ai laissé tranquille en attendant ta venue. Mais le contact est bon. Il n'a pas peur de moi. Je lui ai donné ma chapka.

Constantin était attablé en compagnie d'une femme et de deux hommes. Sa chevelure paraissait presque blanche sous le néon de la camionnette. Lola avança doucement, consciente de sa masse dans la camionnette pleine de gens et de bric-à-brac. Un chocolat chaud avait dessiné des moustaches marron à Constantin. Quand il vit Lola, il eut un mouvement de recul, posa son bol, baissa les yeux. Il toussa d'une toux rauque, aboiement de petit chien. Et puis, il repéra Fogel et comprit que son escapade était terminée. En même temps il eut l'air soulagé. Lola fut à son tour soulagée qu'il le soit, qu'il veuille rentrer au bercail. Le seul qu'on avait à lui proposer. Elle réfléchissait à ce qu'elle allait dire, pour une fois prise de court. Quels mots allait-elle employer ? Elle pensait à Toussaint Kidjo, elle pensait à ses petites-filles, à son propre fils, à la mère de Constantin qui avait abandonné son enfant ou l'avait prêté à la mafia, à son amitié pour Maxime à laquelle elle voulait croire à toute force, à la peur qu'elle avait de perdre l'ami Maxime, une peur qui montait en elle parce que la fatigue poussait parfois nos peurs jusque derrière nos dents. Ah coquin de diou, quelle fatigue.

– Je peux vous parler ?

Lola se trouvait face à une fille qui ne devait pas faire plus d'un mètre cinquante. Son visage rond à la peau caramel était parsemé de taches de son et derrière ses lunettes ses yeux étaient d'un vert liquide et rare. Elle la contempla un instant, captivée. Il y avait une lueur de Toussaint Kidjo chez cette femme. Ou bien la fatigue de la nuit joue comme une petite folle avec ma tête, se dit-elle. Mais non. Toussaint, Toussaint, tu me reviens doucement. Tu choisis bizarrement ton moment, mon gars. Mais c'est bien, je suis toujours là pour toi.

– Il lui faut voir un médecin, dit la jeune femme d'un ton ferme. Je crois que Constantin a une rhino-pharyngite. Et il ne devait pas avoir mangé depuis un bail. Et puis il a peur. Il y a trop de monde ici.

– Je suis bien d'accord avec vous, mademoiselle. Alors tout ce monde va sortir de la camionnette, moi y compris, et c'est Guillaume Fogel qui va parler à Constantin. Ma collègue Ingrid se contentera d'écouter. Tout ça va se faire en douceur. C'est d'accord comme ça ?

Quand Ingrid sortit de la camionnette, Lola attendait dans sa voiture sous un ciel d'une insolente beauté. Un grand bleu intense où voyageaient de petits nuages très propres. Un ciel annonciateur d'hiver, vibrant de lumière blanche. Dans cette luminosité de glacier, la carrosserie violette de la Twingo semblait matière vivante. Lola baissa la vitre. Ingrid s'arrêta à la portière.

– Il s'est sauvé parce qu'il aimait bien Vanessa. Quand elle est morte, Constantin s'est senti largué. Mais il est sûr que Vanessa n'a jamais eu affaire aux mafieux.

– Je suis obligée de dire que ça tombe mal.

– Pourquoi ?

– Vanessa mutilée par des mafieux albanais à la réputation justifiée d'ultraviolence, ça se tenait. Alors, maintenant, on en est sûrs : on a affaire à un dingue. Bon, la suite, Ingrid.

– Fogel reste. Il va essayer de convaincre Constantin de revenir au centre d'accueil avec lui. Le petit est d'accord pour voir un médecin.

– Ne me dis pas que c'est tout, Ingrid ?

– *No ! Wait !* Vanessa et Constantin avaient des discussions.

– Je croyais qu'elle ne parlait pas roumain.

– Elle trouvait toujours un autre gamin pour traduire. Visiblement, elle essayait de lui redonner du courage.

– De fait, si Vanessa se sentait menacée, ce n'était pas à un gamin déjà en train de galérer qu'elle aurait raconté ses soucis.

– *That's right.* Mais elle lui a appris que quand on avait des ennuis, pour aller mieux, il fallait parler, dessiner ou écrire. Et c'est là que ça devient intéressant. Vanessa lui a confié qu'elle tenait un journal depuis longtemps et que ça l'avait aidée. Aidée à vivre.

– Serions-nous en train de progresser ?

Sur ce, Lola appela Jérôme Barthélemy. Ingrid l'entendit l'appeler « ma taupe préférée ». Lola termina sa conversation l'air songeur puis raconta ce que le lieutenant lui avait appris : un journal intime ne faisait pas partie des pièces recueillies passage du Désir, le casseur de clodos n'avait rien à dire sur l'affaire Vanessa Ringer à part « gare à l'insécurité ! », Maxime Duchamp était convoqué dans l'après-midi au ciat de la rue Louis-Blanc.

– Allons voir Chloé et Khadidja. Elles n'ont pas parlé de ce journal à la police. Je rêve déjà. Imagine : au cœur de ce journal, le nom du petit ami, écrit en toutes lettres. Et peut-être bien les clés de la boîte à malaises, le début du commencement.

– Qui te dit qu'il existe, ce petit ami, Lola ? Pourquoi toutes les filles seraient-elles obligées d'en avoir un ?

– Elle était drôlement jolie, cette Vanessa.

– *So what ?*

– C'est bizarre, mais quelque chose me dit que je ne vais pas avoir le dernier mot. Allons au Monoprix plutôt.
– Lequel ?
– Celui de la rue Saint-Martin, pardi. On rentre chez nous. Allez ! En voiture.

La grippe de Lola avait perdu la première manche. Sur les pas de son énergique compagne, Ingrid bifurquait à droite puis à gauche puis à droite, montait l'escalier puis à droite et à gauche – mais qu'est-ce qu'elle marchait vite lorsqu'elle était décidée ! Que cherchait-elle ? « *Avec nos nouveaux créateurs, osez le dépareillé, mesdames ! Impression soie avec gros carreaux scottish. Collants de vamp avec baskets de championne. Foutez le bordel dans votre garde-robe !* » La voix censée interpeller les acheteuses susurrait ses encouragements musclés entre deux tranches de pub et deux giclées de muzak. Lola pila net, dit que le vocabulaire des Français devenait aussi grossier que celui des Américains, fit un clin d'œil à Ingrid et repartit sur sa lancée. On s'arrêta enfin au rayon fournitures de bureau.
– Quelle couleur ?
Lola montrait deux carnets d'un air sérieux, extrêmement sérieux.
– C'est pour quoi faire ?
– Surprise, Ingrid. Alors, quelle couleur ?
– Euh… rouge. Comme ta robe de chambre.
– Petite maligne, va.

Le restaurant n'était pas encore officiellement ouvert mais elles s'installèrent à la table habituelle de Lola. Maxime était aux fourneaux, Chloé mettait le couvert en salle. Mais point de Khadidja.
– Elle a un casting, expliqua Chloé. Elle arrivera plus tard.

– Apporte-nous donc quelque chose à manger, dit Lola.

– Oui, mais quoi ?

– Ce qui est prêt. Et fais chauffer le café.

– Bien sûr, madame Lola.

Chloé revint avec deux assiettées de petit salé aux lentilles. Elle n'avait pas oublié le vin du patron.

– Si on boit, on va tomber le nez dans nos assiettes, dit Ingrid.

– *Manger est un besoin de l'estomac, boire est un besoin de l'âme,* dit Lola en remplissant leurs verres.

– Qui a dit ça ?

– Brillat-Savarin.

– Connais pas.

– Cela ne m'étonne pas. Allez, trinquons. Aux belles de jour comme de nuit, autant dire à Ingrid Diesel et Lola Jost. Et mastique bien, ma grande, ça va te réveiller.

– Des lentilles au petit déjeuner, c'est bizarre, Lola.

– N'exagérons rien, il est déjà onze heures et quart. En revanche, un bonnet péruvien mauve et jaune au petit déjeuner, c'est très bizarre.

– Il était en solde au Monoprix.

– Cela ne m'étonne pas non plus.

– Je le garde encore un peu, je n'arrive pas à me réchauffer les oreilles.

Plus tard, Lola semblait gagnée par une torpeur qui lui faisait plisser les yeux. La carafe de vin du patron était vide en grande partie grâce à ses bons soins et elle avait demandé un troisième double expresso. Ingrid la considérait d'un œil attentif malgré la fatigue et pensait que l'enquête allait tourner court, que Lola avait oublié jusqu'à l'existence du carnet rouge somnolant dans la poche de son imperméable. Mais le ton de la voix de sa compagne la fit changer d'avis :

– Viens nous tenir compagnie cinq minutes, Chloé. Allez zou !

La jeune fille approcha sans enthousiasme. Resta debout à ne pas savoir quoi faire.

– Assieds-toi, dit Lola.

– Mais les clients arrivent, madame…

– J'en ai pour deux minutes.

Chloé s'assit à côté d'Ingrid. Lola sortit le carnet rouge de sa poche et l'agita un peu avant de le poser sur la table et de l'emprisonner sous son ample main.

– Tu sais ce que c'est ?

– Non, madame Lola.

– Le journal de Vanessa.

Ingrid étudiait la jeune fille. Elle n'avait flanché qu'un quart de seconde certes, mais elle avait flanché. Elle tentait de se ressaisir, c'était trop tard. Ingrid se sentit remplie d'admiration pour sa robuste compagne.

– Vanessa y parle de son petit ami.

– Ah bon ?

– Tu le connais.

– Non.

– Ce n'était pas une question, Chloé.

– Mais non, madame, je ne le connais pas !

– Alors tu sais qu'il existe.

– Je n'ai pas dit ça.

– Tes yeux l'ont dit à ta place.

– Je ne vois vraiment pas de qui vous parlez.

– Tu sais que je suis à la retraite, n'est-ce pas ?

– Oui, Maxime me l'a dit.

– Tu as confiance en moi ?

– Bien sûr, madame Lola.

– Alors de quoi as-tu peur ?

– Mais de rien, c'est tout ce qui s'est passé ces jours-ci, ça me rend nerveuse.

– Je comprends ça, mais moi je n'ai pas l'intention de te mettre en garde à vue, pas plus que ta colocataire ou ton patron. Tu sais qu'il est convoqué au commissariat ? Maxime, c'est mon ami. Les *Belles*, c'est ma cantine. À mon âge, on tient à ses petites habitudes. Réfléchis bien, Chloé. En m'aidant à retrouver celui qui a fait ça, tu aides Khadidja et Maxime. Et tu t'aides toi-même.

Damned ! Holy smoke ! se dit Ingrid en voyant Khadidja Younis pousser la porte des *Belles*, de retour de son casting ou d'autre chose. Chevelure opulente, redingote noire sur pull moulant impression léopard et jean délavé seconde peau, bottines coquines, elle salua leur trio sans sourire, s'apprêta à filer en cuisine mais, avisant Chloé, bifurqua vers leur table.

– Qu'est-ce qui se passe ?

– Mme Lola a décidé de mener son enquête en parallèle, dit Chloé.

Ingrid nota que l'arrivée de Khadidja agissait comme un baume sur Chloé. Elle trouvait mieux ses mots, gagnait une fraîche assurance. Lola le notait, elle aussi. Elle offrit son silence de menhir à la pétulante fiancée de Maxime. Histoire de l'impressionner.

– Mais c'est pas la peine, madame Lola. On est déjà assez cernés par vos anciens collègues. Vous ne voulez pas que ça devienne intenable, tout de même ? Allez viens, Chloé, on a du boulot.

– Tout doux, ma jolie, la retint Lola. Tu ne vas pas t'en tirer aussi facilement.

– Lola, vous êtes une amie de Maxime et je vous dois le respect, mais permettez-moi de vous dire que pour moi, ex ou pas, vous êtes toujours flic. Tantôt, j'ai eu affaire à vos collègues pour la première fois de ma vie et ce n'était pas beau à voir. Je crois que vous méritez tous votre réputation.

– Mme Lola a retrouvé le journal de Vanessa, dit Chloé d'une petite voix.

Khadidja réfléchit un instant, considéra le visage impassible de Lola, puis tira une chaise à elle et s'y assit à califourchon. Ingrid admit qu'elle faisait cela avec style. On aurait presque cru qu'elle allait chanter quelque chose de très parisien, mais en version rap. Ou funk. Mais la jeune fille se mit à rire, un petit rire sans trop de gaieté qui s'arrêta tout de suite :

– Attendez une petite minute. Vous avez *récupéré* le journal de Vanessa…

Lola se contenta de la fixer sans bouger un cil. Ingrid aimait beaucoup quand elle faisait ça et aurait voulu pouvoir rester aussi imperturbable. Mais Khadidja n'avait pas l'air impressionné.

– … alors que ni moi ni Chloé n'avons signalé sa disparition à Grousset.

Elle aurait pu dire « ni Chloé, ni moi », se dit Ingrid. Maxime avait raison de suggérer que Khadidja était égocentrique. Bien remontée à présent, elle continuait sur sa lancée, agrémentant son discours d'un jeu de mains assez vif :

– C'est du flan. Je ne vois pas par quel miracle vous pourriez l'avoir retrouvé, ce journal. À moins d'avoir étranglé Vanessa.

– Mme Lola me l'a montré, dit Chloé.

– Eh bien, allez-y ! Je demande à voir moi aussi.

Lola sortit le carnet rouge de sa poche et en déploya les pages blanches.

– Du flan, c'est bien ce que je disais.

– Peut-être, mais ce flan-là m'a permis de savoir que Chloé et toi, vous n'aviez pas tout dit à Grousset.

– Qui aurait envie de causer à un animal pareil ?

– Tu sais qu'il a convoqué Maxime ?

– Non.

– Eh bien maintenant tu le sais. La balle est dans ton camp, ma fille.

Ingrid n'aimait pas ce qu'elle voyait : Khadidja avait l'air d'accuser le coup. D'ailleurs, elle tourna son visage soucieux vers les cuisines, vers le fumet de ce que Maxime mitonnait, vers le profil concentré de Maxime mitonnant.

– Avant de travailler pour Fogel, Vanessa a été ouvreuse au *Star Panorama*, boulevard de Magenta. Un cinéma spécialisé gore. Grousset finira par le savoir, mais je vous donne un temps d'avance.

– *Good. That's the spirit*, dit joyeusement Ingrid.

Khadidja lui jeta un regard incendiaire, se retenant sans doute de lui demander ce qu'elle faisait dans cette histoire. Mais l'esprit y était, et comment. Quand Khadidja abandonna sa chaise pour partir en cuisine, Ingrid ressentit un coup au cœur. À son air, on voyait bien que la dispute de la nuit dernière avait, telles les eaux d'une pluie oubliée, sombré dans le caniveau. Elle imagina la jeune fille enlevant sa redingote, nouant son tablier, enlaçant Maxime pour l'embrasser.

15

Ingrid et Lola remontaient à pied le boulevard de Magenta. Un joli nom pour un boulevard. Ingrid feignait de croire qu'il s'agissait d'un hommage à la couleur rouge violacée et prenait plaisir à entendre Lola la détromper en évoquant une bataille contre des Autrichiens qui préféraient le casque à pointe au bonnet péruvien. En plus de cette épineuse question, Ingrid avait abordé le thème de la fatigue et des limites du corps humain. Celui de Lola surtout. Elle avait demandé maintes fois à sa vaillante coéquipière si la sieste qu'elle venait de s'octroyer lui suffisait, s'il n'aurait pas mieux valu dormir un peu, remettre à demain ce que l'on pouvait faire la nuit même. Évidemment, il y avait une sollicitude authentique derrière ces questions mais aussi un léger souci d'ordre personnel. Cette nuit, Ingrid Diesel avait à faire et ne savait pas comment l'annoncer à madame Lola.

C'était un beau bâtiment qui devait dater des années cinquante. Soigneusement rénové, le *Star Panorama* ne manquait ni d'ors ni de velours. Ingrid souhaitait gagner du temps avant que Lola ne pousse la porte en verre et cuivre pour se lancer dans un interrogatoire obstiné. Elle fit mine de s'intéresser aux photos extraites des films au programme. Sur l'une d'elles, une femme aussi brune que pulpeuse hurlait dans des vapeurs vertes, et de son cou perlait un sang incandescent qui descendait en chapelet vers sa gorge et ses seins blancs. Ingrid se demanda soudain pourquoi elle venait de penser à un chapelet puis réalisa que le cinéma faisait face, de l'autre côté du boulevard, à une église bordée par un square.

– Ce n'est pas un hasard si les vêtements des chirurgiens sont verts. Il y a une relation profonde entre le vert et le rouge, un lien à la fois organique et spirituel mais difficile à définir.

– Tu m'en diras tant, Ingrid. Bon, on y va ?

– Lola, ça m'a fait plaisir de t'accompagner, mais j'ai un rendez-vous. Il faut vraiment que j'y aille. On se retrouve demain.

– Ce n'est tout de même pas un rendez-vous avec ton polochon, ma grande. Ce serait indigne de toi.

– *Of course not !*

– Je t'ai pourtant dit que je n'aimais pas travailler seule.

– De toute manière, dans les interrogatoires, c'est toujours toi qui mènes la danse.

– Eh bien justement, dans une danse on a besoin d'un partenaire qui vous stimule. Je ne m'aime pas en vieux flic solitaire, Ingrid. Reste au moins pour le démarrage.

– *All right ! All right !*

Le patron du *Star Panorama* s'appelait Rodolphe Kantor, c'était un homme trapu aux cheveux gominés et dégarnis mais portant moustache. Il était vêtu d'un costume à rayures, à la largeur très *Scarface*, qu'il avait agrémenté d'une pochette de coton blanc. Lorsqu'il ficha une blonde dans son fume-cigarette d'écaille, Ingrid se rendit compte que le bonhomme copiait le style du père dans la famille Addams.

Bientôt, elle repéra le caissier et les deux ouvreuses et les trouva aussi gothiques que leur patron : le premier avait opté pour un tee-shirt squelette et les deux filles portaient des robes d'un beau noir de jais qui mettaient en valeur leurs visages de Vampirella, teint blafard, œil charbon, lèvres pourpres. Des collants à résille et des escarpins à très hauts talons complétaient leurs tenues. Les trois employés montraient une placidité parfaite malgré les hurlements provenant à intervalles plus ou moins réguliers de la salle. Ingrid demanda s'il s'agissait là d'une soirée spéciale et Kantor expliqua que c'était l'ordinaire, au contraire ; des efforts, notamment vestimentaires, étaient nécessaires pour mettre de l'ambiance et contenter le client.

– Je suis venue vous parler de Vanessa Ringer, coupa Lola.

Kantor resta fermé tel le tombeau de Dracula aux premières lueurs de l'aube. Plusieurs secondes de silence planèrent autour de leur trio avant d'être chahutées par des hurlements que feutraient des portes bordées de bandeaux de cuir à l'ancienne. C'est vraiment un beau cinéma ce *Star Panorama*, songeait Ingrid. Et il se fait terriblement tard.

– Vous confirmez qu'elle a travaillé chez vous ?

– Aucun doute là-dessus.

– Combien de temps ?

– Environ trois semaines.

– C'est court, dites-moi.

– En effet. Mais pourquoi toutes ces questions ? Vous êtes de la police ?

– Pas exactement.

Il se fait de plus en plus tard, pensait Ingrid qui cherchait une astuce pour sauver la mise.

– Vous êtes de la police ou vous ne l'êtes pas ?

– Considérez que je suis une jeune retraitée, employée à titre privé par la famille de la victime.

– Je suis d'accord pour parler. Mais aux officiels uniquement.

– La police manque de motivation sur cette affaire. Je parie qu'ils ne viendront pas vous voir. Alors rassurez-vous, votre histoire, vous ne la raconterez qu'une fois.

– Je ne sais pas si la police manque de motivation mais vous, vous ne manquez pas de toupet. Bon, excusez-moi, j'ai du travail.

– Vous connaissez Dylan Klapesch, monsieur Kantor ?

Lola considéra Ingrid d'un œil surpris, Kantor d'un œil intéressé. L'Américaine venait d'enlever son bonnet péruvien d'un geste vif ; elle n'ignorait pas le bel effet que produirait sa courte chevelure de Jeanne d'Arc post-moderne sur un amateur de décorum de la trempe de Kantor.

– Évidemment ! C'est l'étoile montante du cinéma d'épouvante français. Je suis un grand fan.

– Je connais bien Klapesch. En réalité, il s'appelle Arthur Martin.

– Sans blague.

– Aussi vrai que je m'appelle Ingrid Diesel. Et si vous acceptez d'aider mon amie qui ne vous a dit que la vérité, je fais venir Dylan Klapesch chez vous pour une projection conférence.

– Mais il a la réputation d'être un épouvantable caractériel.

– Vous le voulez ou non, Klapesch ?

– Et comment que je le veux, Klapesch !

– *Deal !*

– Pas si vite. Je veux aussi un papier. Signé.

– D'accord, mais faites vite.

Le directeur s'absenta un moment. Lola en profita pour questionner discrètement Ingrid. Elle avait du mal à croire à cette belle amitié entre un cinéaste et une masseuse.

Kantor revint avec un feuillet dactylographié et un stylo. Ingrid lut le document et signa. Puis elle demeura une seconde immobile, contrat et stylo en main, un vague sourire aux lèvres. Enfin, elle sortit un couteau suisse de sa poche, entailla le bout de son pouce et apposa son empreinte sanglante sur le document.

– Et maintenant, je file, Lola. Et vous, Kantor, soyez gentil avec elle. O.K. ?

– Tout ce que vous voudrez.

Kantor suivit des yeux la silhouette athlétique d'Ingrid jusqu'à ce qu'elle se dissolve dans la nuit. Puis il observa son contrat décoré d'une belle empreinte carmin comme s'il s'agissait d'un document hollywoodien et se tourna enfin vers Lola dont le visage était resté placide.

– Votre amie est une authentique excentrique. Singulière mais pas pesante. Je les aime beaucoup.

– Les excentriques ?

– Oui, ils manquent terriblement à notre époque grisâtre. Dans les années soixante-dix, on en avait beaucoup plus au mètre carré.

– Bon ! Reprenons. Pourquoi Vanessa n'est-elle restée que trois semaines ?

– Elle ne m'a pas fait cadeau d'une explication. Je me suis retrouvé avec une seule ouvreuse au beau milieu d'un festival Dario Argento. Et vous ne le savez peut-être pas, mais Dario Argento, ça remplit les salles.

– Il y avait eu un problème ?

– Pas à ma connaissance. Je traite mes salariés correctement.

– Rien à signaler avec les clients ?

– Qu'est-ce que vous voulez dire ?

– C'est une population un peu spéciale. On y trouve peut-être des excentriques mais dans le genre plus pesant qu'Ingrid Diesel.

– Mes clients ne sont pas plus bizarres que ceux des salles d'art et d'essai. Le gore a sa noblesse, madame.

– Comment avez-vous engagé Vanessa ?

– C'est Patrick, mon fils, qui me l'a présentée. Sans cela, je ne suis pas sûr que je l'aurais embauchée.

– Votre fils était un de ses proches ?

– Oui, un ami.

– Son petit ami peut-être ?

– Aucune idée. Cette génération, ils font ce qu'ils veulent même si beaucoup vivent encore chez leurs parents. Et pour les confidences, on peut repasser. Et en plus, ils ne sont même pas drôles.

– Il vit chez vous ?

– Eh oui. Il n'aurait pas les moyens de faire autrement. Patrick a passé son bac en juin. Depuis, il donne un coup de main à Renée, mon épouse. Elle est libraire.

– Où se trouve sa librairie ?

– Dans le quartier, rue des Vinaigriers. Vous ne pouvez pas vous tromper. Elle s'appelle *Le Concombre masqué*.

– Original.

– Pas spécialement. Vous n'avez jamais entendu parler des aventures potagères du Concombre masqué, une BD de Mandryka ?

– C'était aussi les années soixante-dix, ça ?

– Et comment ! Renée est spécialisée dans les bandes dessinées.

Un cri déchirant fusa. Lola se tourna vers le personnel. Le caissier discutait mollement avec une ouvreuse. Une jambe en l'air pour se masser la cheville, elle suggérait un échassier en deuil.

– Ces deux-là connaissaient Vanessa ?

– Non, ils sont nouveaux. Figurez-vous que j'ai du mal à garder mon personnel. Il faut être là vers dix-sept heures et on quitte rarement avant une heure. Entre-temps, ils n'ont pas assez de ressources imaginatives pour s'occuper. Alors, ils s'ennuient. C'est la maladie de l'époque. Mais allez plutôt interroger Élisabeth, elle s'offre une pause cigarette.

La silhouette de l'ouvreuse se détachait sur le fond de l'église Saint-Laurent et son square maintenant éclairé par des spots. Elle fixait le vide, en fait. On voyait rougeoyer le bout de sa cigarette. Lola plissa les yeux et imagina un instant Vanessa vivante, son corps encore aminci par la robe noire et ces fichus escarpins bien trop hauts, même pour un hommage à Dario Argento. La jeune fille la remarqua, hésita avant de s'approcher. Elle était rousse, avait la peau pâle et les yeux verts. Et l'air inquiet.

– On n'a toujours pas trouvé celui qui a tué Vanessa ?

– Non. Vous la connaissiez ?

– Pas bien. Vanessa n'était guère causante. Tout ce que je savais c'est qu'elle n'allait pas s'éterniser ici.

– Les conditions de travail sont difficiles ?

– Pas plus qu'ailleurs. Kantor est un patron normal. Mais je crois que Vanessa s'enquiquinait. Elle semblait tourner à vide et n'avait pas envie de se lier. J'ai lu dans le journal qu'elle travaillait dans un centre d'accueil pour enfants. Ça ne m'a pas étonnée. Elle avait besoin de s'investir.

– Comment ça se passe entre vous et les clients ?

– On a beaucoup de jeunes. Des étudiants à mon avis, pour pouvoir se coucher si tard en semaine. En général, ils sont corrects. Ils nous regardent à peine. Pour eux, on n'est que des ouvreuses.

– Des remarques méprisantes à signaler ?

– Plutôt de l'indifférence.

– Vanessa avait des contacts avec certains ?

– C'est curieux que vous me demandiez ça. J'y pensais justement en regardant l'église. Il y avait ce jeune type qui nous baratinait pour qu'on tourne dans son premier film. À tel point qu'on a fini par l'appeler Baratin. Un soir, j'étais là en train d'en griller une quand j'ai vu Vanessa assise dans le jardin de l'église, en plein dans le halo du projecteur. Elle parlait avec Baratin.

– De quoi ?

– On n'était pas assez intimes pour que je le lui demande.

– Et pourquoi parlait-elle à Baratin plus qu'à ses collègues de travail ?

– Peut-être parce qu'il était marrant. À force de travailler ici, on vire sinistre. Je ne sais pas si c'est le fait d'ingurgiter toutes ces horreurs. Moi, je ne comprends pas comment on éprouve du plaisir à voir un type se faire tronçonner par un mort-vivant. Si vous avez une explication, j'achète. Avant je les regardais sans les voir, les clients, mais maintenant je vais me méfier. Vous avez entendu parler de cet ado qui a tué une fille dans la région de Nantes ?

– Après avoir vu le film *Scream* ?

– C'est ça. Et si celui que vous recherchez était un malade dans ce genre-là ?

– On parlait de Baratin, vous ne le voyez pas dans le rôle ?

– Non, il avait l'air gentil. Pour moi, les bizardos ne sont pas ceux qui font ce genre de films mais ceux qui les apprécient.

Comme pour approuver la tristesse des paroles d'Élisabeth, le ciel se mit à pleurer doucement. Ça faisait au moins cinq minutes que tu ne nous avais pas fait le coup, eh toi, là-haut, pensa Lola en essuyant la goutte qui venait de s'écraser sur ses lunettes.

– Vous savez où on le trouve ?

– Je n'en ai pas la moindre idée. Désolée.

– Vous l'avez vu quand pour la dernière fois ?

– Il y a deux ou trois semaines. Mais demain démarre le festival Santo Gadejo. Baratin adore ce réalisateur chilien. Il viendra sûrement.

Lola remercia l'ouvreuse et partit à la recherche de Kantor.

– J'ai une nouvelle faveur à vous demander.

– Quoi encore ?

– Pensez à Klapesch, Kantor. Pensez très fort à Klapesch. Une faveur.

– Une seule, je vous préviens.

– Je voudrais pouvoir me glisser dans la salle à volonté avec mon amie Ingrid Diesel. Du moins pendant le festival Santo Gadejo. Ne vous inquiétez pas, je paye nos places. Simplement, j'apprécierais que vous évitiez de nous *reconnaître*.

– Et quelles sont vos intentions ? Renifler mes clients.

– C'est l'idée générale. Un cinéaste amateur que vos ouvreuses ont rebaptisé Baratin, ça vous dit quelque chose ?

– Rien de rien, ça ne me dit rien.

– Vous voyez bien, il va falloir que je le trouve moi-même.

– Mais vous allez me foutre mon commerce en l'air avec vos méthodes d'infiltration.

– Les infiltrations en douceur, ça me connaît.

– Ce n'est pas l'effet que vous produisez quand on n'a pas la chance de vous connaître.

16

Lorsque Lola quitta le cinéma, le ciel pleurait toujours. Elle traversa le boulevard et marcha vers l'église et son square éclairé. Elle se faisait l'effet d'une formidable luciole attirée par la lumière en plein vol de nuit. Elle poussa la grille de fer et alla s'asseoir sur le banc qu'avait occupé Vanessa Ringer. De là, la vue sur le *Star Panorama* était intéressante. Ses ors, ses velours et son personnel gothique ressortaient bien. Vanessa était-elle venue ici prendre du recul, observer ses collègues et son job avec détachement ? Avant de s'en détacher ? Lola réalisa qu'à l'instar d'Élisabeth l'ouvreuse et de bien d'autres, elle ne savait pas grand-chose de Vanessa. Elle enquêtait au sujet d'une fille dont elle ignorait les centres d'intérêt, les habitudes. Même Maxime qui s'intéressait à ses semblables n'avait pas grand-chose à dire à son sujet. Pourquoi riait-elle aux plaisanteries de Baratin, dans un halo de lumière, à côté d'une église ? C'était lui le petit ami ? Et où était-il ce jeune con ?

Quand la pluie commença à lui refroidir les épaules, Lola déplia la carte mentale de son quartier et prépara son itinéraire de retour. Elle emprunterait la rue de la Fidélité puis descendrait celle du Faubourg-Saint-Denis. Elle passerait devant l'entrée du passage du Désir où dormait peut-être Antoine le légionnaire, où ne dormait peut-être pas Ingrid la masseuse. Où avait-elle bien pu aller par cette pluvieuse nuit de novembre ? On finirait par le savoir un jour ou l'autre. Lola dépasserait ensuite le passage Brady, aurait une pensée pour Maxime revenu du commissariat et endormi dans les bras de Khadidja. Un peu de douceur volée aux aspérités de la vie.

Arrivée à la hauteur du passage Brady, Lola n'eut aucune pensée pour Maxime car elle aperçut un homme promenant son chien. Il était grand, encore jeune et plutôt blond. Il déambulait comme elle, sans parapluie, un sac en plastique à la main. Pour les besoins de son dalmatien ? Lola lui attribua un bon point : de tous les enquiquineurs urbains, ceux qu'elle appréciait le moins étaient les pollueurs de trottoirs à part égale avec les chauffards. Un jour, elle avait même fait un masque de beauté à une sexagénaire qui laissait sa bestiole souiller le pas-de-porte des *Belles*. Ce qui avait occasionné un fou rire magnifique de Maxime. Il l'avait emmenée se laver les mains dans son évier et ils avaient ri comme des perdus sous l'œil intrigué des livreurs. Elle avait ri avec Maxime exactement comme elle riait avec Toussaint. Ça faisait presque mal d'y repenser. Il faudrait pouvoir immortaliser ça, inventer une machine qui se brancherait sur le cerveau et reproduirait des souvenirs holographiques et odorants, et tactiles pendant qu'on y était. On pourrait les apprécier sous toutes les coutures, même tête en bas, les respirer, les entendre et les toucher, lisses, rugueux, soyeux, poilus, spongieux et tout ce qu'on voudrait. Ah, je boirais bien un coup, se dit Lola. J'inviterais bien le psy aux *Belles*, je réveillerais bien Maxime, et avec ce duo de gars-là, je boirais bien la cuvée du patron jusqu'au bout de la nuit.

Elle cria :

– SIGMUUUNNND !

Le dalmatien réagit avec grâce ; il interrompit son reniflement d'un pneu et fixa un instant celle qui venait de l'interpeller. Puis il regarda son maître, leva la patte et urina.

– Vous connaissez mon chien, madame ?

– Et je vous connais aussi, monsieur Léger. Je suis une amie de Maxime. Mon nom est Lola Jost. Je crois que j'ai besoin de parler. De vous parler.

– Vous avez besoin de parler ou de *me* parler ?

– Les deux. Tous les cafés du coin sont fermés. Il va falloir que vous m'invitiez chez vous un moment.

Le psy sourit, ce qui eut pour effet de dessiner quelques rides autour de ses yeux très clairs. Malgré les apparences, cet homme-là devait avoir une quarantaine d'années. Il se tenait sous un lampadaire et la pluie scintillait autour de lui comme la laisse métallique de Sigmund qu'il tenait nonchalamment. Il affectionnait les pantalons de velours et portait un K-way. Ses cheveux étaient plaqués sur son crâne parce qu'il avait dédaigné de mettre sa capuche. Antoine Léger était ainsi un personnage à qui on avait terriblement envie de causer par une nuit brillante de pluie qui vous infiltrait l'âme.

– Oui, j'ai vraiment très envie de vous parler, Antoine Léger.

Il l'avait fait entrer dans son cabinet, lui avait proposé une cigarette et ils se faisaient face de part et d'autre d'un bureau de bois sombre années quarante. Une seule lampe était allumée. Antoine Léger avait enlevé son K-way et offert à Lola une généreuse rasade d'un scotch de bonne qualité ; il s'était servi plus modestement. Sigmund était allongé sur le tapis mais ne dormait pas.

Elle parla de Vanessa Ringer et de tout ce qu'elle ignorait d'elle. De Khadidja Younis et de tout ce qu'elle savait d'elle : son amour pour Maxime, ses rêves de succès. Léger écoutait, dans un silence de grande qualité. Souple comme son scotch. Lola s'installait confortablement dans la chaleur de ce silence. Elle continuait de parler des jeunes filles du passage du Désir ; Léger était un homme subtil, il fallait voguer avec lui sur les mots jusqu'à ce que l'on trouve une crique pour aborder. Et enfin mettre le pied sur le sable. En même temps, Lola s'avouait une franche envie de dormir.

– Kha-di-dja. Un beau prénom. Savez-vous que c'était celui de la première femme de Mahomet ? Une riche veuve plus âgée que lui. C'est elle qui l'a incité à devenir prophète. C'est elle qui l'a sponsorisé en quelque sorte.

– À quoi tient l'Histoire, lâcha enfin Antoine Léger.

Lola goûtait sa voix. Profonde et musicale, sans effort. Celle d'un prédicateur qui économiserait ses effets. Lola luttait parce que le charme de la voix s'associait à la tentation du sommeil.

– Maxime m'a dit que vous étiez le médecin de Chloé Gardel.

– C'est exact.

– Depuis longtemps ?

– Plusieurs années.

– Mais comment fait-elle pour vous payer ?

Elle l'entendit rire pour la première fois. Très élégant. Rien à voir avec ces gens qui s'esclaffent et trahissent ainsi la nervosité qu'ils vous dissimulaient.

– Vous êtes une femme hors normes, madame Jost. Maxime m'avait prévenu.

– J'enquête justement pour Maxime. Pour qu'il ne se retrouve pas en prison.

– Vous savez très bien que je ne pourrai pas répondre à toutes vos questions, reprit-il en souriant.

– Je comprends. Vous êtes, tel le prêtre, tenu au secret de la confession. Mais ma première interrogation était d'ordre économique. Elle ne vous engage à rien.

– Chloé a commencé à consulter lorsqu'elle était au lycée. Elle souffrait de boulimie. Ensuite, quand sa mère est morte, j'ai continué à la voir. Gratuitement. Elle a insisté pour me donner son chien.

– Et vous avez accepté ?

– Le chiot n'avait que six mois, je l'ai rebaptisé Sigmund.

– Mais pourquoi Chloé vous a-t-elle donné son chien ? C'est absurde.

Lola observait le dalmatien. Il s'était redressé et la fixait de son regard imperturbable.

– Chloé ne pouvait plus supporter sa présence.

– Elle vous a dit pourquoi ?

– Non. Du moins pas encore.

– Chloé et Khadidja ont caché à la police l'existence d'un journal intime qui a probablement été volé par le meurtrier de Vanessa. J'en ai déduit qu'elles ne voulaient pas dévoiler une part de leur passé commun. On ne va pas retrouver ce journal de sitôt. En revanche, on peut retrouver chez vous les souvenirs de Chloé. Dans vos dossiers.

– Peut-être, mais pourquoi ces souvenirs auraient-ils un rapport avec la mort de Vanessa ? Et qui vous dit qu'ils sont exacts ? Bien souvent, les gens les travestissent inconsciemment.

– Eh bien, puisque vous ne voulez parler ni des souvenirs de Chloé ni de la raison pour laquelle elle a abandonné son dalmatien, trouvons un autre sujet. Parlons de la boulimie d'une manière générale.

– Que voulez-vous savoir, madame Jost ?

Léger avait l'air amusé. Il semblait passer un bon moment, ou alors on avait su faire de lui un parfait gentleman.

– Appelez-moi donc Lola. Je voudrais savoir ce qui mène à la boulimie.

– La boulimie, Lola, c'est une violence que l'on retourne contre soi. C'est souvent féminin. Les filles infligent cette violence à leur propre corps, les garçons au corps social. Mais le résultat est le même. Ils peinent à se sentir partie prenante de la société, à trouver leur place. Que ce soit par adhésion ou par opposition. L'opposition à l'autorité parentale est une étape importante pour se construire. Dans une famille monoparentale ou face à un parent chômeur, il est difficile de contester. Ces jeunes n'ont pas le cœur d'entrer en rébellion contre un adulte déjà mal en point. La conséquence en est que certains peinent à se trouver et voient leurs repères s'effriter de plus en plus.

– C'est ce qui est arrivé à Chloé Gardel ?

– La mère de Chloé était une dépressive chronique. Une femme qui a élevé seule sa fille. Avant de mourir dans un accident de voiture.

– Pas gai, tout ça.

– Comme vous dites.

– Que pensez-vous de la mutilation de Vanessa ? Vous avez vu ce qu'on lui a fait, n'est-ce pas ?

– J'ai vu. Je n'ai aucune compétence en psychologie criminelle. Je ne peux vous parler que de la symbolique de la mutilation.

– C'est déjà quelque chose, Antoine.

– Mutilation peut signifier disqualification. Dans la tradition celte, un roi s'est vu privé de son trône parce qu'il avait perdu un bras dans une bataille.

– Le tueur aurait souhaité faire descendre Vanessa de son piédestal…

– Ce n'est qu'une interprétation et, en tant que telle, sans aucune valeur scientifique. Et puis il y en a tant d'autres.

– Je vous écoute avec grand intérêt.

– Au lieu de penser mutilation, on peut penser pied.

– Pas mal, continuez…

– Freud et Jung sont d'accord pour trouver au pied une signification phallique. Il est l'objet d'une fixation érotique pour certains fétichistes.

– Et couper les pieds d'une femme équivaudrait à supprimer l'attraction sexuelle qu'elle exerce ?

– Pourquoi pas ? Mais on peut retourner la thèse comme un gant, quitter le domaine sexuel pour s'envoler vers le spirituel.

– Eh bien, envolons-nous, Antoine.

– Les anges, Lola.

– Les anges, Antoine ?

– Mercure, messager des dieux, est l'ancêtre de l'ange. Ses ailes aux pieds symbolisent sa facilité à s'élever vers le divin. Et puis, il y a l'empreinte. Dans de nombreuses cultures, elle est la trace du divin dans le monde humain. Bouddha mesure l'univers en faisant sept pas dans chacune des directions de l'espace, on évoque les traces du Christ sur le mont des Oliviers et celle de Mahomet à La Mecque.

– Et que dire de ces histoires de lavement ? Il s'agit bien de rites de purification ?

– Parfaitement, Lola. On lave les pieds des derviches tourneurs pour les débarrasser des impuretés glanées sur les mauvais chemins du passé.

– Une mutilation est le plus radical des nettoyages.

– Votre théorie est un peu osée. Mais, là encore : pourquoi pas ?

Lola parla longtemps avec Antoine Léger. La fatigue aidant, d'étranges images lui venaient à l'esprit. Tout en posant ses questions, tout en écoutant les réponses, Lola les laissait flotter. Par exemple, celle d'un chien qui aurait englouti deux beaux pieds blancs bouillis dans une marmite de cuisine. Et n'en aurait rien laissé. Ni chair, ni os, ni cartilage. Lola absorba la conversation érudite jusqu'à ce que ses yeux papillonnent. Puis, ne pouvant plus rien ingurgiter qui fasse sens, elle demanda où se trouvait le divan. Elle prétendait à une faveur de la part du psychanalyste : qu'il la laisse s'allonger sur ce meuble mythique.

– Avant de vous rencontrer, je ne savais pas que cela faisait partie de mes fantasmes, précisa-t-elle.

Antoine Léger se leva et lui désigna un divan bleu et acajou, assorti au bureau. Lola perçut un mouvement derrière elle, se retourna et vit le dalmatien qui s'approchait en bâillant. Elle lissa sa jupe, s'allongea, puis se retourna pour constater qu'Antoine Léger s'asseyait sur un fauteuil placé derrière elle. Sigmund s'installait à ses pieds.

– Il fait toujours cela ?

– Toujours. Sigmund est ainsi le seul à connaître tous les secrets de mes clients.

Lola trouva la force de sourire. Elle croisa ses mains sur son ventre. Puis elle respira plusieurs fois profondément. Elle écouta Antoine Léger bouger ses jambes de velours, une fois, puis une autre. Et puis une fois et quelques autres.

17

Elle fut réveillée par une lumière grise. Le matin s'infiltrait à travers de hautes fenêtres inconnues. Il fallut quelques secondes à Lola pour réaliser que sa nuit s'était terminée sur le divan d'un psychanalyste.

Elle se leva et évita de renverser le verre vide, posé sur le parquet. Elle marcha vers la bibliothèque. Psychanalyse, psychiatrie, psychologie, sociologie, une encyclopédie généraliste en plusieurs volumes, des dictionnaires de mythologie, la Bible, le Coran, les pensées du dalaï-lama, le Vidal. Sur un mur, des photographies noir et blanc du dalmatien où apparaissait parfois une partie de l'anatomie du docteur Léger. Antoine ne partageait-il sa vie qu'avec son dalmatien ? La plus étonnante montrait Sigmund à la plage, sur un matelas pneumatique, veillant aux côtés d'un homme allongé dont on ne voyait que les mollets et pieds nus. Encore et toujours des histoires de pieds.

Lola fouilla le bureau et finit par dénicher ce qu'elle espérait trouver : les dossiers des patients, nombreux, et classés par ordre alphabétique. Ni le casier G ni le casier C ne recelait celui de Chloé Gardel. Et rien concernant Khadidja Younis ou Vanessa Ringer. Le docteur Léger m'a-t-il vue venir avec mes gros sabots ? se demanda Lola. Elle prononça un « ah la la ! » assez las avant de quitter le cabinet du psy. Et puis d'y revenir. Elle fouilla une nouvelle fois, en quête du nom qu'elle avait cru lire quelques secondes auparavant.

C'était bien ça. Sur l'étiquette, on lisait *Renée Jamin-Kantor*. Le dossier était bourré de feuillets portant des annotations manuscrites et des dates. La libraire avait consulté pendant plus de sept ans. Si Lola lisait correctement entre les lignes, Renée Jamin avait mené une vie d'expériences multisensorielles, pleine de fêtes, de paradis artificiels, de partenaires différents. Il lui arrivait de se poser des questions métaphysiques au sujet de cette existence remuante. Les premières interrogations intervenaient après le départ du père biologique de Patrick. Un certain Pierre Norton qui, un beau jour, avait eu l'idée de quitter femme et enfant pour ne plus jamais donner signe de vie. À partir de là, Rodolphe entrait en scène. Il avait joué le père dans la famille Addams et le beau-père dans la famille Kantor. Lola referma le dossier avec le sentiment désagréable d'avoir espionné par un trou de serrure. Maintenant que je ne suis plus flic, l'aspect fouille-merde du métier m'apparaît dans tout son prosaïsme, pensa-t-elle. Elle remit en place les documents et sortit pour de bon du cabinet.

L'appartement semblait déserté. Elle hésita puis en fit le tour, quelque cent cinquante mètres carrés. Une porte entrouverte, celle de la chambre. Le grand lit était défait, quelqu'un y avait dormi seul. Dans la cuisine, la gamelle de Sigmund était vide et les restes d'un petit déjeuner en solo traînaient dans l'évier empli d'eau savonneuse. La théière trônait au centre d'une table de ferme imposante à la surface patinée par mille coups de couteau, des centaines de fonds de marmites trop chaudes, des milliers de repas pris en famille. Curieux, pour un célibataire apparent. Lola s'en alla.

Dans la rue du Faubourg-Saint-Denis, les commerçants ouvraient leurs échoppes. Elle salua ses maraîchers et son boucher préférés. La pluie avait cessé, le quotidien reprenait ses droits. Cette nuit, alors que Lola Jost dormait sur un divan, la Seine était restée sagement dans son lit. Le remake de 1910 n'était pas pour aujourd'hui.

Un taxi s'arrêta devant l'immeuble d'Antoine Léger. Le psychanalyste en sortit, l'air heureux, un enfant dans les bras et Sigmund sur ses talons. Une jolie blonde, à peu près de l'âge de Vanessa Ringer, s'extirpa à son tour du véhicule et, en plissant les yeux comme à son habitude, Lola put imaginer que la jeune fille revenait du royaume des morts où Léger était allé la chercher. Le taximan tendit la valise à la blonde. Couple, enfant et dalmatien rentrèrent dans l'immeuble. Lola demeura immobile, puis, en réalisant qu'elle se trouvait devant son salon de coiffure, y pénétra.

Il n'y avait qu'une cliente chez *Jolie petite madame* et la jeune Dorothée s'en occupait avec ferveur. Lola salua Jonathan et lui précisa qu'elle n'avait pas pris rendez-vous.

– Je ne le sais que trop, ma chère. Tu ne prends jamais rendez-vous. Ou alors si, une fois par an, avant d'aller voir ton fils à Singapour. Mais ce n'est pas la saison. Allez, assieds-toi donc. Et qu'est-ce qu'on te fait de beau ?

– Tu laves, tu coupes un peu, tu me fais un chouette brushing mais je ne veux pas sortir de là avec une volière sur la tête. Sobriété, Jonathan.

– Mon nom est Jonathan Sobriété, Lola.

Et ainsi, Lola put prendre la température du quartier au sujet de la mort de Vanessa Ringer. On en parlait. Chacun savait qu'elle avait été mise à la porte par ses parents, des catholiques ultra. Ils l'avaient chassée à cause de sa liaison avec un jeune Maghrébin. Vanessa avait alors trouvé refuge chez Chloé et sa mère. Jusqu'à ce que Lucette meure dans un accident de voiture. Depuis, Khadidja, une autre amie de lycée, avait emménagé avec le duo, et les trois filles s'entraidaient pour faire face à la hauteur des loyers parisiens, aux hauts et bas de l'existence. À ce moment de son récit, Jonathan avait fait une pause, ciseaux en l'air, s'attendant à une citation. Mais Lola gambergeait trop pour avoir le cœur à scanner son dictionnaire. Elle remarqua que Jonathan en concevait une certaine déception et, faute de mieux, fit un gros effort en convoquant Léon Bloy chez *Jolie petite madame*.

– *Mon existence est une campagne triste où il pleut toujours.*

– Plus quand j'en aurai fini avec toi, ma jolie. Rien ne remplace une bonne coupe pour se remettre la tête à l'endroit.

– C'est de toi ou de Vidal Sassoon ça, Jonathan ?

Lola sortit de chez *Jolie petite madame* avec un reflet bleuté dans ses cheveux gris. Jonathan étant un artisan têtu et fier de son métier, sa coupe évoquait tout de même une volière mais Lola ne s'en inquiétait guère, l'humidité aurait raison de cet édifice capillaire. Rue des Vinaigriers, *Le Concombre masqué*, quant à lui, était une librairie verte, de la nuance des cucurbitacées, ce qui ne l'étonna pas. La devanture regorgeait d'albums mais jouait aussi la troisième dimension avec une pléiade de statuettes en plastique de personnages comiques, surnaturels ou glorieux, des mâles, des femelles, des neutres, des extraterrestres et des monstres. On y voyait aussi les photos de leurs créateurs. Lola repéra une Asiatique à la longue chevelure dans le pur style Yoko Ono, époque John Lennon. La légende révélait qu'il s'agissait de Rinko Yamada-Duchamp immortalisée une quinzaine d'années auparavant. Assise à une table dans la librairie, elle signait ses albums. À ses côtés, en jupe de cuir et tee-shirt représentant quelque dieu hindou, une petite femme très souriante aux cheveux longs, ondulés et couleur marron glacé. On retrouvait cette même petite personne vieillissant lentement au fil des photos de dessinateurs en signature. Lola n'en connaissait aucun.

Renée Kantor conseillait un client qui ne jurait que par la science-fiction. La cinquantaine, une élégance discrète assortie à la saison, jouant sur une harmonie de beiges et de marrons dopée par un carré de soie aux couleurs vives. C'était la femme des photographies. À l'instar de Lola, elle s'était fait couper les cheveux, ses vêtements s'étaient assagis mais elle, elle n'avait pas pris un gramme.

Lola fouilla dans les rayons en écoutant la conversation. Elle n'aurait pas imaginé l'art de la BD si florissant. Les gens avaient sans doute furieusement envie de se changer les idées. Renée Kantor connaissait son affaire et déclinait la biographie de quelques auteurs sans marquer d'hésitation. Son affabilité implacable eut raison du client qui repartit avec trois albums et un catalogue offert par la maison.

– Si vous avez besoin d'un conseil…

– On m'a parlé du travail de Rinko Yamada.

– Ah, une merveille. Tenez, c'est un classement alphabétique, tous ses albums sont ici. Cette femme était géniale.

– Était ?

– Malheureusement.

– Vous l'avez connue ?

– Nous étions amies. Elle vivait dans le quartier. C'est une horrible histoire, Rinko a été assassinée. Elle formait un beau couple avec Maxime Duchamp. Presque trop beau. On n'a jamais su qui était le tueur. Rinko a été attaquée quand elle était seule dans son atelier, rue des Deux-Gares. Il paraît que Maxime a trouvé son corps en revenant d'un reportage en Roumanie.

Lola scrutait le visage de Renée Kantor. Cette femme se souvenait d'un meurtre vieux de douze ans comme s'il datait d'hier. Elle continuait de sourire mais ses yeux prenaient une tonalité grise :

– *Otaku* est une BD culte. Je vous la recommande si vous ne savez pas par quoi commencer. Mais je vous préviens, c'est violent. Et c'est en quinze tomes.

– Il y a des mutilations ?

– Euh... entre autres.

– Appâtez-moi.

– Pardon ?

– Dévoilez-moi un bout de l'histoire.

– Tout démarre avec une lycéenne qui vend son image pour gagner de l'argent. Elle s'en mordra les doigts.

– Pourquoi ?

– En dire plus dévoilerait l'intrigue, c'est bâti comme un polar...

– Mais non, allez-y. J'aime savoir dans quoi je m'aventure.

– Un collectionneur décide de la couper en morceaux et de l'empaqueter. Et d'envoyer ces paquets à d'autres jeunes filles ayant posé pour la même compagnie.

– Cette BD m'a l'air perverse à souhait, je prends le tome un.

– Très bonne décision. Je vous fais un paquet-cadeau ?

– Inutile, c'est pour moi.

Lola paya, récupéra son ticket de caisse mais pas la BD qui resta dans la main de Renée Kantor. Séparées par *Otaku*, les deux femmes se dévisagèrent un court instant.

– Vous n'êtes pas vraiment amateur de BD, n'est-ce pas ?

– Je ne suis pas non plus amateur de grabuge, rassurez-vous.

– Je sais qui vous êtes. Lola Jost, commissaire à la retraite. Et vous enquêtez sur l'affaire Ringer. Mon mari a eu droit à votre visite. Il m'a prévenue.

– Si seulement vous pouviez être plus coopérative que lui.

Renée Kantor lâcha l'album en même temps qu'un autre de ses sourires dont le stock semblait inépuisable.

– Sachez que je suis ravie de ce qui arrive. Enfin… je ne me réjouis pas de la mort de Vanessa Ringer. Mais… Oh, et puis voilà ! J'ai toujours pensé que Maxime Duchamp avait tué Rinko.

– Et pour quelle raison, madame Kantor ?

– Parce que sous l'image du couple parfait, il y en avait une autre. Rinko n'était pas heureuse avec lui.

– Elle vous l'a dit ?

– Il était toujours par monts et par vaux. D'une guerre à l'autre. Elle s'est lassée de l'attendre et d'avoir peur pour lui.

– Lassée ?

– Rinko s'est consolée avec quelqu'un et Maxime ne l'a pas supporté.

– Qui était-ce ?

– Je ne sais pas.

– Vous étiez amies…

– Cette personne était peut-être mariée. Rinko n'était pas femme à faire du scandale. Et contrairement à ce que vous suggérez, elle n'était pas perverse. C'était une artiste très réceptive qui captait puis restituait la dureté de son époque mais n'en acceptait pas pour autant les…

– Vous êtes allée voir la police ?

– Non.

– Pourquoi ?

– Je n'avais aucune preuve. Maxime était officiellement en reportage, mais les retours en avion, ça se bidouille. En tout cas, s'il a recommencé avec Vanessa Ringer…

– Vous irez cette fois à la police, c'est bien ça ?

– Tout le monde sait que Maxime Duchamp est dans le collimateur des enquêteurs. Inutile de tirer sur l'ambulance. Et puis, je n'ai pas plus de preuves aujourd'hui qu'hier.

Le sourire avait viré à la grimace. Cette amertume faisait mal à voir, parce que pour Lola, elle abîmait le visage de Maxime à distance. Lola eut envie de demander si elle lui en voulait pour d'autres raisons. Avait-elle essayé de vivre avec lui une des « expériences » dont elle semblait si friande ? Avait-il refusé ses avances ? Mais l'approche n'étant guère stratégique, elle demanda :

– Vous voyez des similitudes entre les deux meurtres ?

– Elles ont été étranglées toutes les deux. Il n'y a pas eu de violences sexuelles. Bien que…

– Bien que ?

– Il l'avait attachée… aux barreaux du lit, avec des bas.

– Attachée ?

– Par les chevilles.

– Mais pourquoi seulement par les chevilles ? Habituellement, dans le bondage, la victime est attachée par ses quatre membres ou par les poignets…

– Qu'est-ce que vous voulez que je vous dise ? Le monde est malade. Complètement malade.

– Pourrais-je voir votre fils, Patrick ?

– Patrick est à l'appartement. Nous n'avons pas eu beaucoup de clients cet après-midi.

– Votre mari m'a dit qu'il travaillait avec vous.

– Malheureusement, les études n'inspirent pas mon fils. Il y a eu la période avec Rodolphe au *Star Panorama* et maintenant, c'est la librairie. En réalité, Patrick passe beaucoup de temps devant son ordinateur. L'appartement est au-dessus du *Concombre masqué*. C'est pratique. Un peu trop même.

Renée Kantor fixait Lola, à l'affût d'une réaction. Flegmatique, cette dernière pensait : c'est curieux, ces gens d'un certain âge qui ont encore besoin de l'approbation des autres. Renée Kantor lui fit signe de la suivre. Elles quittèrent la boutique par la porte du fond et débouchèrent dans le hall de l'immeuble.

18

L'appartement était dans le style bohème, trop de tapis, trop de plantes en pot, des bouquets de fleurs séchées, une profusion de meubles désassortis qui avait demandé la fréquentation assidue des brocantes, et même une légère odeur de patchouli. Lola n'avait rien humé de tel depuis au moins trente ans. Parmi les planches originales ornant les murs, une œuvre de Rinko Yamada-Duchamp. Elle s'arrêta pour l'étudier. La lycéenne en uniforme posait dans le studio photo. C'était le début d'*Otaku*, comme un éternel recommencement. Aux portes de l'Enfer.

– En voilà une qui va vendre son image au diable.

– On dirait que vous avez creusé la question, dites-moi ! C'est peut-être vrai, ce qu'on dit de vous.

– Et que dit-on de moi ?

– Que vous n'êtes pas un flic comme les autres.

– Normal. Je ne suis plus flic.

– Vous êtes une amie de Maxime, n'est-ce pas ?

– Exact.

– C'est pour lui que vous faites ça ?

– Encore exact.

– Dans le fond, vous agissez par amitié. Et moi aussi. En somme, nos intentions sont pures mais nous ne sommes pas du même bord.

– Bien vu.

– Ne m'en veuillez pas si je me suis montrée un peu sèche. Ce n'est pas mon style. Mais ce que vous m'avez dit m'a chamboulée.

– Ce n'était pas mon intention. Désolée.

– Écoutez... Avant d'aller voir Patrick, avant d'évoquer la mort de cette pauvre fille, il faut que je me fasse un pétard.

Lola suivit la libraire dans sa cuisine. Une collection de porcelaines bleues décorait une étagère ; elles ne contenaient pas que de la farine et du sucre. Renée Kantor se confectionna avec dextérité un joint parfaitement conique et en proposa à Lola.

– Sans moi, merci.

– Ah bon ?

– Mais j'accepterai volontiers un ballon de rouge.

– Bon, on va se tutoyer, si tu veux bien. Un côtes-du-rhône ou un madiran ?

– Va pour un madiran.

Lola sirota son vin en laissant Renée Kantor gambader sur les prairies de son choix.

– Tu as remarqué ? Dans *Otaku*, il y a des petites lycéennes.

– Pas qu'un peu.

– Rinko a pressenti ce qui allait arriver, tu ne crois pas, Lola ?

– Comment ça ?

– Maxime et Khadidja, des années plus tard. C'est-à-dire aujourd'hui. Elle si jeune. Et lui qui va avoir quarante ans.

– Khadidja n'est plus une lycéenne.

– Il n'y a pas si longtemps, elle était encore au lycée, tout comme Patrick. Tout comme Vanessa ou Chloé.

– Ils fréquentaient le même établissement ?

– Oui, le lycée Beaumarchais, rue Lafayette. Tu sais, Lola… je voudrais avoir le don de voyager dans le temps. En avant, en arrière, en avant, en arrière. Comme ça, on se retrouverait quelquefois, Rinko et moi. Mais je ne suis douée pour rien.

– Mais non, mais non…

– Rinko était une grande dame.

Lola laissa Renée Kantor caracoler tout son saoul. Elle se resservit du madiran puis se leva pour fouiller les placards à la recherche d'amuse-gueule. Elle tomba sur des olives qu'elle versa dans une coupelle. Elles les picorèrent en duo jusqu'à ce que la libraire revienne à Patrick, son fils unique.

– Ce manque d'ambition, c'est peut-être de ma faute. Rodolphe et moi, on n'a pas assez surveillé sa scolarité. Mais avec des peut-être et des si, on s'embarque pour un long long long long périple.

– Si long que ça ?

– Maintenant, Patrick passe sa vie devant son ordinateur. Je ne suis même plus autorisée à faire le ménage dans sa chambre. C'est son domaine. De temps en temps, il trouve une excuse en prétendant qu'il veut devenir webmaster ou je ne sais trop quoi. Sa génération mène une vie virtuelle. La nôtre était peut-être excessive mais au moins on était vivants, tu ne crois pas, Lola ?

– Aucune idée, je suis plus vieille que toi.

– Les années soixante-dix, c'était autre chose. Tout le monde voulait faire la fête, jouir, aller au-devant des autres comme de soi-même. N'est-ce pas que j'ai raison, Lola ?

– Mes souvenirs de l'ère psychédélique sont flous.

– Maintenant, on nous parle d'interdiction du porno à la télé, d'interdiction de fumer, de sida par-ci, d'intégrisme par-là, de montée des violences, d'individualisme, d'intolérance, de mort du politique. L'époque est énervée mais chiante.

Lola l'écouta encore parler nostalgie du pétard et de l'orgasme tridimensionnel. Le madiran était correct mais elle n'avait pas toute sa journée devant elle.

– Bon, on va voir Patrick ?

– Ah oui, pardonne-moi, Lola. J'avais besoin de parler. Tu sais, Rodolphe est un acharné du boulot. Quand il n'est pas au cinéma, il participe à des conférences, à des colloques, à des séminaires sur les maîtres de l'horreur.

Ce n'est guère passionnant de vivre avec un passionné. Tu vois ce que je veux dire ?

– Oui, mon ex-mari est un passionné. Aux goûts classiques cependant : les femmes.

– C'est parfaitement compréhensible. Excuse-moi, mais comment envisager de coucher avec la même personne toute sa vie ? Je ne dis pas ça pour toi, bien sûr.

– Tu peux dire ça pour qui tu veux, je ne suis pas susceptible.

– Mais que penser d'un homme qui ne s'intéresse qu'au gore, Lola ? Il y a suffisamment d'horreurs autour de nous. Et le potentiel de développement de ces horreurs est immense, le futur tout noir. Alors pourquoi en rajouter ?

– Tu savais ce qui l'intéressait le jour où tu l'as épousé, ton Rodolphe Kantor, non ?

– J'étais la mère célibataire d'un enfant de sept ans. Sinon, je ne pense pas que j'aurais épousé qui que ce soit. Et puis, pour moi, Rodolphe était directeur d'un cinéma. Au sens large.

– En somme, tu lui imaginais des goûts plus versatiles.

– Tu me comprends si bien, Lola. Au-delà de ce petit moment de tension dans la librairie, quand j'ai fait mine de ne pas vouloir te donner *Otaku*, eh bien au-delà de ça, j'ai senti tes bonnes vibrations. Et je les sens encore maintenant. Tu n'es pas quelqu'un d'agressif et ça fait du bien de te connaître.

– Et si on allait inspecter les vibrations de Patrick ?

– Oh, toi alors, tu n'as pas ta langue dans ta poche.

Dans une chambre décorée d'affiches de films d'horreur et de jeux électroniques, un garçon un peu plus jeune que Vanessa était absorbé par un CD-Rom. Une armée rouge exterminait une armée verte sur un champ de bataille futuriste. Encore la lutte éternelle du vert contre le rouge, voilà qui plairait à Ingrid. En deux clics de souris, Patrick Kantor mit son jeu sur pause et se leva pour serrer la main qu'on lui tendait. Il était de la taille de sa mère, mais la ressemblance s'arrêtait là. Ses cheveux blonds, sa courte barbe et son visage lisse évoquaient un faune pacifique. Dans le regard, une vague contrariété. Celle d'être dérangé au milieu d'une bataille décisive ?

– C'est au sujet de Vanessa Ringer.

– Et vous êtes ?

– Lola Jost. J'enquête pour la famille.

– Elle enquête par amitié, commenta Renée Kantor avec un rire de gorge. Allez, dis-lui que tu enquêtes par amitié, Lola ! Pour Maxime Duchamp. Tu vois, Patrick, Lola est chouette mais pas parfaite. Personne n'est parfait. Ce serait trop rasoir.

– Tu pourrais nous laisser un peu en tête-à-tête, madame Kantor ? demanda Lola.

– Oh, bon, d'accord, je retourne en cuisine ! C'est pas grave. Pas grave du tout. Je sais comment m'occuper.

Patrick suivit le départ facétieux de sa mère d'un œil indifférent puis énonça d'une voix tranquille :

– Les parents de Vanessa sont d'horribles grenouilles de bénitier. Ils l'ont mise dehors quand ils ont su qu'elle sortait avec Farid.

– Farid comment ?

– Farid Younis.

– Je sens que tu vas mettre en lumière un rapport avec Khadidja.

– Farid est son frère.

– Et où peut-on le trouver ?

– Aucune idée.

– Fâcheux, ça.

– Farid a disparu de la circulation depuis longtemps. On dit qu'il a mal tourné.

– Qui ça « on » ?

– Les élèves du lycée Beaumarchais, à l'époque.

– Vanessa et lui avaient rompu ?

– Je crois, mais je n'ai pas trop suivi. Je n'étais pas le confident de Vanessa. C'était juste une copine. Quand j'en ai eu assez de travailler dans le cinéma de mon père, je lui ai proposé le job. Elle a paru contente. Mais je savais que ça n'allait pas durer. Dans le fond, Vanessa rêvait de se rendre utile. L'influence de son éducation catholique. Le goût du prochain. Tout ça. Remarquez, quand c'est vraiment pour mouiller sa chemise en aidant les autres, je comprends. Beaucoup mieux que les bondieuseries.

– Elle a eu un autre petit ami après Farid ?

– Je ne saurais pas vous dire.

– Ces choses-là se sentent.

– Eh bien, je dirais plutôt que Vanessa semblait seule. Mais c'est sans garantie.

Le garçon avait les mêmes intonations que sa mère et une même franchise. Dans un coin de la chambre, l'ordinateur abandonné jouait doucement une musique répétitive et martiale. Kantor lui jetait des coups d'œil, il avait très envie de reprendre sa partie et ne le cachait guère. Inspirée par l'opéra guerrier, Lola demanda :

– Tu lui connaissais des ennemis ?

– Non.

– Tu en es sûr ?

– Autant que possible. L'univers de Vanessa se limitait à peu de choses. Ses deux copines, son travail au centre d'accueil. Qui est-ce qu'elle aurait gêné ?

Après le départ de Lola, Renée Kantor écouta *A kind of blue* de Miles Davis dans sa cuisine, deux fois de suite, puis Patti Smith, cinq fois. Elle chanta sur le refrain à tue-tête :

– *And I said Darling, Tell me your name, She told me her name, She whispered to me, She told me her name ! GLORIA ! G-L-O-R-I-A ! GLORIA !*

Puis elle retourna voir son fils. Flottant dans les vapeurs de Miles, de Patti et de l'herbe excellente achetée à Belleville, elle contempla un instant sa silhouette. Nimbé par les couleurs mouvantes de l'écran, Patrick avait l'air si concentré. Elle avait tenté de le décoller de sa machine. Puis quand elle avait compris que les jeux électroniques étaient la passion de cette génération, elle y avait renoncé. De temps à autre, Patrick venait donner un coup de main dans la librairie et se montrait poli avec la clientèle. Il avait ainsi gardé un pied dans le réel. Et puis d'ailleurs le réel n'était pas si beau que ça, alors pourquoi insister ?

Grâce à l'herbe, sa colère contre Maxime Duchamp était presque dissipée. Une colère élastique, qui venait, repartait, revenait. Étrange, après toutes ces années.

– C'était qui cette grosse bonne femme, une mémère qui s'enquiquine ? demanda le garçon sans quitter son écran des yeux.

Renée Kantor constata qu'une centrale nucléaire rouge était sur le point d'exploser sous le tir de missiles des Verts.

– Mme Lola Jost, retraitée de la police. Mais elle n'est pas si moche, ni si vieille. Elle a dû être pas mal dans le temps. Pas vraiment belle, mais mieux. Genre Marlene Dietrich ou Jeanne Moreau. Des femmes qui sont trop, tu vois ? On ne peut pas les mettre dans une catégorie. Elles sont libres, elles nous échappent tout le temps, tu vois ?

Mais Patrick ne voyait pas ou ne voulait pas voir. En revanche, il éliminait méthodiquement tous les Rouges à l'aide d'avions futuristes. Renée Kantor s'imagina aux commandes d'un de ces engins. Que la force soit avec toi, ô Renée ! Puis elle contempla un instant le profil racé de son fils et ajouta :

– Mme Lola Jost est une légende, dans le quartier. Elle s'ennuie peut-être. Oui, c'est possible ça. Tu as sans doute raison, Patrick. D'ailleurs tu as souvent raison, mon fils. Mais il faut être un peu tolérant.

– Je ne suis pas un mouchard, mais j'aurais eu des choses à lui dire, à cette légende.

– Quelles choses ?

– Oh, rien.

– Patrick, tu en as trop dit, là. Patrick !

– Vanessa aimait Maxime.

– Sans blague ?

– Non, c'est sérieux. Et tu penses bien que ce n'était pas à Khadidja qu'elle allait se confier. Alors, il ne restait plus que ce brave Patrick Kantor, l'oreille charitable. Eh oui, j'étais bel et bien son confident, vois-tu.

– Ne me dis pas que Maxime couchait avec Vanessa !

– Il paraît.

– Mais il les lui fallait toutes à ce salaud ! C'est dément !

– Ne t'affole pas, maman, ça n'a pas duré entre eux. Et Vanessa, avec son éducation catho, culpabilisait à mort à cause de Khadidja. En même temps, elle souffrait parce qu'elle aimait le beau Maxime. Tu vois un peu le pataquès ?

– Mais Patrick, pourquoi tu n'as rien dit ?

– À qui ?

– À la police, tiens !

– Moi, parler aux flics ? Jamais. Je ne peux pas les saquer.

– Moi non plus. Je n'ai pas canardé du CRS en 68 pour leur manger dans la main aujourd'hui… mais ce n'est pas une raison. Il y a cas de force majeure.

– Fais ce que tu veux, mais moi, je ne t'ai rien dit. Tu ne me feras pas m'allonger devant un flic.

19

Après tant d'années dans la police criminelle, elle pensait bien connaître les nuances du sang, une palette qu'elle avait crue sommaire. C'était compter sans Santo Gadejo, un Chilien bourré d'imagination en matière de giclement de cervelle, de découpages anatomiques et de derniers outrages avant l'Armagueddon. Dans *Crazy Dolls*, du sang, des cris d'effroi mais aussi du sexe, des cris de joie. Un génie du Mal lubrique avait fabriqué en laboratoire une armée de poupées tueuses qu'il utilisait sans compter pour assouvir un désir chavirant sans cesse entre Éros et Thanatos. C'était le film le plus fatigant que Lola ait jamais eu à suivre et ses paupières luttaient avec détermination contre la force de gravité.

Du point de vue d'Ingrid, cette première soirée au *Star Panorama* atteignait déjà des sommets. Et elle redoutait un crescendo. Elle espérait que Baratin allait apparaître au plus vite – Élisabeth avait promis de leur faire signe – et aussi qu'un client se comporterait bizarrement. Mais pour l'instant, les fidèles se tenaient bien. Le gros de la clientèle avait l'allure étudiante et sortait en bandes. Au vu des délires du señor Gadejo, on comprenait la nécessité d'un compagnonnage pour profiter d'une épaule, d'une main ou d'une cuisse compatissante, bien vivante, rassurante.

Ingrid avait installé le carton de pop-corn au milieu de leurs deux accoudoirs. Lors de chaque assaut maléfique, sa main droite agrippait la cuisse gauche de Lola tandis que son corps tressaillait comme sous l'effet d'une décharge électrique. Cette réaction adolescente n'était pas déplaisante. Plus le temps passait, plus Lola appréciait la fraîcheur et la spontanéité de l'Américaine.

La plus jolie et la plus rapide des poupées arborait un doux et lumineux sourire de madone sur son visage fixe.

Elle trucidait une actrice porno d'un coup de sabre en pleine gorge après l'avoir écorchée vive, puis se substituait à elle sur un set de film. Elle enleva sa cape noire dévoilant un corps splendide et articulé, doté d'une pile encastrée dans le dos, et brandit son non moins splendide sabre de samouraï avec lequel elle entreprit de démembrer méthodiquement toute l'équipe du tournage. Chaque fois qu'elle tranchait un membre, un nez, une oreille voire une tête, la lumière verte de sa pile jetait des éclairs et un point indéfini de son corps émettait une courte phrase enregistrée, prononcée d'une voix de fillette : « Je m'appelle Bella et j'ai faim. » Ensuite, le rythme ralentit. Bella était assise sur le lit, dégoulinante de sang, son sabre en main. Gros plan sur sa face de plastique et ses yeux de verre dépourvus d'expression. Mais le sourire était là, immuable et angélique.

Lola tira un coup de chapeau à l'actrice et attendit la suite. Bella essuyait son sabre sur la jupe de la scripte décapitée lorsque la porte s'ouvrit. Entra le héros, un journaliste d'investigation doublé d'un as des arts martiaux. Il entreprit de vaincre la créature malgré les tentatives ultraérotiques pour le séduire. La carrière de Bella se termina sur une rampe d'éclairage renversée projetant une furia d'étincelles. Dans une pose christique, la poupée désarticulée répétait à l'infini : « Je m'appelle Bella et j'ai faim… je m'appelle Bella et j'ai faim… je m'appelle Bella et j'ai faim… je m'appelle Bella et… »

Depuis un moment, Lola pensait aux poupées de Rinko Yamada-Duchamp. À la collection d'effigies de jeunes filles où la dessinatrice avait puisé une partie de son inspiration. Elle regrettait de ne pas avoir demandé à Maxime de lui montrer les poupées. L'action de *Crazy Dolls* ralentissait une fois de plus : le héros rentrait dans son loft épuré pour y faire retraite avant une contre-attaque qu'on prévoyait implacable. Elle ferma les yeux, et finit par s'endormir.

Lola se promenait seule sur un quai de Seine. Le fleuve en crue léchait ses chaussures. Elle approchait d'un pont couvert de lichens qui flottaient comme une chevelure dans le vent. Elle portait un long manteau gris et la chapka d'Ingrid. Elle aurait voulu que l'amie américaine marchât à ses côtés vers ce grand pont marqué d'un K. Derrière elle, il y avait le pont N comme Napoléon mais ce pont K, elle ne le connaissait pas. À Paris, il n'existait pas de pont K. Lola savait parfaitement qu'elle rêvait.

Elle vit soudain Vanessa Ringer. En cornette noire et soutane blanche, la jeune fille était ficelée à une pile du pont. Son corps était immense. Aussi grand que celui du zouave. L'eau atteignait ses chevilles. « Dis-moi qui t'a tuée, ma fille ! », ordonna Lola. Mais Vanessa n'entendait rien. Lola s'engagea sous la voûte. Ses pas résonnèrent et elle lança contre les pierres humides : « Je m'appelle Lola et je voudrais rentrer chez moi… Je m'appelle Lola… » Un point rouge clignotait sur la ligne d'horizon. Lola continua d'avancer. Ce point n'était que le bonnet de Grousset. Un bonnet phrygien ou un bonnet Schtroumpf ? Jean-Pascal Grousset avait perdu vingt bons centimètres et empoignait les anses d'une brouette emplie d'une substance rouge.

Le quai était encombré de brouettes. Elles étaient entassées les unes sur les autres, et certaines avaient dégringolé et renversé leur chargement sanglant.

– C'est Toussaint Kidjo, dit Grousset, l'air catastrophé, il a été dépecé. Je ne sais plus quoi faire des morceaux, c'est un embouteillage de brouettes, il faut que vous veniez, madame Jost…

Impatient, Grousset se jeta sur Lola. Comme il lui arrivait à la taille, ses petits poings crispés lui labourèrent les côtes…

– Lola, réveille-toi ! Tu as dit qu'on sortirait avant la fin de *Crazy Dolls* pour étudier le public, Lola ! *Wake up, Lola !*

– Que se passe-t-il ? demanda Lola en fixant l'écran.

– Dans le film ?

– Dans tout.

– Dans le film, le méchant a construit une poupée à l'effigie de la fiancée du journaliste. Mais elle est tellement réussie qu'on ne voit pas la différence. Et dans la réalité, rien. Baratin n'est pas venu et le public est sage comme une image.

Elles se postèrent à la sortie et scrutèrent la foule qui quittait le *Star Panorama.*

– Rien, constata Lola.

– Rien de rien, renchérit Ingrid.

– Allez, on rentre. On reviendra demain. Patience, on l'aura, ce Baratin.

– Sûrement, mais demain je ne pourrai pas. J'ai un rendez-vous.

– Mènes-tu une double vie, Ingrid ?

– Tu te crois dans un autobus en partance pour Oklahoma City, Lola ?

Elles marchèrent en silence jusqu'à la rue du Faubourg-Saint-Denis puis Ingrid proposa à Lola le massage promis. Et lui garantit qu'il l'aiderait à trouver le sommeil. Dans le hall de son immeuble, la lumière éclaira Tonio le clochard qui ouvrit un œil et s'exclama en voyant Lola :

– Ma Samaritaine ! Je t'attendais !

– Qu'est-ce qui se passe, Tonio ?

– Dans les poubelles j'ai trouvé plein de journaux. Y parlaient de la petite blonde qui habitait ici et qui est morte. Eh bien moi, je sais quelque chose et c'est qu'à toi que je causerai, ma sainte-bernarde. Il est comme ça, Tonio. Il a ses têtes. J'aime bien ta bonne vieille tête.

Lola s'accroupit aux côtés de Tonio. Le bonhomme faisait durer le plaisir, il attendit qu'elle allume une cigarette et la lui colle entre les lèvres puis s'en allume une pour elle. Ingrid alla chercher trois bières mexicaines, fit le service et s'installa sur une marche.

– La belle Vanessa, je l'ai vue une nuit dans le passage Brady. Elle s'engueulait avec le patron du restaurant.

– Quand ça ? demanda Ingrid.

– Chut ! Ne l'interromps pas ! dit Lola.

– Ouais, tais-toi un peu, la gazelle blonde. J'y viens. C'était pas en été. Il flottait tout le temps. C'était déjà l'automne, ma grande. Et ces nuits-là, je dors passage Brady parce que c'est couvert. Eh bien, ils m'ont réveillé avec leur dispute. Voilà. Je me suis dit que ça t'intéresserait.

– Bien sûr que ça m'intéresse, mais j'aimerais savoir ce qu'ils se sont dit.

– J'en ai plus idée.

– Ah non ! Tu m'allèches et tu me lâches !

– Tu sais, ma grande, j'écoutais pas vraiment.

– C'était une dispute d'amoureux ? insista Lola en jetant un œil à Ingrid dont le regard évoquait la fixité de la maléfique Bella.

– Comment veux-tu que je te dise ! En tout cas, la fille n'était pas contente.

– Et lui ?

– Lui causait sans s'énerver, mais la fille voulait rien entendre. Il la retenait par la manche. Et elle, cette belle Vanessa, elle avait pas l'air d'aimer ce qu'il lui disait. Voilà. Me presse plus le citron, c'est tout ce que j'ai pour toi, mais c'est rien que pour toi.

Ingrid et Lola finirent leurs bières sur le canapé orange. Lola fumait, les yeux dans le vide. Ingrid fixait sa lava lamp. Elle n'avait pas le goût à masser Lola et Lola n'avait pas le goût à se détendre.

– Le temps se gâte, finit par dire Lola. Aujourd'hui, j'ai appris de la bouche de Renée Kantor, la femme du…

– Patron du *Star Panorama*, je sais. J'ai l'air sonné, mais je te suis cinq sur cinq. Continue, Lola.

– J'ai appris qu'entre Rinko et Maxime ce n'était pas l'entente cordiale. Il n'était jamais là, elle avait pris un amant.

– *Fuck !*

– Comme tu dis. Et ce n'est pas tout. Rinko Yamada-Duchamp a été retrouvée les chevilles attachées aux barreaux du lit conjugal. Même Grousset va établir le parallèle entre des chevilles entravées et des pieds tranchés. Il pleut des preuves, Ingrid.

– Mais non.

– Mais si, ça sent la crue. La menace gonfle tel un fleuve. Dans peu de temps, le zouave en aura jusqu'aux moustaches et il éternuera.

– Mais, Lola, qu'est-ce qui t'arrive ? Tu as des hallucinations ou quoi ? C'est le manque de sommeil ?

– Restons sereines, cependant. Les eaux montent, le ciel s'obscurcit mais il reste un nuage blanc à l'horizon.

– *Will you tell me at last what the fuck you're talking about ?*

– Tu te souviens que lors de leur dispute, Maxime a reproché à Khadidja de lui avoir caché l'existence d'un frère ?

– *Yes, indeed.*

– Ce frère, Farid Younis, était le petit ami de Vanessa Ringer quand elle était au lycée. Il a quitté l'école assez tôt. On dit qu'il a mal tourné.

– Dans quel genre ? Trafic de drogue ?

– Je n'en sais pas plus. Mais là n'est pas la question.

Elles replongèrent dans un silence méditatif jusqu'à ce que Lola demande :

– Tu sais quel est le plus gros avantage à ne plus être flic ?

– Ne plus avoir à soulever les couvertures qui cachent les misères du monde ?

– Tout le contraire, Ingrid. Ne plus avoir d'heures légales pour soulever ces couvertures. Je peux aller poser des questions dérangeantes à n'importe quelle heure du jour et de la nuit. (Elle consulta sa montre et ajouta :) À une heure du matin, par exemple.

– On va chez Maxime ?

– Non, chez tes voisines.

Ingrid ne put cacher sa surprise puis sa déception lorsque la porte des voisines s'ouvrit sur Maxime Duchamp. Il n'était vêtu que d'un jean et son visage était celui d'un homme qui sort d'un lit où il ne dormait pas. D'ailleurs la voix de Khadidja retentit en arrière-fond, encore chargée d'émotions diverses.

– C'est qui, Maxime ?

– Oh, bonsoir. Quelle surprise.

– Maxime ! C'est qui ?

– Ingrid et Lola.

– Oh, mais elles exagèrent à la fin ! Non mais alors !

– C'est vrai qu'elle n'a pas tout à fait tort, dit Maxime en souriant.

Et la tête de Khadidja apparut dans l'embrasure de la porte et son corps se lova contre celui de Maxime. Elle portait une nuisette parme à dentelle crème qui glorifiait son minois doré, ses épaules dorées et ses seins dorés.

– Bon, je vais me coucher, dit Ingrid.

C'est ça, se dit Lola, navrée, et elle ajouta en pensée : « Et je te raconterai tout demain, ma grande. »

La musique de *Fatboy Slim* roulait comme un torrent. Écouteurs sur les oreilles, Ingrid courait vite et fort, sentait chaque muscle de son corps. Et Maxime était à ses côtés, c'était comme s'ils s'échappaient ensemble vers un ailleurs qui n'avait pas de limite. Ils couraient à la même vitesse. Un jour, il lui avait glissé qu'il l'admirait de pouvoir tenir aussi vite et aussi longtemps qu'un homme. Elle avait reçu cela comme un magnifique compliment. De temps en temps, elle lui jetait un coup d'œil, goûtait le tracé de son profil concentré, de sa musculature, sa peau brillante de sueur. De temps en temps, il tournait la tête vers elle et lui souriait. Ils étaient alors liés dans l'effort, dans cette délicieuse montée d'adrénaline qui faisait se sentir animal joyeux. Ils étaient complices.

Ingrid ouvrit les yeux. Sur le paysage de sa salle d'attente. Pendant un instant, allongée sur son parquet, grâce aux souvenirs ravivés par la musique, elle avait revécu cette scène qu'elle aimait tant. Un entraînement avec Maxime au *Supra Gym* de la rue des Petites-Écuries, où ils s'étaient rencontrés. Une tranche de bonheur qui existerait à jamais dans sa mémoire. Elle referma les yeux, se laissa glisser à nouveau dans son rêve, se répéta, se réinventa la scène jusqu'à ce que ses paupières brûlent. Seule dans les vestiaires. La porte s'ouvrait. Maxime avançait, silencieux, la considérait un long moment. Puis il la prenait dans ses bras et lui donnait un voluptueux baiser. Ses bras la serraient, la serraient…

Ingrid enleva ses écouteurs, se releva et observa par la verrière le passage du Désir. Sous le réverbère, Tonio avait retrouvé son lit de carton. Elle alla chercher une nouvelle Corona et la but. Puis elle remit les écouteurs et dansa sur la musique de *Fatboy Slim*. Une fois en sueur, elle se rallongea sur le parquet.

– Je te jure que je te sortirai de là, Maxime, lança-t-elle à son plafonnier orange. Et que tu m'aimes ou pas n'a aucune importance. L'essentiel c'est que tu existes dans ce monde. C'est ça qui le rend beau.

Bientôt, elle en eut assez de rêvasser. Elle eut d'abord l'idée d'envoyer un e-mail à Steve puis pensa à Lola. Sa montre indiquait 2 h 35. L'ex-commissaire devait en avoir fini avec son interrogatoire et être rentrée chez elle ; dormait-elle ? Elle était fourbue au point de raconter des histoires de fleuve qui débordait, de zouave qui s'enrhumait, de menace intime prenant des allures de péril collectif. Ingrid hésita puis, n'y tenant plus, composa le numéro de Lola Jost. La voix bourrue sortait du sommeil, mais elle se radoucit quand elle reconnut son interlocutrice. Et cette trace d'amitié réchauffa le cœur d'Ingrid.

– Qu'a dit Maxime ?

– Qu'il s'était disputé avec Vanessa à propos de son attitude vis-à-vis de Khadidja. Maxime lui reprochait d'étouffer Khadidja, de lui pomper son énergie en exigeant d'être maternée. En fait, Vanessa venait dîner en cuisine aux *Belles* presque tous les soirs.

– Et Maxime avait l'air sincère ?

– Oui, d'ailleurs Khadidja a confirmé ses dires. Mais… tu sais, Ingrid…

– *Yes ?*

– J'aime beaucoup Maxime, mais je ne le connais pas si bien que ça. Notre connivence se base sur des non-dits, des silences partagés. D'une belle qualité, certes, mais dont je ne peux garantir l'authenticité. En somme, il faut choisir de croire ou de ne pas croire en Maxime.

– Lola, si nécessaire, je suis prête à mentir pour lui. Je dirai qu'il est resté plus longtemps chez moi ce matin-là.

– Donc tu envisages la possibilité de sa culpabilité.

– Non, Lola, je n'envisage que la possibilité d'une erreur judiciaire.

– Attention, c'est très important comme nuance. Réponds-moi : tu penses qu'il y a une possibilité que Maxime soit coupable ?

– *No.*

– Très bien. J'aime qu'on soit sur la même longueur d'onde.

– *You are welcome.*

– De toute façon, Grousset ne te croira pas. Et ton témoignage risque plutôt d'aggraver les choses. La meilleure façon d'aider Maxime, c'est d'aller jusqu'au bout de ce qu'on a entrepris. Et de défricher là où mes ex-collègues n'iront pas. Mais il va falloir s'armer d'une machette, marcher dans un marécage poisseux et ne pas avoir peur des sangsues.

– Et du côté de Farid Younis, il y a de quoi défricher ?

– Khadidja prétend ne pas avoir vu son frère depuis des années. Ils sont brouillés.

– Il est peut-être quelque part dans les fichiers de la police.

– Avant même d'interroger Khadidja, j'avais déjà demandé à Barthélemy d'y jeter un œil. Il n'a encore rien trouvé. Ce qui n'est pas bon signe. Barthélemy ne rechigne jamais à faire du zèle. Surtout si c'est pour emmerder Jean-Pascal Grousset.

– Ça nous fait une nouvelle aiguille à chercher dans le marécage, Lola.

– On trouve d'abord, on cherche après.

– *What does it mean ?*

– Ça peut vouloir dire pas mal de choses. Mais dans le cas présent, ça signifie qu'on n'a plus droit à l'erreur.

Les deux femmes se souhaitèrent une bonne nuit sans trop de conviction. Ingrid fouilla son placard et retrouva son sac de couchage fétiche, celui qu'elle emportait pour ses virées dans le Colorado. Sac sous le bras, elle sortit de chez elle et, le plus discrètement possible, en recouvrit le vieux Tonio ; puis rentra se coucher. Ingrid Diesel resta longtemps les yeux ouverts dans le noir.

20

Les deux jours suivants filèrent à toute allure. Ingrid et Lola passaient leurs fins d'après-midi et leurs soirées au *Star Panorama* à la recherche de Baratin. Quant au zélé lieutenant Barthélemy, il échouait toujours à localiser Farid. Son dernier domicile connu était celui de la rue de l'Aqueduc où vivaient les Younis, sans nouvelles de leur rejeton depuis des années.

La troisième nuit, Ingrid accompagna Lola jusqu'au cinéma avant de lui refaire le coup de l'abandon. Elle s'entretint avec Rodolphe Kantor qui réclamait Dylan Klapesch et sut l'entourlouper. Plus le temps passait, plus Lola était convaincue qu'il ne fallait pas se fier aux airs faussement naïfs d'Ingrid Diesel. Elle ne savait toujours pas avec qui l'Américaine passait ses soirées mystérieuses. Baratin n'ayant pas daigné souscrire au culte Gadejo, Lola rentra chez elle en humant l'air nocturne. Il sentait l'oxyde de carbone, l'haleine du canal Saint-Martin et celle du square bordant l'église où l'énervant et invisible Baratin s'était entretenu avec Vanessa.

Elle arrivait à hauteur de la rue du Château-d'Eau lorsque son portable sonna. La voix d'Ingrid luttait contre un solide brouhaha. L'Américaine l'invitait à la rejoindre au croisement de la rue de Pigalle et de celle de Douai. Elle y avait localisé un informateur prêt à monnayer une partie de la biographie la plus récente de Farid Younis. Le point de rendez-vous était le cabaret *Calypso*. Pour le portier, le sésame serait : « Lola Jost a rendez-vous avec Gabriella Tiger. » Ingrid prétexta une faiblesse soudaine de la batterie et Lola n'eut bientôt dans l'oreille que le murmure du quartier.

Lola assomma son envie de dormir à l'aide d'un demi-litre de café puis sortit de chez elle. Ce qui tombait du ciel ne pouvait s'appeler une précipitation.

C'était lent et très pénétrant. Autant dire que les nuages offraient aux Parisiens un authentique crachin breton et elle regretta de ne pas avoir enfilé la paire de bottes en plastique achetée au cap Fréhel trente ans auparavant. Mais pour une soirée cabaret, des escarpins étaient plus adaptés. Elle marcha un bon moment avant de trouver un taxi, une espèce en voie d'extinction à Paris, surtout la nuit.

La façade du *Calypso* était au diapason du climat. Derrière des plaques de verre coulaient des guirlandes liquides, un mouvement perpétuel qui répondait aux clignotements des néons traçant leurs promesses intermittentes au fronton : *Cabaret, Strip-tease, Nuits de Paris*. Étouffée, la musique réussissait tout de même à s'infiltrer jusque sur le trottoir. Sur une affiche, une créature à la somptueuse chevelure rousse tirait sur la fermeture éclair de sa robe fourreau ; le photographe avait immortalisé la souplesse du geste aux alentours de la treizième vertèbre. On ne voyait pas le visage de l'artiste mais on apprenait qu'il s'agissait de « Gabriella Tiger, la flamboyante ».

Dans quelle aventure s'était fourrée Ingrid Diesel ? se demanda Lola alors que le portier la toisait d'un œil sépulcral. Marie-Thérèse Jost, alias Lola, boutonnée jusqu'au col de son sévère imperméable, coiffée des vestiges d'une volière bleutée dégonflée par les caprices météorologiques, les pieds gonflés dans des escarpins humides, ne faisait pas vraiment jet set.

– Lola Jost a rendez-vous avec Gabriella Tiger.

Elle venait certainement de prononcer la réplique la plus déficiente de sa carrière mais comme promis la petite phrase déploya sa magie et le portier laissa couler, laissa passer.

Avant d'accéder au ventre du *Calypso*, Lola enfila un long couloir drapé de violet. Elle se retrouva dans une salle mauve et jaune pleine d'hommes en costume sombre et d'une poignée de femmes en robes chatoyantes. Touristes avertis, branchés divers et types de la pègre dont Lola reconnut au moins deux spécimens. Elle fut surprise de découvrir Maxime Duchamp, assis seul à une table, nursant un cocktail. Deux blondes sculpturales n'ayant conservé que leur string et leurs chaussures se trémoussaient sur une scène transparente et cruciforme, et sur la voix de Madonna. Maxime, beau comme une promesse jamais tenue, suivait leurs mouvements.

– Lola !

– Maxime, renvoya-t-elle en déboutonnant lentement son imperméable.

– C'est un soulagement de te voir. Ça fait une heure que je tiens sur un gin-fizz. La coutume veut qu'on achète des table dancing en glissant des billets dans les porte-jarretelles des filles, mais ça ne me dit rien.

– Table dancing ? De quoi s'agit-il ?

– À la demande, la danseuse quitte la scène et opère sur la table du client en s'enroulant autour de la barre en inox que tu vois là. Ça nous vient d'Amérique.

– En parlant de ça, où est Ingrid ?

Maxime expliqua qu'Ingrid l'avait supplié de venir une heure auparavant en évoquant un rendez-vous avec Gabriella Tiger, mais qu'elle n'avait toujours pas fait son apparition. Sagement, il attendait le morceau de bravoure du *Calypso* : le numéro vedette de la flamboyante.

– Un intégral, précisa-t-il.

– Chouette, commenta Lola en consultant la carte.

Elle se mit vite au diapason en commandant un gin-fizz, proposé au prix du litre de champagne. Le champagne était quant à lui vendu au prix du kilo de caviar, etc. Une impitoyable chaîne alimentaire.

Où était Ingrid Diesel, quel rapport existait-il entre Farid Younis et le *Calypso*, qui était le mystérieux informateur ? Les habitués criaient « Ga-bri-ella ! Ga-bri-ella ! » en frappant du pied sous les tables, le boucan noyait sans merci Madonna, il était temps que la flamboyante embrase son public.

Tout devint noir. Un rideau de flammes explosa au fond de la scène, au même moment la voix d'une chanteuse noire américaine scotcha l'audience à son siège.

You can't love nobody
Unless you love yourself
Don't take it out on me babe
I'm not the enemy

Elle arriva, galbée dans un fourreau rouge, sa très longue chevelure rousse cascadant sur ses épaules. Grande, musclée, des seins d'une belle fierté, des hanches épanouies, des jambes racées.

Are you the man I love
The man I know loves me ?
Come on talk to me boy
I'm not the enemy[1].

– Waouh, souffla Maxime.

Et le strip-tease commença. Classique, sans table dancing, sans barre en inox. Une affaire solide. Une histoire ancestrale. Personne ne pipait mot, ne bougeait un cil. La flamboyante enleva son fourreau, ses bas, son string, ne garda que ses chaussures à talons de plexiglas. Et elle se mit à onduler, se mit à ployer, sinuer, insinuer. À succomber, flancher, revenir. Abandon. Générosité. Les flammes qui brûlaient en fond de scène chamarraient son corps. Un corps à l'incroyable tatouage dorsal qui partait du cou pour conquérir la croupe et représentait une geisha batifolant avec des carpes joueuses. L'affiche, à l'entrée du *Calypso*, avait été retouchée. Le concept de

1. Extrait de « *I'm not the enemy* » (Lina).

la strip-teaseuse tatouée était subtil : elle n'enlevait pas tout. Sa peau fardée lui laissait une part de son mystère. Un intégral qui gardait un bout de minimal.

– Waouh, répéta Maxime juste avant que tout ne replonge dans la nuit.

Un silence à la densité de trou noir, puis la lumière revint, libérant des torrents d'applaudissements. Sur la scène ne flottaient plus que quelques fumées diaphanes.

– Tout ça ne nous dit pas où est passée Ingrid, intervint Lola.

– Quelle fille magni…

– Mademoiselle Tiger vous attend dans sa loge, l'interrompit un serveur.

Maxime se leva sans hésiter. En le suivant à travers la salle, Lola pensa aux petites ailes de Mercure.

Elle était assise face à son miroir, le corps emballé dans un peignoir mauve brodé d'un *Calypso* en arc de cercle argenté, et lissait ses cheveux incandescents. Une fois le serveur parti, elle enleva sa perruque.

– Ingrid ! lâcha Maxime d'une voix sourde.

Lola poussa un gros soupir, alluma une blonde et s'assit sur le premier siège venu, une méridienne recouverte d'un tissu peau de zèbre.

– Pour Gabriella Tiger, je vous expliquerai plus tard, mais pour Farid Younis, c'est plus simple.

– Sûrement, dit Lola.

– Enrique travaille au *Calypso*. Il connaît la pègre, expliqua Ingrid en se débarrassant de ses faux cils. Les petits, les gros. Tout le monde. Enrique est un agenda. Ça fait des nuits et des nuits que je le tanne pour qu'il se renseigne au sujet de Farid Younis. Et aujourd'hui, bingo !

– Remets ton pull marin marine et ton bonnet péruvien, ma flamboyante. On va aller lui dire deux mots à ton agenda.

– Vous y allez sans moi. Je ne veux pas que le patron me voie parler à Enrique en votre compagnie. Pas question de perdre mon job.

– C'est marrant, mais j'avais cru saisir que tu étais masseuse, Ingrid Diesel. J'ai dû mal percuter.

21

Au croisement de la rue Pigalle et de la rue de Douai attendait Enrique, videur au *Calypso*, l'aimable portier qui avait accueilli Lola. Son visage était aussi expressif qu'une tranche de gigot froid, mais ses yeux vivaient une vie autonome, à l'affût des occasions à saisir. Lola lui donna deux cents euros pour qu'il révèle qu'on avait aperçu Farid Younis cité des Fleurs à Saint-Denis. C'était tout ce qu'il savait, le bougre. Elle lui extirpa une description succincte du frère de Khadidja : beau garçon, pas commode, de taille moyenne, très souvent vêtu de noir.

Ingrid Diesel déboula par la sortie des artistes et, malgré le crachin, prit avec ses deux amis la direction du faubourg Saint-Denis. Lola se contentait d'écouter. Maxime et Ingrid discutèrent longtemps, marchant du même pas, Maxime se tournait souvent vers Ingrid et ne cessait de lui sourire. Waouh.

– Pourquoi aller contre sa nature ? J'ai une tendance à l'exhibitionnisme. Et puis, j'adore danser et je sais que je fais ça bien. J'ai appris à Bali.

– Je savais bien que ça me rappelait quelque chose.

– Tu comprends, quand je danse pour ces hommes, je sais que je leur apporte du plaisir, et je m'en donne aussi. En même temps, ça reste chaste. Je pars du principe qu'on n'a pas le droit de gâcher ses talents.

– Tu as raison.

– Avec ma perruque, mon maquillage, je deviens une autre. Si je ne vous avais pas invités dans ma loge, vous n'y auriez vu que du feu.

– Ça, pour voir du feu, on en a vu, intervint Lola qui en avait assez des roucoulades. Arrête de te justifier, Ingrid, ça va comme ça. On admet que tu es une artiste du strip-tease. On admet. Et on ne te demande pas de nous réciter trois *Pater* et deux *Je vous salue Marie* en acte de contrition, ma fille. Va en paix, Gabriella Ingrid Tiger Diesel. Et essaye de ne pas t'attraper un rhume.

– Et ça fait longtemps que tu fais ça ? reprit Maxime.

– Quelques années.

– Moi, j'ai trouvé ton show poétique.

– C'est tout à fait ça ! C'est le but de l'opération. Je ne travaille que deux soirs par semaine parce que c'est un art.

– Ça rapporte bien, comme art ? demanda Lola qui prenait son mal en patience.

– Pas trop mal.

– Je me disais aussi que pour une masseuse à domicile, tu ne courais pas trop après le client, insista Lola.

– Peut-être mais c'est au *Calypso* que j'ai rencontré Dylan Klapesch.

– Je croyais qu'il n'aimait que les horreurs.

– Dylan prépare un film qui s'appellera *Gore Cabaret*. Il a interviewé toute la troupe et il m'aime bien. D'ailleurs, il a accepté de venir faire un topo au *Star Panorama*. Mais il n'a pas dit à propos de quoi. Rodolphe Kantor n'a qu'à bien se tenir.

– Rodolphe Kantor n'est pas le premier de mes soucis. Mais j'apprécie les gens qui tiennent leurs promesses, Ingrid. Alors, bravo pour Klapesch. Et puis bravo pour ton strip-tease pendant qu'on y est. Tu as du talent. Une fois ton show terminé, tu restes en mémoire.

– Vraiment ?

– Vraiment.

– Ah oui, vraiment, ajouta Maxime.

Leur trio discuta encore dans le paysage nocturne et toujours bretonnant de la rue du Faubourg-Saint-Denis. Puis il fallut se séparer. Ingrid et Lola quittèrent Maxime Duchamp passage Brady, et parcoururent en silence les quelques mètres qui les séparaient du passage du Désir. Lola demanda à Ingrid de lui offrir un verre.

– D'accord pour le Mexique. Mais tu n'aurais pas quelque chose de plus chaud que de la bière ?

– De la tequila ?

– C'est bien ce que j'avais en tête. Va pour la tequila, Gabriella.

Ingrid fit le service et Lola but son verre en deux gorgées. Ingrid fit de même. Lola redemanda une rasade.

– Si tu as quelque chose à dire, autant le faire tout de suite, déclara Ingrid. Pas besoin de se bourrer la gueule pour ça.

– Je voulais juste te complimenter. Tu as fait d'une pierre deux coups, ma fille. Chapeau.

– *What ?*

– Tu n'avais pas besoin de moi au *Calypso* pour faire causer Enrique. Et surtout, tu n'avais pas besoin de Maxime.

– Les flics travaillent toujours en duo, non ? Enrique a été coopératif parce qu'il vous a pris pour deux officiers. Il ne jette pas ses renseignements à tous vents.

– Maxime n'a rien d'un flic. Tu le sais bien.

– Maxime a plutôt l'air d'un marin, admit Ingrid. Un garde-côte, à la rigueur. C'est un flic un garde-côte, non ?

– Laisse-moi finir, tu veux ? Quatre jolis billets de cinquante euros t'auraient obtenu le même résultat.

– Tu crois ? demanda Ingrid avec un sourire candide.

– C'était donc au *Calypso* que tu te rendais les nuits d'éclipse.

– Je ne peux plus rien te cacher, Lola.

– Avoue que tu as voulu séduire Maxime. Jamais il n'aurait imaginé une Gabriella Tiger, une geisha et un banc de poissons planqués sous le blouson d'aviateur et le vieux jean délavé. Jamais.

– Gabriella Tiger n'est qu'une partie de moi, Lola.

– Pour une partie, c'est un assez joli morceau. *Les uns se font un art de séduire, et les autres une gloire d'être séduits*, disait Esprit Fléchier.

– Je ne suis pas sûre que ce soit une question de séduction.

– Allons bon ! C'est quoi, alors ?

– J'ai une obsession.

– Laquelle ?

– *Leave me alone, Lola. I'm tired, don't you see ?*

– Ingrid, tu bavardes sans arrêt mais tu ne dis rien de sérieux. Eh bien, cette nuit, c'est le moment. Parle, Ingrid. PAR-LE. Et redonne-moi de cette gnôle.

– J'ai peur de la fin de la race humaine. Voilà.

– C'est ça, ton obsession ?

– *Yeah.*

– C'est à cause du 11 septembre ?

– Non. C'est à cause de la révolution cybernétique.

– C'est quoi, ce truc ?

– J'ai peur qu'un jour l'être humain devienne obsolète. Qu'il soit rayé de la surface de la Terre et remplacé par le robot ou le cyborg. L'homme a toujours rêvé d'immortalité. On y est presque, mais c'est au péril de ce que nous sommes aujourd'hui. Il faudra renoncer à nous, et nous deviendrons parfaits. Il n'y aura plus de souffrance, plus de racisme, plus de conflits religieux ou territoriaux. Il n'y aura plus de sexe, plus d'enfantement, plus de sommeil, plus de faim et plus de soif, plus de séduction, plus de répulsion, plus de mort et plus de vie. Il n'y aura plus rien que le futur glorieux de la conquête spatiale. Nous serons, enfin et une bonne fois pour toutes, immortels et on se fera chier comme des rats morts.

– Waouh, comme dirait Maxime.

– C'est pour ça que j'utilise mon corps pour danser. Et c'est pour ça que je masse celui des autres. Parce que le corps, c'est tout ce que nous avons. Une fois notre chair putréfiée ou consumée, nous n'existons plus. C'est fini.

– Je n'ai pas l'impression que ce soit pour demain.

– L'évolution scientifique est exponentielle, Lola. Si nos contemporains ne sont pas touchés, si ça n'arrive que dans trente, quarante ans, qu'est-ce que ça change ? Je nous pense en tant qu'espèce.

– Tu es un peu exaltée comme fille, Ingrid. Mais ça ne me dérange pas. Ça commence même à me plaire.

– Tu dis ça parce que tu danses sur les vapeurs de tequila.

– Tu as tout faux. Je dis ce que je pense. Je ne suis pas loin de nous trouver admirables toutes les deux. Prêtes à nous battre pour l'amour, l'amitié. Même si ces sentiments ne sont que le produit de processus chimiques dans nos cerveaux de chimpanzés mutants.

– Mais qu'est-ce que tu cherches à dire, Lola ? Que ça vaut le coup de se battre pour Maxime ? Parce qu'il est le sel de la terre ?

– Oui ma fille, celui que tu as oublié de nous servir avec la tequila.

22

– « *Des profondeurs je t'appelle, Seigneur. Seigneur, entends ma voix ; que tes oreilles soient attentives à ma voix suppliante ! Si tu retiens les fautes, Seigneur ! Seigneur qui subsistera ?* »

Le prêtre referma son missel, marqua un temps d'arrêt et déclara :

– Nous allons dire adieu à Vanessa que nous remettons entre les mains du Seigneur et que nous rejoindrons plus tard dans le royaume des élus.

Jean-Luc imagina les mains de Dieu, grandes, belles, noueuses, et ne put s'empêcher de regarder les siennes. Des battoirs. Dans le cimetière de Belleville, il était le plus grand mais avec le monde qui grouillait autour de la fosse, aucun risque d'être repéré par les flics qui se tenaient à l'écart. Il avait enfilé son bonnet de skipper, noué une écharpe autour de son cou et portait son caban passe-partout. Promesse avait été faite à Farid d'enterrer le plus près possible de la tombe de Vanessa un billet avec un texte en arabe. Un adieu à la bien-aimée. Pour une fois Farid s'était fatigué, il était allé voir un vieux à la Mosquée de la rue du Faubourg-Saint-Denis pour qu'il l'écrive à sa place. Farid parlait à peu près la langue de ses ancêtres mais ne l'écrivait pas. Jean-Luc avait déplié le billet pour admirer la calligraphie. Il fallait vraiment que Farid embarque. La Méditerranée lui apprendrait à devenir un homme.

Farid voulait aussi que Jean-Luc ouvre grand les yeux et les oreilles. Qu'il repère une gueule, un sourire mal placé. N'importe quoi pour donner du carburant à son besoin de vengeance. Jean-Luc était content. Farid aimait son frère siamois mais pour les affaires plus subtiles, il faisait appel à son pote Jean-Luc.

Pour l'instant, il n'y avait rien à lire sur ces visages. Tout le monde avait l'air affligé. C'était d'autant plus éclatant ces faces de carême sous le ciel d'un bleu limpide. Il était neuf heures du matin et le soleil repeignait les tombes à coup de lumière orange. Et faisait briller l'étole violet et argent du prêtre. C'était cruellement beau.

On comptait une majorité de jeunes. Pour une solitaire, Vanessa Ringer semblait avoir connu du monde. Parmi la poignée d'adultes, un couple à l'air aussi revêche que triste ; ça devait être les parents. Le père était raide comme un piquet et la mère prête à se liquéfier. *Stabat mater dolorosa*... Jean-Luc se souvenait de bribes de latin ; enfant de chœur, il avait assisté à une tripotée d'enterrements.

Il y avait aussi une grosse bonne femme vêtue d'un imper boutonné jusqu'au cou. Une tante, peut-être. L'imper était le genre d'accessoires qu'on voyait à Bogart dans les vieux films, mais il le portait mieux que cette bonbonne. Pour autant, elle n'avait pas l'air assommé et scrutait la foule avec des yeux de hibou. À ses côtés, une blonde au look pub pour yaourt scandinave. Pas mal, malgré sa figure sans maquillage et son blouson d'homme. De temps à autre, elle se penchait vers Bonbonne pour lui parler à l'oreille. Ça faisait un peu Mélusine et Carabosse.

Et puis, bien sûr, il y avait Chloé et Khadidja. Chloé avait apporté son violoncelle. Jean-Luc se souvenait de l'avoir aperçu dans sa chambre, le jour où il lui avait flanqué une trouille bleue. On allait avoir droit à un petit hommage. C'était une bonne idée, un acte courageux. Comment ne pas faire de fausses notes au bord d'une fosse où allait disparaître le cercueil de la copine disparue ? Manteau et pattes d'éph' noirs, juste le col blanc du chemisier qui dépassait, toute pâle, les yeux bouffis, Chloé avait tout de la brave gosse.

Khadidja, c'était une autre ambiance. Chiqué à mort. Tailleur moulant, toque de fourrure et lunettes noires. Elle serrait trois roses blanches contre sa poitrine. À ses côtés, il y avait un type à belle gueule mais plus vieux qu'elle et à peine plus grand. Sûrement le fiancé que ne pouvait pas encadrer Farid. Le type qui n'épouserait jamais sa frangine parce qu'elle était beur. Ou parce que ce genre de mecs n'épousait jamais personne. Allez savoir. Il avait son bras passé autour de Khadidja. Un bras viril de mec qui n'épouse peut-être pas mais qui assure. Il regardait droit devant lui, vers les immeubles de la rue du Télégraphe.

– *J'attends le Seigneur, j'attends de toute mon âme et j'espère en sa parole.*

Le prêtre se tut, il y eut un léger flottement et Chloé s'avança tandis qu'un enfant de chœur lui apportait une chaise. Elle prit le temps de s'asseoir, régla son instrument puis leva son archet. Jean-Luc n'avait jamais entendu cette musique, un morceau très beau, très triste et très mathématique. Passé le premier moment d'étonnement, il se concentra pour voir Chloé. Il vit apparaître dans l'air glorieux et doré une licorne toute blanche, sa crinière et sa queue frissonnaient en lançant des étincelles. La pique en acier du violoncelle était la corne argentée de l'animal qui avait le visage de Chloé, mais sans les bouffissures et les rigoles de larmes. Elle était toute pure. Sa robe soyeuse brillait dans le soleil laiteux.

Et puis tout s'obscurcit et Jean-Luc sortit de sa transe. Le ciel avait viré au gris. Plus on avançait vers l'hiver et plus le matin ressemblait au crépuscule. Il sentit un frisson parcourir la foule qui interprétait un signe du ciel, et la tristesse gagna un point. Mais un garçon à gueule de pâtre, boucles blondes dépassant d'un bonnet de laine et bouc assorti eut une idée. Il leva le bras, sa main tenait un briquet allumé. Bientôt le geste contamina l'assistance et des dizaines de petites flammes frétillèrent au bout de bras tendus. On se croirait dans un putain de concert pop, se dit Jean-Luc. Le vieux de Vanessa qui n'avait jamais dû entendre parler de Woodstock se retourna, l'air furibard.

Le lieutenant Jérôme Barthélemy avait eu le fin mot de l'histoire quant à la présence de cette cohorte aux obsèques de Vanessa Ringer. Renée Kantor lui avait expliqué fièrement comment son fils s'y était pris pour ameuter les anciens du lycée Beaumarchais via le net. En maître de cérémonie, il avait même eu l'idée spontanée du briquet. Le paradoxe de notre époque. Vanessa Ringer était une solitaire, pas particulièrement rigolote, pas follement chaleureuse. Dans la vraie vie, elle avait compté ses amis et ça lui avait pris trois secondes. Dans la mort, et grâce à la magie de notre monde si virtuellement communicatif, la jeune fille jouait à guichets fermés la grande scène des adieux. Tout le monde avait envie de lui dire au revoir. Les briquets s'allumaient. Les visages suintaient de nostalgie. Est-ce qu'il n'aurait pas mieux valu les avoir sous la main tous ces blancs-becs quand on avait besoin d'eux ? Barthélemy avait observé la patronne après le coup du briquet, tentant de deviner si elle pensait comme lui.

En attendant, il était content d'avoir pu la prévenir des intentions du Nain de jardin. Grousset était furax. Ça allait barder. Hier, Renée Kantor était venue spontanément déposer rue Louis-Blanc et ce passage surprise avait saturé le Nain d'électricité. Elle avait dépeint Vanessa Ringer en maîtresse de Maxime Duchamp. Elle n'y était pas allée avec le dos de la cuillère, chargeant à fond le restaurateur. Quand elle avait déclaré : « C'est un ancien baroudeur qui en a vu de toutes les couleurs et sous toutes les latitudes. Le sang et la violence ne lui font pas peur. Et puis, un cuisinier, même reconverti, s'y entend en découpe anatomique, commissaire, vous ne croyez pas ? », le Nain de jardin lui avait accordé une attention maximale. Quand elle avait enchaîné sur les similitudes avec l'affaire Rinko Yamada, le ravissement de Grousset était devenu quasi orgasmique. L'extase avait cependant cédé la place à la crise de nerfs lorsque Renée

Kantor avait malencontreusement évoqué la visite de Lola Jost.

– Il faut qu'on parle, madame Jost.

– Pourquoi pas, Grousset. Mais êtes-vous sûr qu'un cimetière soit l'endroit idéal ?

– Justement. Qu'est-ce que vous êtes venue faire ici ?

– À l'évidence, rendre hommage à une jeune fille de mon quartier.

– Hommage trop appuyé, madame Jost. N'essayez pas de noyer le poisson avec moi. Je sais que vous piétinez mes plates-bandes.

– Surveillez un peu vos métaphores, Grousset, elles se barrent dans tous les sens.

– Vous interrogez des témoins alors que vous n'êtes plus habilitée à le faire, vous intervenez dans une enquête de police qui ne vous concerne en rien. C'est très grave.

– Vous croyez, docteur ?

– Pas ce ton avec moi, madame Jost ! Tout le monde a compris ce qui se passe : votre amitié pour Maxime Duchamp vous égare. Vous avez perdu le contrôle. On vous voit courir partout dans le quartier.

– Vous trouvez vraiment que j'ai une gueule d'électron libre, commissaire Grousset ? Merci, je prends ça comme un compliment.

– Je ne veux plus vous voir empiéter sur *mon* enquête. C'est clair ? Persistez, et je vous garantis qu'on en parlera en haut lieu. Et comme votre réputation est tout ce qui vous reste…

– La vôtre vous va si bien. Le temps passe mais elle reste impeccable.

– Gardez votre cynisme pour vous, madame. C'est l'arme des frustrés. Et sachez que je place Duchamp en garde à vue à l'instant même.

Le courroux du Nain n'eut pas plus d'effet qu'un pipi d'oiseau sur le rocher de Gibraltar. Son éternel imperméable devenu magnifique manteau de mépris, poings rivés dans les poches, menton et bouche fermes, la patronne écrasa Jean-Pascal Grousset de son regard de méduse, le faisant rapetisser jusqu'à ce que, décontenancé, il se colle sa pipe au bec et plie le camp. Il partit vers la voiture de fonction où l'attendaient les deux uniformes qui allaient embarquer Maxime Duchamp. Barthélemy n'avait pas de sympathie particulière pour le restaurateur mais éprouvait un poil de compassion par solidarité avec Lola Jost. Malgré tous les efforts de cette dernière, le propriétaire des *Belles* était mal barré. Le lieutenant offrit un sourire mélancolique à Lola et à son athlétique coéquipière puis fila tête basse dans le sillage du Nain.

Jean-Luc était content de lui. Ni vu ni connu, mission menée à bien. Le pâtre avait eu la bonne idée de lancer son briquet dans la fosse et le geste avait eu l'impact d'une traînée de poudre. Tous les jeunes s'y étaient mis. Jean-Luc itou, en y ajoutant discrètement le poème à l'aimée. Maintenant, il faisait face à Chloé dans un troquet de la rue du Télégraphe.

Chloé était encore chamboulée après la commotion au cimetière. Le moment où les flics avaient embarqué le *fiancé*. Et Khadidja dans la foulée parce qu'elle faisait un scandale de tous les diables. Beaucoup plus que son homme resté très calme, et qui avait suivi les keufs avec un sourire résigné. Chloé expliquait qu'il s'appelait Maxime Duchamp et possédait le seul restaurant français du passage Brady. Avant, c'était un photographe de guerre. Jean-Luc était impressionné. Ou ce genre de mecs avaient des couilles d'éléphant ou ils étaient magnifiquement barjots.

Tout en s'énervant à propos des flics, tout en racontant une fois encore l'histoire comme s'il ne l'avait pas lui-même vue de ses yeux vue, Chloé lui jetait des coups d'œil qui cherchaient l'approbation. Apparemment, il ne lui faisait plus peur.

Il commençait à lui trouver le visage agréable, ses taches de rousseur en rajoutaient dans le côté bonne fille. Il la brancha sur la musique et la laissa parler d'un tas de compositeurs dont il ignorait l'existence. Cette fille connaissait son affaire et elle aimait la musique autant que lui la mer. Petit à petit, Jean-Luc se mit à jouer avec l'idée d'embarquer Chloé à bord de *L'Ange noir*. Elle avait la ténacité et l'humilité qui faisaient les bons coéquipiers. Et puis quelqu'un qui raconte bien les histoires était une aubaine pour les longues traversées. Le point noir restait la cohabitation avec Farid. Raison de plus pour crever l'abcès.

– Tu en sais long sur Farid, Chloé.

– Moi ? Non. On se connaît depuis le bahut et c'était pas un élève facile. Et puis tu as été témoin de la raclée qu'il a mise à Khadidja. Autant de raisons qui ne me le rendent pas sympathique. À part ça, rien à signaler.

– Chloé, ne crois pas que parce que j'ai un physique de brute, j'ai le mental assorti.

– Je n'ai jamais dit que tu étais une brute.

– Ne te mets pas sur la défensive. Je suis bien plus ouvert que tu le crois.

– Pas de problème.

– Je suis prêt à tout entendre à propos de Farid. Quoi qu'il ait fait, il restera mon pote parce que j'ai la fidélité dans le sang. D'ailleurs, il habite chez moi en ce moment.

– Sympa de ta part.

– Je me doute bien que son passé n'est pas clair. Noah dit que Farid a débarqué un beau jour dans sa cité en arrivant de nulle part. Farid, qui aime tant faire ce qui lui plaît quand ça lui chante, n'a même pas le permis de conduire. Voilà pourquoi Noah ou moi on doit le véhiculer. J'ai toujours pensé qu'il se comportait en réfugié. Un réfugié, mais pas un politique, tu me suis ?

– À peu près, oui. Je crois que Farid reste à l'ombre comme tout bon braqueur.

– Pas seulement. À Saint-Denis, mon pavillon est une planque impeccable. Une petite affaire en meulière, bien sous tous rapports, façade bourgeoise soigneuse, jamais un bruit après dix heures du soir. Avec une base arrière comme ça, qui irait chercher des poux à Farid ? Personne, crois-moi. Dis-moi ce que tu sais sur lui, Chloé.

– Bien moins que toi qui es son ami.

– Tu ne me fais pas confiance, tu as tort. Mais on se connaît à peine, c'est normal. Bien sûr, je suis un ancien taulard. Et un braqueur. Mais je braque pour mon rêve. Un bateau. Un vingt-cinq mètres qui m'attend à Palma de Majorque. Contrairement à Farid, j'ai un idéal.

– Facile à dire.

– Pas tant que ça. Ce que je te raconte, personne ne l'a jamais entendu. Quand j'ai eu quinze ans, j'ai décidé de prendre plutôt que de mendier. Je suis un anarchiste, Chloé. Un politique. Le monde va mal, surtout pour les gens comme toi et moi. On est nés sans héritage, et nos rêves il faut décider si on veut les vivre ou pas. Ça te dirait de jouer du violoncelle sur le pont d'un voilier pendant que le soleil se coucherait sur une mer turquoise ?

23

Ronde, pleine et belle comme une bille d'enfant roi, la lune luisait de tous ses feux. Pour le patron du *Star Panorama*, elle s'accordait à l'ambiance du moment puisque cette nuit allait voir la clôture du festival Santo Gadejo avec la projection de quelques œuvres incandescentes dont *Pyromania* pour la mise en bouche. Les clients se massaient sur le trottoir. Dans le hall, Ingrid et Lola attendaient, couvées par les œillades affectueuses de Rodolphe Kantor. Il les avait accueillies comme des reines, ravi d'avoir reçu le coup de fil tant espéré de Dylan Klapesch. Le cinéaste consentait à donner une conférence. Il n'avait qu'une exigence : bar ouvert pour lui-même et quelques amis. Ingrid s'était bien gardée de révéler que la cour de Klapesch était en réalité un escadron de soûlards aux habitudes fantasques.

Lola expliquait à Ingrid que la situation n'était guère brillante. L'obstination du lieutenant Barthélemy n'avait pu faire parler les fichiers policiers. Farid Younis était domicilié à tout jamais rue de l'Aqueduc, et ses parents n'avaient pas plus de nouvelles de lui depuis la dernière visite de la police. À Saint-Denis, la magie Barthélemy était restée aussi inopérante. Ou le tuyau du videur du *Calypso* était mité et Younis n'avait jamais mis les pieds dans les cités. Ou les témoins interrogés refusaient de coopérer avec les forces de l'ordre. Ou Farid était une anguille pourvue d'un alias indéchiffrable.

Pour autant, l'ex-commissaire tablait sur le trop-plein.

– Le trop-plein, Lola ?

– *Yes, my young apprentice*. Les éléments qui désignent Maxime s'entassent avec une singulière générosité dans l'affaire Ringer. C'est bien simple : toutes les pistes mènent à Maxime Duchamp tels les fleuves sacrés au delta légendaire.

– Il est où, ce delta légendaire ? C'est quoi, les fleuves sacrés ?

– Purs produits de mon imagination, ma fille. Je me chauffe la langue. Telle que tu me vois, je m'apprête à faire le point. L'action, c'est bien joli mais il est grand temps de s'accorder une pause réflexion.

Et Lola de recenser avec méthode les données qui s'entassaient dans le placard à soupçons. En vrac, les certitudes, les probabilités, les supputations, les fausses réalités. Maxime, photographe de guerre, s'installe à Paris avec son épouse japonaise, créatrice de bandes dessinées. Reportages obligent, il est souvent absent. Autour d'eux, on parle de mésentente. L'artiste meurt étranglée, chevilles liées aux barreaux du lit conjugal, laissant derrière elle une œuvre aussi noire que mystérieuse : un manga culte où il est question des méfaits de la société capitaliste avancée, de la perversité d'adolescents immatures et du dépeçage de lycéennes vénales. Le meurtre de Rinko Yamada reste inexpliqué. Douze ans plus tard, on retrouve le toujours séduisant Maxime, reconverti en cuisinier, au cœur d'une situation similaire. On retrouve aussi d'autres lycéennes. Des vraies, celles-là. Khadidja, Chloé et Vanessa, trois filles déracinées, forment une famille de substitution et se serrent les coudes face à l'adversité. L'une d'elles meurt par strangulation. Son meurtrier, fin connaisseur des habitudes du trio, charge dans le symbolique en la mutilant *post mortem* au hachoir de cuisine, et en signant son crime avec une poupée Bratz à l'effigie de sa victime et aux pieds amovibles. L'affaire se corse quand la rumeur désigne Maxime Duchamp comme l'amant de Vanessa Ringer.

Lequel Duchamp n'est autre que le petit ami de Khadidja avec qui il vit une histoire orageuse. Lequel Duchamp est sur les lieux au moment du crime. Lequel Duchamp a accès aux clés de l'appartement du passage du Désir.

– Duchamp par-ci, Duchamp par-là, c'est surabondant et donc maladroit. Et c'est là-dessus qu'il nous faut tabler. Parce que vois-tu, Ingrid, les meurtriers intelligents forment une espèce extrêmement rare, contrairement à ce que veulent nous faire croire certains scénaristes fiévreux. Dans la réalité, le meurtrier est souvent con.

– Et le serial killer ?

– Super con. Sinon, pourquoi irait-il se mettre dans les ennuis jusqu'au cou et risquer d'échouer en taule pour des cacahuètes ? Au lieu de profiter des joies, relatives certes mais tout de même intéressantes, de l'existence ? Parce que là, pour le coup, le crime ne paie pas. Non, crois-moi, dans ce métier, les seuls criminels intelligents que j'ai rencontrés étaient des braqueurs. Leur motivation est claire. Elle s'épelle en quatre lettres : F. R. I. C. Leur activité nécessite un sens de la stratégie et une organisation à toute épreuve.

Ingrid eut tout le loisir de réfléchir aux théories de Lola. À part quatre massacres au lance-flammes, la lente agonie en plans rapprochés d'une escouade de pompiers et la fin apocalyptique du personnel d'un hôpital dans un fleuve de lave orchestrée par un *deus ex machina* fou et couturé voulant se venger de quinze greffes de peau ratées, il ne se passa absolument rien pendant la projection de *Pyromania.* Les employés du *Star Panorama* agissaient comme à l'accoutumée et personne n'était venu leur tapoter l'épaule pour annoncer l'arrivée de Baratin.

Craignant que le copieux *Pyromania* ne soit que le hors-d'œuvre dans une montée en puissance de plus en plus indigeste, Ingrid et Lola quittèrent la salle avant la fin de la projection et se mirent en quête d'Élisabeth. L'ouvreuse rousse fumait sur le trottoir, perdue dans la contemplation du paisible jardinet de Saint-Laurent.

– Baratin n'est pas venu et j'en suis désolée.

– Pas autant que nous, ma fille. Je le croyais mordu de l'œuvre de l'autre psychopathe.

– Peut-être connaît-il les films de Gadejo par cœur.

– Il se les repasse dans sa tête et ça lui suffit, reprit Lola. Je comprends ça. Cinquante-deux morts à la minute, ça laisse des traces dans le cerebellum.

– Je sais où il habite. Rue Dieu. Juste au-dessus d'un restau libanais.

– Tu ne pouvais pas le dire tout de suite !

– Non.

– Rue Dieu en plus ! C'est si facile à retenir !

– *You're all fucking nuts in this fucking country or what ?* intervint Ingrid.

– Il y a deux jours, j'ai croisé Baratin dans la rue. Je l'ai suivi jusque chez lui mais il m'a vue. J'ai réussi à m'en débarrasser en racontant des bobards, mais si c'est lui qui a tué Vanessa, je ne veux pas qu'il sache que je l'ai donné. Au fait, il s'appelle Benjamin Noblet.

– L'argument tient debout, ma fille, fit Lola, magnanime. Tout le monde a le droit d'avoir les jetons.

– *Fucking nuts !*

Dans la cage d'escalier dansaient de cruels effluves orientaux. Ils faisaient rêver les papilles de Lola qui travaillaient à vide, en manque des réjouissances confectionnées aux *Belles de jour comme de nuit*. En guise de dîner, elle s'était contentée d'un maigre plat de pâtes et d'une humble banane. Cela ne l'empêcha pas d'ouvrir la porte du sieur Benjamin Noblet d'un tour de main, à l'aide d'une carte plastifiée. Pénétrer par effraction chez un inconnu n'altérait pas son appétit, et elle envisageait sérieusement de visiter le réfrigérateur en quête d'un en-cas acceptable. Ingrid était dans une tout autre disposition. Lola la sentait prête à étendre Benjamin Baratin Noblet d'un coup de latte si le besoin se présentait.

Elles fouillèrent le modeste studio à la recherche de hachoirs, de chaussures de femmes, de poupées Bratz, ou d'une quelconque pièce à conviction dénonçant un obsédé. Hormis plusieurs caméras, des outils d'éclairage et une fabuleuse collection de DVD, le logis ne révéla aucun penchant pour le fétichisme. Les DVD dénotaient d'ailleurs des goûts éclectiques : en plus des films d'horreur on trouvait les œuvres complètes de Chaplin, Melville, Orson Welles et David Lynch. Lola poussa le soin jusqu'à vider la poubelle sur le carrelage de la kitchenette. Après inspection d'une réalité triviale guère inspirante, elle se lava les mains, ouvrit le réfrigérateur puis le compartiment à glace. Avec Ingrid penchée au-dessus de son épaule, Lola put constater l'absence de pieds humains congelés. Elle extirpa jambon, comté, cornichons et bières du réfrigérateur pour un pique-nique sur la table de cuisine. Elle avait même l'intention de faire du café.

C'est fou ce qu'on passe comme temps à attendre, « dans la police », pensait Ingrid. Elle s'était habituée à l'obscurité. Assise en tailleur sur son blouson, dos collé contre la porte d'entrée, elle était à l'affût des bruits de l'immeuble. Elle ne discernait que la silhouette de Lola, enfin sustentée. Il était si tard, malgré la caféine Ingrid sentait sa cervelle lui jouer des tours. Elle avait peu dormi ces dernières nuits. Soit parce que sa traque en compagnie de Lola l'accaparait, soit parce qu'elle se faisait trop de souci pour Maxime. Elle se força à respirer profondément et s'étira pour détendre ses muscles engourdis. Elle entendait la respiration de Lola, un rien oppressée.

– Tu sais, Ingrid, tout ça me rappelle certaines planques avec Toussaint.

– Ton ancien adjoint ?

– Avant l'époque Barthélemy. Toussaint Kidjo, un môme bien. Quand on planquait, Toussaint fredonnait. Des vieux tubes d'Otis Redding, Curtis Mayfield, Burt Bacharach. Il avait un sacré répertoire. Et une belle voix, le petit con. Une bonne tête aussi. Une peau praline, grâce à un père né à Yaoundé et à une mère bretonne. Du blond dans ses cheveux crépus, des yeux marron-vert. Il était toujours de bonne humeur et tu sais à quel point ces spécimens-là sont rares. L'autre point commun avec toi, c'est qu'il m'inspirait.

Ingrid laissait filer, laissait raconter. Elle attendait depuis un moment que Lola déballe ses émotions, expose à la lumière Toussaint Kidjo mort en mission, à même pas trente ans. Elle savait par Maxime que Lola trimballait la responsabilité de sa disparition. Une fin horrible. Une décapitation. Dans le fond, Ingrid en savait plus que ce que Lola imaginait. À tort ou à raison, la fin de Kidjo avait fait lâcher à l'ex-commissaire son ancienne vie, ses responsabilités, son statut, son équipe, un métier qu'elle aimait. On voyait bien, aujourd'hui, à quel point elle l'aimait. *This fucking job.*

– Car, vois-tu, Ingrid, je n'ai rien de la chasseuse solitaire. Je ne flaire jamais le gibier aussi bien qu'en compagnie. Mes neurones ne produisent de l'efficace que lors d'une bonne discussion. On ne se refait pas. C'est pour ça que je t'accapare au lieu de te laisser montrer ton derrière au Paris de la nuit.

– Je leur montrerai demain. *Don't worry.*

– Je ne m'inquiète pas, j'ai bien compris que tu étais une fille systématique, sérieuse dans tout. De belles rondeurs mais une tête carrée. Et ça me plaît ce contraste, ma fille, ça me plaît.

– Quelqu'un vient d'entrer dans l'immeuble, Lola.

– Eh bien, en piste ! Si c'est le Benjamin, on va le crever.

– Je croyais qu'on allait le sauter.

– Pauvre innocente, tu crois vraiment que le vocabulaire de la police tient dans un dé à coudre ?

Une personne qu'Ingrid et Lola espéraient être Benjamin Noblet venait d'introduire une clé dans la serrure et entrouvrait la porte. Puis le temps s'arrêta. Et reprit son cours au rythme des pas de cette même personne qui doublait son ombre dans l'escalier. Ingrid s'élança.

La silhouette, trapue, dévalait la rue Dieu en direction de l'hôpital Saint-Louis. Ingrid courait, courait en fille ayant des années de tapis roulant dans les jambes, aussi rapide qu'un homme entraîné. Le fuyard hésita à franchir le pont. Son corps se figea sous l'ample lune blanche. Plus petit qu'Ingrid, il avait le cheveu brun, il était jeune. Il repartit sur la gauche, fila le long du canal. Ingrid suivit sans peur, elle sentait la colère monter et la propulser. Elle courait après le supposé Noblet avec l'espoir que ça allait fracasser l'immobilité de ce monde, l'immobilité d'un quartier qui pleurait la mort d'une fille à sanglots étouffés, trop discrets, la tête dans un baquet de cendres, la renonciation en option. Elle ne courait pas que pour Maxime. Elle courait par principe. *I'll get you, fucking bastard ! I'll get you !* promettait-elle en sentant le goût de son propre sang dans sa gorge, la brûlure de l'air trop vif dans ses poumons.

Ils avalèrent un certain temps le quai désert. Et puis le poursuivi en eut assez. Il s'arrêta pile. Corps cassé à la taille, mains aux genoux, soufflant comme un phoque. Ingrid découvrit alors son visage sous l'éclairage urbain. Pas une once de peur, il venait de comprendre qu'il n'avait affaire qu'à une femme. Son corps parlait pour lui, il allait faire face. Taillé en petit taureau de combat, il ne pouvait plus courir mais pouvait frapper. La voix d'Élisabeth l'ouvreuse rousse sembla émerger de l'eau morne du canal, mots cotonneux dans la tête d'Ingrid. *Mais si c'est lui qui a tué Vanessa... si c'est lui... Vanessa... si c'est lui.*

Ingrid se demanda soudain s'il avait une lame. Elle avait vu un costaud mourir sous le couteau, dans une rue de Chicago, coupé par un petit enragé de cinquante kilos tout mouillé. Sur le sprint asthmatique de Lola, il ne fallait pas compter. La cavalerie n'arriverait pas à temps. Est-ce que Lola avait le mauvais œil ? Ses adjoints finissaient-ils tous par y laisser leur peau ? Ingrid parla, il n'y avait plus que ça à faire.

– Police ! Bouge plus !

Il vint un mauvais sourire au trapu, et puis il se marra franchement.

– Les flics engagent des Américaines maintenant ?

Ingrid pensa très fort aux yeux de Maxime, au corps de Maxime, le sel de la Terre, on pouvait se battre pour lui, on le pouvait. Elle serra ses abdominaux, étira ses omoplates, se redressa du mieux qu'elle put, étirant son cou de girafe. L'autre avait glissé la main dans son blouson et la gardait là. Ils se toisèrent. Et puis il recula lentement, se tourna d'un bond et partit en courant. Il ne sait pas ce qu'il veut celui-là ! Mais pour moi, c'est maintenant ou jamais ! Elle se propulsa, l'attrapa aux épaules, balançant tout son poids pour l'entraîner dans sa chute et tomba sur lui. Ils roulèrent, enlacés. Il grogna, l'insulta. Elle le serrait, le serrait, de ses genoux lui cognait les reins.

On le saute, on le crève, on l'arrache. Et puis quoi encore, Lola ? Dépêche-toi, Lola ! Mais qu'est-ce que tu fous, ma vieille ?

Il dégagea un poing, la frappa à la tempe. Une fusée de douleur dans le crâne. Leurs corps au bord du canal. Il l'attrapa au cou et serra. Elle se ramollit un instant pour mieux viser sa chair, le cou. Elle y enfonça ses dents. Il lui attrapa une oreille, tira. *I want to keep my fucking ears !* De toute la force qui lui restait, Ingrid balança leur tas hystérique dans le canal. La morsure glaciale de l'eau qui puait. Il s'agrippa à sa polaire, elle au col de son blouson, leurs jambes tricotèrent.

– TU NE M'AURAS PAS COMME TU AS EU VANESSA, SALOPE !

– Qu'est-ce que tu racontes ?

– C'est toi qui l'as tuée, hein ? Mais tu ne me fais pas peur.

Une claque du taureau manqua son but. Ingrid lui en balança une à peu près ajustée.

– J'allais te poser la même question, déficient mental !

Il cessa de frapper, alors Ingrid aussi. Elle dit :

– J'ai une proposition pour toi. On échappe à la noyade. On cause ensuite.

– D'accord, mais lâche-moi !

Ils eurent du mal à remonter sur le quai. Elle y réussit en premier, le regarda se débattre deux secondes, il avait l'air frigorifié, elle lui tendit la main et le hissa. Ils s'écroulèrent l'un sur l'autre puis se déroulèrent, têtes vers les étoiles. Cette nuit, il y en avait quelques-unes. Elles clignotaient vaguement.

– Tu as une force de jument, espèce d'allumée.

– Autant pour toi, Noblet. Parce que j'espère que tu es bien Benjamin Noblet ?

– Du moins ce qu'il en reste. Je ne peux plus bouger, *Wonderwoman* à la manque.

– On se racontera nos sensations plus tard, Marcel Cerdan. Pourquoi croyais-tu que c'était moi pour Vanessa ?

– Je t'ai crue lesbienne. Tes cheveux, ton allure…

– Lesbienne ou pas, où est le rapport ?

– Vanessa n'étant pas attirée par les hommes, je me suis dit qu'elle était gay. Quand j'ai réalisé que tu étais une femme, j'ai pensé que ça sentait la vengeance amoureuse. Je me suis vu deuxième prix du concours « Devenez victime d'un drame passionnel ». Tu n'es pas lesbienne ?

– Pas que je sache.

Ils se turent, laissant le temps à leurs respirations de se calmer. Puis Noblet se redressa et dit en claquant des dents :

– Il y a une grosse dame penchée au-dessus du parapet et qui nous observe. Je crois qu'on devrait se tirer avant l'arrivée des flics. Les vrais.

– Ne t'inquiète pas. La grosse dame est flic. À la retraite, certes, mais… Bon, c'est une longue histoire. Allons chez toi boire un grog. J'ai vu que tu avais du rhum.

– Et des cornichons et du café. C'est leur odeur qui m'a fait comprendre que tu planquais chez moi. J'attends avec impatience le moment où tu m'expliqueras pourquoi tu as fouillé avec autant de soin mes placards, *Wonderwoman.*

– *No way !*

– Comment ça, *no way* ?

– Pas avant d'avoir répondu à nos questions, Marcel Cerdan.

24

Le studio étant dépourvu de sèche-cheveux, Ingrid avait enfilé son bonnet péruvien bien à fond. Mais la machine à laver faisait sèche-linge et ses vêtements roulaient mollement derrière le hublot. Emmitouflée dans un peignoir étranger, les pieds dans une bassine d'eau chaude qu'elle partageait avec Benjamin Noblet, elle se chauffait les mains sur le bol en porcelaine empli d'un grog puissamment dosé par Lola qui, bien que ne risquant pas la crise hypothermique, était équipée du même breuvage et suivait l'interrogatoire sans un mot. Laissant le soin, une fois n'est pas coutume, à Ingrid de mener la danse.

– Alors comme ça, tu voyais Vanessa gay ?

– Deux options. Ou elle était gay, ou elle avait renoncé au sexe. En fait, je lui trouvais plutôt un côté bonne sœur. Pas le genre exaltée folle de Jésus. Plutôt le style Mère Teresa. D'ailleurs, elle avait un besoin énorme de se dévouer. Mais je parie que la dame de Calcutta dégageait plus de chaleur humaine que Vanessa.

Ingrid considérait Noblet d'un air sceptique tandis que leurs orteils faisaient du mieux qu'ils pouvaient pour partager un espace vital restreint.

– Je sais ce que tu penses. Non, je ne suis pas un séducteur frustré qui casse du sucre sur une fille qui n'a pas voulu de lui.

– Mais je parie tout de même qu'elle n'a *pas* voulu de toi.

– Vanessa était jolie. J'ai essayé. Je me suis planté. Affaire entendue. Mais je n'en ai pas fait une histoire. D'ailleurs, les filles froides réussissent bien leur coup avec moi. Elles me congèlent direct la libido. De toute façon, mon seul objectif était de lui faire tourner un bout d'essai pour un film que je prépare avec des copains. Je suis étudiant dans une école de cinéma.

– Un film gore, bien sûr.

– Qui joue avec les codes du gore. Ce n'est pas tout à fait la même chose.

– *Whatever.* Pourquoi avoir choisi Vanessa ?

– Je n'aime pas trop les actrices professionnelles. Et une ouvreuse dans un cinéma gore est a priori quelqu'un qui en a vu d'autres en matière de scénario tordu.

Ingrid ne s'en sortait pas trop mal. Elle posa plusieurs fois les mêmes questions, essaya vainement d'amener Noblet à se contredire, lui fit répéter sa rencontre avec Vanessa, l'amena à parler de ses goûts et de ses aversions avec un talent qu'aurait envié un psychocriminologue. Il fallut pourtant se rendre à l'évidence. Dr Baratin n'avait plus envie de baratiner et Mister Noblet était plutôt sympathique. Et à y regarder de près, maintenant que ses cheveux bruns étaient secs et bouclaient autour de son visage mal rasé, Ingrid lui trouvait une gueule intéressante.

Vers trois heures du matin, on décida de se séparer. Ingrid remit son jean et sa polaire encore humides – elle refusa tout net d'emprunter une tenue à Benjamin Noblet – et enfila son blouson d'aviateur. Une fois dans la rue, Lola Jost prit enfin la parole pour dire qu'on se rendait aux *Belles*.

L'alarme ne retentit que quelques secondes. À peine la porte forcée, Lola fila derrière le bar la désamorcer. On établit ensuite le plan de bataille : Lola dans la cave et la réserve, Ingrid dans l'appartement.

– Qu'est-ce qu'on cherche, Lola ?

– Tout ce qui pourrait incriminer Maxime. Les poupées de Rinko, par exemple. Quand Grousset viendra perquisitionner, il ne trouvera que du propre et du gentil.

– C'est l'état d'urgence, on dirait.

– Pas qu'un peu. Tu tires les rideaux et tu travailles à la lampe de poche, entendu ?

– *No problem, boss.*

Lola retrouva la belle architecture en voûtes de la cave qui reprenait toute la superficie du restaurant, l'odeur familière de la terre battue et des effluves de vin. Elle se revit avec Maxime goûtant ses dernières trouvailles au tonneau. Avant de commencer sa fouille, la nostalgie lui fit se servir un verre de la cuvée du patron. Elle explora ensuite les casiers un à un, s'accroupit pour lorgner sous les tonneaux, ausculta le sol à la recherche d'une trappe éventuelle. Elle se servit un nouveau verre de vin, ce château sans prétention toujours bien, en toutes circonstances, même les plus incongrues, et entreprit d'étudier les bouteilles une à une. Italien, français, espagnol ; Maxime cherchait dans le vin une certaine idée de la latinité. Lola ne savait pas ce qu'elle espérait trouver mais mettait du cœur à l'ouvrage. Plusieurs fois, elle imagina l'ombre de Toussaint Kidjo, à ses côtés, travaillant sans relâche, fredonnant.

Dans le fond, même mort, Toussaint Kidjo était plus frétillant que Vanessa Ringer de son vivant. C'était comme si elle était déjà morte avant qu'on nous la tue. Vanessa décrite par Benjamin Noblet comme une demi-bonne sœur peu chaleureuse. Par le patron du *Star Panorama* comme une indécise à qui on ne pouvait se fier. Et par cette moucharde de Renée Kantor comme une triste amoureuse délaissée. En revanche, pour Constantin l'enfant des rues, elle devenait la femme douée pour consoler. Pour ses amies, elle était une fille sérieuse et sans histoire. Et pour Guillaume Fogel un bon petit soldat. Un portrait contrasté mais qui ne donnait rien de folichon. Quelques pièces maîtresses manquaient au puzzle Vanessa.

Mains aux hanches, postée pile-poil au centre de la voûte principale, son corps inondé par la lumière jaune du plafonnier, Lola pivota lentement pour réaliser un tour complet. Son regard scruta ensuite le plafond à la recherche d'une anfractuosité. Recouvert d'un crépi soigneux, il ne dissimulait aucune cache secrète. Il n'y avait rien d'autre à voir qu'une cave fleurant bon le terroir et ses plaisirs robustes. Lola s'attela ensuite à une exploration minutieuse de la réserve attenante. Pendus au plafond, de vigoureux jambons embaumaient, mêlant leurs arômes à ceux des pommes. Elle étudia les stocks de pâtes, de riz, d'huiles, d'épices, de condiments, de sirops. Tout était minutieusement annoté et rangé. Chaque étiquette était de la main de Maxime. Le mystérieux, le méticuleux. Lola Jost éteignit la lumière et remonta au restaurant.

Elle avait envoyé Ingrid à l'appartement parce qu'elle répugnait à fouiller les tiroirs de son ami, à soulever ses draps, à ouvrir son armoire à pharmacie. Mais Ingrid se chargeait de cette besogne sans rechigner. D'ailleurs on l'entendait aller et venir à l'étage. Sûr qu'avec l'énergie quasi animale qui la caractérisait, la donzelle en mettait un rayon.

Lola s'installa au bar, le temps de s'habituer à l'obscurité. Bientôt, les contours des *Belles* lui apparurent et puis des images du patron. Il saluait les uns et les autres, venait vers elle, s'asseyait à sa table, lui servait du vin, lui souriait. La salle était pleine de sa voix, de ses bribes de recettes, secrets de cuisinier qu'il ne livrait qu'aux amis les meilleurs. De ses souvenirs. Sa famille dans le Quercy, rassemblée le jour où on tuait le cochon, dont on allait tout utiliser, des pieds à la queue en passant par les oreilles. Et puis ces histoires de baroudeurs, ces photos volées au cœur de la tourmente. L'addiction, jusqu'au sevrage de 1991. Toutes ces histoires, racontées sans frime par un homme qui avait vécu plusieurs vies.

Lola quitta son tabouret en faisant la grimace. La recherche frénétique d'Ingrid dans la nuit, les retrouvailles essoufflées, effrayantes, avec la grande perche qui avait failli se noyer dans le canal l'avaient fatiguée. Le froid humide des rues travaillait ses os, ses épaules étaient nouées, la grippe tapie dans sa chair revenait à l'attaque.

En gravissant l'escalier, elle écouta le silence. Il était riche, doux et chaud comme l'intimité de la vie d'un homme, celle qu'elle pénétrait malgré elle, mécontente de cette fouille indécente. Ah, l'ami Maxime, quel sale boulot ne ferais-je pour toi ! Elle l'imagina rue Louis-Blanc, l'espéra endormi. Elle avait confiance : Barthélemy avait dû l'installer dans une cellule individuelle et lui donner une bonne couverture.

Pas un son dans l'appartement. Lola appela « Ingrid ! Ingrid ! », contrôlant le volume de sa voix, mais l'autre girafe ne répondait pas.

Elle la trouva dans la chambre, couchée sur le lit. Débarrassée de son blouson et de ses boots, immobile, la moitié du visage éclairée par la lampe de chevet, on l'aurait dit endormie.

Lola repéra la poupée posée entre ses seins.

– INGRID ! OH ! INGRID !

La grande blonde ouvrit les yeux.

– Je me suis allongée… pour respirer son odeur. C'est fou ce que ça sent bon la peau d'un homme.

Lola lui trouva une drôle de voix. Elle s'assit tout de même sur la couette en poussant un soupir de soulagement. Elle l'avait crue morte. Deux fois dans la même soirée, ça devenait lourd à digérer. Elle tapota machinalement l'avant-bras d'Ingrid, il était chaud, et se força à respirer en prenant son temps. Si je m'allonge sur ce lit, je n'arriverai plus à me relever, se dit-elle en sentant la force de gravité perchée sur ses épaules, tel un oiseau vicieux lui picorant les cervicales, laissant au manque de sommeil le soin de grignoter l'arrière de ses globes oculaires.

Ingrid agita tristement la poupée. Elle portait un uniforme bleu marine et blanc et des socquettes en dentelle. Son créateur lui avait fait un visage aux grands yeux innocents.

– Je lui ai trouvé deux autres amies. Elles sont dans de jolies boîtes, chacune agrémentée d'une photo de lycéenne.

– Ne me dis pas qu'elles sont à l'effigie de Khadidja, Chloé ou Vanessa ?

– Non, rassure-toi, ce sont des Japonaises, répondit Ingrid d'un ton lugubre.

– Qu'est-ce que ça a de si triste ? J'y vois plutôt un soulagement.

– Ce qui me gêne, c'est ce que j'ai trouvé dans le placard, à côté des poupées.

– Quoi donc ?

– Une couette.

– Ingrid, les contes de ma Mère l'Oye, ce sera pour une autre fois. Vite, une conclusion. Parce que si tu continues, je vais tomber comme une bûche.

– Une seconde, j'y viens. Maxime est un homme soigneux qui n'aime pas le désordre.

– C'est l'évidence.

– Tu es assise sur la couette d'hiver.

– Cette couette est moelleuse, en effet.

– Dans le placard, j'ai trouvé une housse vide, marquée *couette d'hiver*, et une housse pleine, marquée *couette d'été*. J'ai déballé cette couette estivale. C'est celle que tu vois à côté du lit. Tâte-la un peu pour voir.

Lola lui jeta un regard blanc, puis tendit le bras tant bien que mal et fit ce que sa compagne attendait d'elle.

– Bougre de coquinasse ! Qu'est-ce que c'est que ça, Ingrid ?

– Des billets de banque, Lola. Des liasses et des liasses et des liasses de billets de banque.

25

Accoudée au bar des *Belles*, Lola était perdue dans les méandres de ses réflexions. Ingrid lui parlait sans qu'elle lui réponde, proposait de parer au plus pressé et d'aller planquer l'argent passage du Désir. Un sac en toile trouvé dans la penderie de Maxime était posé à leurs pieds, il contenait le butin retrouvé dans la couette d'été.

– Lola ! *Wake up !* Tu m'écoutes ou pas ?

– Mais oui, ma fille, je peux faire deux choses à la fois. Tu as raison. Tirons-nous d'ici, allons cacher le fric chez toi.

Une fois chez elle, Ingrid repéra la lumière verte qui clignotait sur son répondeur. Elle fila dans la cuisine faire du café, en servit un d'office à Lola, puis entreprit de compter l'argent.

– Lola, il y en a à peu près pour cinq cent mille euros.

– Rien que ça.

Ingrid libéra les messages emprisonnés dans son répondeur. Tous de Rodolphe Kantor. Chacun montait d'un cran dans l'angoisse. Le dernier datait de moins d'une heure.

La voix du patron du *Star Panorama* se déploya une dernière fois dans la salle d'attente d'Ingrid Diesel et mourut sur ces mots : « Sortez-moi de là fissa ou je vous colle le saccage de mon établissement sur les bras ! »

– Comme si on avait besoin de ça, commenta Lola en levant les yeux et les mains au ciel.

– Il va pourtant falloir que j'y aille, dit Ingrid.

– Je viens avec toi.

– Tu es sûre ?

– S'endormir, c'est comme prendre le train, ma fille. Si tu rates son passage, tu es bon pour attendre et prendre le suivant. Je prendrai le prochain train.

– Et si le mode d'emploi du sommeil se mettait à nous échapper, à la longue ?

Rodolphe Kantor portait un costume de ville normal. Ses cheveux manquaient de gomina, ses yeux étaient hagards et il s'était démaquillé la moustache.

– Six rangées de fauteuil exterminées, un rideau rouge déchiqueté, un bar lessivé. J'espère que vous allez trouver les mots pour leur faire vider les lieux. Parce que moi, dans deux minutes, j'appelle les flics et je leur donne votre nom.

– Pourquoi n'avez-vous pas commencé par là ? demanda Lola.

– Parce que malgré tout, et autant que possible, je veux garder les meilleures relations avec Dylan Klapesch. Ce monsieur est tout de même une star.

Un fracas de verre ponctua la phrase, en même temps qu'un cri aviné associant l'allégresse à la rage. Puis on n'entendit plus que le chanteur des Red Hot Chili Peppers. De sa voix impérieuse il incitait les gens à se débarrasser de leurs téléviseurs. *Throw away your television Time to make this clean decision.* La basse pilonnait dur. La guitare solo lui répondait avec âpreté. Ingrid expliqua que c'était le groupe préféré de Dylan Klapesch. Le directeur passa une main tremblante dans sa chevelure.

– J'ai une idée, reprit Ingrid.

– À la bonne heure ! glapit Kantor.

– Vous qui êtes un spécialiste du déguisement, vous devez bien avoir une robe et une perruque sexy quelque part.

– Attendez… euh, oui. Celles que ma femme a laissées ici. On avait organisé une grande soirée costumée l'été dernier, et Renée personnifiait la mère dans la famille Addams.

– Donnez-moi tout ça, sélectionnez *Don't forget me* sur le CD des Red Hot Chili Peppers et laissez-moi faire.

– Tu es sûre de ton coup, Ingrid ?

– Ne t'inquiète pas, Lola. Quelquefois il vaut mieux frapper l'imagination que le reste.

Elles pénétrèrent dans la salle. C'était une Berezina de fauteuils, un Trafalgar de velours, un Diên Biên Phu de bouteilles. L'air empestait la fumée de cigare. La musique faisait trembler les murs. Les amis de Klapesch dansaient en grappes électrisées. Le cinéaste était assis sur le bord de la scène et embrassait une jolie brune, goulûment. Ingrid enleva son blouson, son bonnet, les confia à Lola.

Lola et Kantor la regardèrent s'avancer dans l'allée centrale et mettre le cap sur Klapesch ; sous son bras, robe et perruque avaient l'allure d'une bête captive, crinière au vent. Ingrid étreignit chaleureusement le cinéaste et se lança dans une négociation assez longue. Puis elle monta sur scène et disparut derrière le rideau lacéré.

Le cinéaste harangua sa horde. Après maints palabres ensevelis sous l'énergie du groupe californien, les amis de Dylan Klapesch s'assirent un à un. La musique s'arrêta, repartit, sursauta, Kantor fouillait le CD à l'affût de la bonne chanson. L'éclairage baissa lentement, la salle se fit empoigner par une intro de guitares mélancoliques, le chanteur commença. *I'm an ocean in your bedroom Make you feel warm Make you want to reassume…* Et le rideau s'ouvrit sur un cône de lumière au centre duquel se tenait une grande sorcière à l'abondante chevelure charbon, au teint pâle. Elle déploya ses longs bras vers un ciel imaginaire.

Ses gants sombres de satin brillant montaient haut, si haut qu'ils ne dévoilaient que les épaules. Sa robe diaprée cachait tout et se terminait en corolle vénéneuse. Il n'y eut d'abord que la danse de ses bras qui ondulaient. L'un après l'autre, lentement, en supplice calibré par mille ans de magie noire, les gants remontèrent leurs colonnes marbrées. Elle titilla son monde en les faisant tourbillonner et les jeta en obole. Le public, invisible, était parfaitement silencieux. Ce fut au tour des hanches de tanguer sur la cadence soutenue de la voix d'homme. Elle écarta le pan de la robe et une jambe apparut. Le pied était nu, si fin, sans l'artifice des chaussures. Sans ces hauts talons qui trichaient, elle devenait une Esmeralda.

Brillant ! pensa Lola qui n'aurait jamais envisagé une strip-teaseuse capable de faire son numéro sans ses chaussures.

Un battant de la porte s'ouvrit et Rodolphe Kantor se glissa à côté d'elle. Il souriait. Sur la scène, la robe s'évapora petit à petit avant de rebondir vers le public tel un vol de corneilles affolées, la chevelure ne cacha qu'un court instant les globes dangereux des seins. Puis Esmeralda se retourna, dos et fesses d'amazone, courut vers la lisière du noir, revint avec une chaise sur laquelle elle entreprit une danse caressante. *Not alone*, suppliait le chanteur. *I'll be there Tell me when you want to go*. Sur ces mots, Ingrid à la peau de clair de lune agrippa la chaise par le dossier, la souleva dans un mouvement qui dessina une infinité de muscles lisses et durs et la fracassa sur le sol jusqu'à ce que ne subsistent que deux petits bouts de bois. Elle s'en fit des cornes.

Elle disparut sous les applaudissements, les cris de joie.

– Ce n'est plus une excentrique, votre amie, articula Kantor avec peine. C'est une baroque.

– *Peau lisse de glace sur ossature fine Col ouvert sur une tendre poitrine*... murmura Lola.

– Je suis bien d'accord avec vous, madame Jost.

– Pas si vite, Kantor. Je n'ai pas fini ma citation... *Sous les sourcils de saule de teinte bleu noir L'amande de ses yeux lançait des étoiles* [1].

– Chose promise à Ingrid Diesel, chose due, les gars ! On vide les lieux ! cria Dylan Klapesch à la cantonade.

– C'est magique, articula Kantor.

26

Elle avait remis son bonnet péruvien et son blouson et mangeait des croissants au beurre qui abandonnaient une fine pellicule luisante sur ses doigts. De temps en

1. Xiao Xiao Sheng, *Fleur en fiole d'or*.

temps, elle souriait et buvait une gorgée de café, installée aussi confortablement que Lola dans leur silence. Joseph, le patron du bar-tabac de la rue de la Fidélité, parlait bas avec deux habitués.

Sacrée Ingrid Diesel, va ! pensait Lola. Avec les yeux, elle lui disait qu'elle avait admiré son sang-froid, qu'il n'y en avait pas beaucoup, sur terre, des filles dans son genre, qu'elle était aussi frappée que généreuse. Avec les yeux seulement parce que le matin était tranquille. Il venait à peine de succéder à l'aube. Il y avait un enchantement au-dessus de leur tête et au-dessus de la ville, et ça durerait jusqu'à ce que les réveils sonnent et que la masse se précipite au travail. Elle lui dirait peut-être un jour, comme ça, l'air de rien, à l'occasion d'une conversation téléphonique. C'était plus facile d'avouer aux gens qu'on les appréciait quand on ne les avait pas en face de soi.

On entendit haut et clair le bulletin d'info à la radio. La grève se poursuivait au lycée Alexandre-Dumas de Créteil où les enseignants refusaient de reprendre les cours après la réintégration d'un élève pourtant renvoyé par le conseil de discipline. Ce fils à papa avait pris un avocat. La marée noire gagnait les côtes françaises et la grogne montait chez les ostréiculteurs. Comme montaient les menaces de guerre contre l'Irak. Un gang de cinq braqueurs avait pillé une salle des ventes à Paris et emporté un butin de huit millions d'euros en moins de quinze minutes. Vingt-neuf personnes avaient trouvé la mort dans un quartier populaire de Tel-Aviv. L'attentat faisait suite à la mort de trois Palestiniens, la veille.

L'enchantement du petit matin vient de se briser, pensa Lola en commandant deux autres cafés allongés à Joseph. Elle regarda par la vitrine défiler quelques rares passants emmitouflés. L'un d'eux portait une cagoule qui lui faisait une tête de terroriste ou plutôt de braqueur. Lola cessa de tourner sa petite cuillère dans sa tasse et fixa Ingrid, qui, les joues pleines, fit une grimace interrogative.

– Le jour de la mort de Vanessa, juste après la visite de Barthélemy… Au bulletin d'information, on annonçait le casse d'un bureau de change sur les Champs-Élysées. Trois braqueurs cagoulés, à l'aube.

– *What a bloody Sunday !*

– Ils ont volé un million cinq mille euros. Si tu divises un million cinq par trois…

– Ça te fait cinq cent mille euros, termina Ingrid avec un grand sourire. Lola, tu es géniale !

– Pas si vite, Ingrid. Je ne fais que supputer.

– Il est moche ce mot *supputer*. Vous en avez quelques-uns que je n'aime pas trop : glousser, mandater, épurer. Ne me demande pas pourquoi. Il y a aussi écarteler, épiler, entartrer.

– Évidemment, imaginer Maxime, Chloé et Khadidja braquant un bureau de change à la masse, ça ne fonctionne guère.

– Ou le trio Vanessa, Chloé et Khadidja. Tu vois trois filles faire ça, toi ?

– Il faudrait qu'elles soient aussi baraquées que toi, Ingrid, mais ce n'est pas le cas.

– *Indeed,* Lola.

– En tout cas, ce gros tas de pognon ça fait un sacré mobile. Imagine que pour une raison ou une autre, le fric était chez les filles après le braquage.

– Nous deux, on l'a bien retrouvé chez Maxime. Mais pourquoi mutiler Vanessa, si c'est seulement une histoire d'argent ? L'étrangler était suffisant.

– Justement. Ça confirme ma théorie : l'idée était d'orienter la police sur Maxime. Et de gommer l'aspect fric. En mettant de la passion à la place.

– Ça se tient, Lola.

– Vanessa était une idéaliste. Imagine un peu. Juste après le partage, un braqueur décide de se servir de son appartement comme d'une planque. Vanessa refuse et menace de le dénoncer à la police. Le braqueur la tue. Or, qui pouvait connaître suffisamment l'appartement des filles pour penser à une planque ? Sinon quelqu'un qui leur était lié ? Quelqu'un qui avait *mal tourné* ?

– Farid Younis.

– Tout juste.

– Mais il y a un élément qui ne colle pas dans le paysage, Lola.

– Lequel ?

– Le fait qu'on ait retrouvé l'argent aux *Belles. It doesn't work.*

– Je le sais bien. Mais là encore, on peut trouver une réponse. Et qui expliquerait pourquoi Chloé et Khadidja ne disent que ce qui les arrange depuis le début. Elles sont là quand éclate une dispute entre Vanessa et Farid. Vanessa meurt. Khadidja, qui lui en veut à cause de Maxime, décide d'aider son frère. Ils maquillent le meurtre en assassinat prémédité. Chloé qui est influençable se laisse convaincre, promet de se taire. Khadidja ou Farid, ou les deux, cachent l'argent chez Maxime.

– Une idée risquée, puisque les soupçons devaient un jour ou l'autre converger sur Maxime.

– Khadidja est une fille très futée qui connaît le petit intérieur de Maxime comme sa poche, Ingrid. Planquer le fric dans une couette soigneusement recousue, c'est astucieux. Largement au-dessus des compétences de certains limiers élimés que j'ai pratiqués pendant des années.

– Comment expliques-tu qu'un amateur comme moi l'ait trouvé en si peu de temps ?

– À cause de ton ouverture d'esprit, Ingrid. Ton manque complet d'a priori. Ton incroyable fraîcheur, un rien suffocante.

– Comment ça ?

– Tu es amoureuse de Maxime. Tout en fouillant ses affaires, tu penses à des trucs auxquels aucun flic ne penserait jamais. L'odeur de sa peau, le lit, les draps dans lesquels il a dormi. Tu ne te censures pas, tu baguenaudes, tu laisses les idées s'associer librement. Le corps te mène au lit, le lit te mène à la couette. Et la couette aux billets.

– Et les billets à Saint-Denis. Sur les pas de Farid Younis.

– Tu m'enlèves les mots de la bouche, Ingrid.

27

En sortant du commissariat, Khadidja marcha vite. Il n'y avait pas de temps à perdre. Grousset gardait Chloé, il savait bien qu'elle était la plus fragile. Dès qu'il aurait fini de la cuisiner, il perquisitionnerait aux *Belles*. Chemin faisant, Khadidja espérait que son amie tenait bon, qu'elle défendait Maxime bec et ongles. Ce salaud de flic, ce petit chef aimait rabaisser les autres. Elle avait lu le plaisir dans ses yeux quand il lui avait balancé la liaison de Maxime avec Vanessa. « Racontars », avait-elle répliqué aussi froidement que possible. Plutôt crever que de lui montrer sa souffrance.

Maxime et Vanessa. Jamais Khadidja ne l'aurait imaginé. Elle avait toujours cru être la seule. Tout en se précipitant pour éliminer la preuve qui l'accablerait, Khadidja envisageait pour la première fois la possibilité de le quitter. De vivre sans Maxime.

La porte des livraisons, les cuisines, l'appartement. La couette rangée dans le haut du placard. Elle ouvrit la housse, palpa, et sentit son sang tomber dans ses chaussures. On avait pris l'argent.

Un vertige. Puis elle se raisonna, se força à réfléchir. Même Chloé ignorait dans quelle partie de l'appartement il était caché. Les flics n'avaient pas pu perquisitionner si tôt et être déjà repartis. Tout serait sens dessus dessous.

Est-ce que Maxime... Khadidja sentit comme une aiguille rouillée lui travailler le sommet du crâne. S'il l'a trouvé, qu'a-t-il pensé ? Qu'elle avait tué Vanessa par jalousie, caché le magot chez lui pour le charger aux yeux de la police ?

D'autres scénarios étaient possibles. Jusqu'au plus moche : Maxime tuant Vanessa, abandonnant derrière lui l'argent apporté par Farid en sachant que ni Chloé ni elle n'aurait d'autre solution que de mentir à la police. Devinant qu'il allait être mis en garde à vue, Maxime aurait-il récupéré l'argent avant de le cacher en lieu sûr ? La police n'avait que des rumeurs à son sujet, rien de concret.

Maxime attendant que l'affaire se tasse avant de disparaître avec le fric.

Khadidja sentit un étau écraser sa poitrine. Pouvait-on partager tant de moments avec un homme et ne rien savoir de lui ? Non, elle n'arrivait pas à le voir en meurtrier. Il avait sûrement couché avec Vanessa mais il n'était pas un tueur. Maxime n'était pas Farid.

Elle resta un moment dans la chambre à fixer le vide puis descendit en salle. Farid et Jean-Luc étaient assis au bar. Elle fut surprise mais n'eut pas peur parce qu'un vague espoir lui vint : et si Farid n'était venu que pour son argent ? Il la détrompa vite.

– C'est ton mec qui l'a tuée ?

– Que je te réponde ou non, tu ne me croiras pas.

– Je t'ai toujours écoutée, Khadidja. Toujours. Alors ? Il l'a tuée et il a pris le fric, c'est ça ?

– Maxime n'a jamais tué personne.

– On dit pourtant qu'il a tué sa femme. Du moins c'est ce que Jean-Luc a entendu dans le quartier.

– Si Jean-Luc se comporte comme un concierge, c'est son problème.

– Je vais te montrer si je suis un concierge, ma garce !

– Tu ne me fais pas peur, grand con.

– Ta sœur est plus que mal élevée, Farid. Elle est inconsciente.

Khadidja les toisa. Le colosse avait l'air vexé. Farid avait sa tête de fou imperturbable. Tellement calme qu'il paraissait à moitié mort. Elle prit une inspiration et parla lentement, en articulant bien :

– Si tu tues Maxime, Farid, il faudra que tu me tues aussi. Parce que sinon je te donnerai à la police. Je leur parlerai du présent. Je leur parlerai du passé. Il n'y aura plus rien pour me retenir. Tu seras mort dans mon cœur pour toujours. Alors, réfléchis bien.

– Tu y tiens tant à ce type ? Alors qu'il a tué ton amie !

– Là n'est pas la question.

– Et c'est quoi la putain de question ?

– C'est la violence, Farid. Celle que tu apportes partout où tu vas. Sans cette violence, Vanessa serait vivante. Et à tes côtés. Parce qu'elle tenait à toi. Au point de ne jamais t'avoir remplacé. Elle avait renoncé aux hommes. Elle vivait comme un fantôme.

– Tu racontes n'importe quoi, elle était toujours aussi belle, et vivante…

– Tu l'as détruite comme tu détruis tout autour de toi parce que tu ne connais que la haine.

– Tu me baratines pour sauver ton mec. Qu'est-ce que tu racontes à la fin ?

– La vérité. Parmi tes copains, il n'y en a pas un seul qui a les couilles pour te la dire. Et pour que tu saches que je ne mens pas, l'argent ce n'est pas Maxime qui l'a pris. C'est moi. Et je l'ai planqué aux *Belles* sans que personne ne le sache. Quand j'ai voulu le reprendre, il n'y était plus.

– Magnifique, dit Farid en applaudissant.

Il avait retrouvé son ton de mec supercool. L'ironie élégante, la désinvolture chic assortie aux fringues qu'il se payait avec ses braquages. Ce fric dont il ne savait pas quoi faire. Cette vie inutile depuis la mort de Vanessa. Khadidja se surprit à éprouver une once de pitié pour son frère. Et pour elle-même. En amour, ni l'un ni l'autre n'aurait jamais de chance. Maintenant, elle en était sûre. Ce n'était pas Farid qui avait fouillé l'appartement, ce n'était pas lui qui avait trouvé l'argent.

Mais Farid reprenait déjà la parole. Il fallait qu'il continue pour montrer qu'elle n'avait pas heurté sa fierté de mâle. Il fallait qu'il ait le dernier mot. Elle n'avait pas peur, elle était prête. Sa décision était prise : si Farid touchait à Maxime, elle le donnerait. Et maintenant, elle savait qu'elle allait payer sa franchise, qui pour son frère n'était que de l'arrogance. Farid descendit de son tabouret. Khadidja ne bougea plus.

– Où est le fric ? Vous l'avez pris, ton mec et toi, hein ?

– Je n'ai rien à ajouter, je t'ai dit la vérité.

– Tu mens.

– Je ne sais rien. Et ça m'est égal. L'argent m'a toujours moins intéressée que toi. Le vieil adage a raison : il n'apporte pas le bonheur. Tu devrais le savoir.

Il l'agrippa par les cheveux, elle ne put s'empêcher de gémir. Alors qu'il la forçait à s'agenouiller, elle lui balança un coup de pied, l'atteignit au genou. Farid ne lâcha pas prise. De sa main libre, il la gifla. Quand elle résista avec ses poings, il ferma les siens pour la frapper au ventre et à la poitrine. Elle se mit à hurler. Il la plaqua au sol, l'attrapa au cou. Elle se débattit mais il avait la rage. Une rage immense. Plus forte que la sienne. Il commença à serrer. Elle planta ses ongles dans sa chair, le griffa. Mais elle sentait sa force s'effriter et la peur monter. Elle était prise au piège, la gorge en feu, les poumons au bord de l'implosion. Une intolérable douleur. Elle ne pouvait plus crier. Bientôt le visage de son frère se dissipa. Il disparut dans un brouillard lardé de veines rouges. La douleur parut moins forte… Bizarrement, elle pensa au paradis des croyants dont lui parlait sa mère quand elle était petite…

28

« Hello, Peter, c'est génial d'avoir un ami comme toi sur qui compter ! Je sors de chez les flics. C'était dur… »

Chloé fut étonnée de voir des lettres se dessiner sur l'écran. Elle mit quelques secondes à comprendre que Peter et elle communiquaient en direct. Dans sa joie, elle ne prit pas la peine de calculer l'heure qu'il devait être à Tokyo.

« Hello Magdalena, la mort de ton amie est un drame horrible mais tout ce que tu vis m'intéresse. Je ne suis qu'un foutu égoïste. Un vampire à émotions. Tu me pardonnes, j'espère ? Alors, que te voulaient les flics ? »

« Tu es pardonné. Ils voulaient que j'enfonce mon patron. Le commissaire pense que c'est lui. S'il me voit témoin à charge, il est mal parti. On tient bon, mon amie et moi. Ça aide à vivre, cette solidarité ! »

« Je te comprends. Et je t'admire. Le frère de ton amie, le braqueur, que devient-il dans tout ça ? C'est plutôt lui que les flics devraient questionner. »

« Il jure que ce n'est pas lui et veut faire la peau au tueur. En attendant, il se planque à Saint-Denis ! »

« Les flics ne manquent pas d'indicateurs dans les cités. Ils arriveront à le localiser. »

Chloé chercha ses mots. Ce n'était pas évident d'expliquer Farid et son organisation compliquée, ses copains allumés…

« L'astuce, c'est qu'il n'est plus dans sa cité. Il est hébergé par un copain. »

Chloé s'arrêta de taper et attendit un peu. Elle aimait l'idée de créer le suspense, de tenir Peter Pan en haleine. Il ne résista pas longtemps.

« Ne me dis pas que le copain est un braqueur lui aussi ! »

« Bien sûr que si. Un géant qui se dit anarchiste. Rigolo pour un type qui vit en bourgeois dans son pavillon en meulière. Un vrai personnage de roman. »

« Oui, il me plaît bien. Tu as plus de détails, Magdalena ? »

Les visions de Jean-Luc ne le trompaient jamais. Farid Younis était bel et bien un ange noir. Un homme puissant et triste qui avait déjà tué. Un homme que la jalousie rendait fou. Il existait un lourd contentieux entre Chloé, Khadidja et Farid. Un contentieux qui avait un rapport avec la passion de Farid pour Vanessa. Cette fille l'avait aimé. Jusqu'à ce qu'il commette un acte de violence. Un acte qu'elle n'avait pas accepté. Alors, la mort dans l'âme, elle l'avait éjecté de sa vie.

Ils roulaient en direction du cimetière de Belleville. Farid avait remis ses gants, ses mains étaient posées sur ses cuisses, tranquilles, comme si rien ne s'était passé.

Jean-Luc ne troubla pas son silence. Il mit un CD de rap américain acheté en prévision de ces journées à véhiculer Farid. Eminem. Il n'aimait pas cette musique mais ça n'avait pas d'importance. Peut-être qu'à la longue, on s'y habituait. Il se gara rue du Télégraphe et ils descendirent de la Volkswagen. Jean-Luc s'attendait à ce qu'il lui dise de rentrer à Saint-Denis, mais non. Ils échangèrent un regard. Farid, très pâle, les yeux magnifiques, marcha vers le cimetière. Jean-Luc le suivit, étonné d'y être autorisé. Ils restèrent devant la tombe un long moment puis Farid prononça deux courtes phrases en arabe, enleva une de ses bagues et la glissa dans un vase en marbre. Il se tourna vers Jean-Luc.

– Qu'est-ce que tu lui as dit ?

– Je lui ai demandé pardon.

– Et la bague, c'était quoi ?

– Je lui ai demandé d'être ma femme, dans la mort.

Jean-Luc hocha la tête :

– J'ai une proposition à te faire.

– Vas-y. Je t'écoute.

– On fait une croix sur ce fric. On fait un dernier braquage. On met nos économies en commun et on achète un bateau. Et on se barre d'ici avec. Personne ne nous retrouvera jamais, je te le promets. Il n'y a que la mer qui peut panser les blessures d'amour. Je te jure que c'est vrai, mon frère.

Le visage de Farid était sans expression. La bruine dessinait de minuscules perles sur sa chevelure noire.

– D'accord pour partir. Mais à une condition.

– Laquelle ?

– On tue le mec de ma sœur d'abord.

29

Elle était assise derrière la vitrine du café et voyait son reflet se superposer sur la façade du commissariat, sur les trottoirs de la rue Louis-Blanc luisants de la dernière pluie. Elle attendait Maxime depuis longtemps. Enfin, il sortit. Il était dix heures passées. Elle fit des signes, tapa sur la vitre. Il la repéra. Son sourire lui fit mal. Il avait l'air si heureux de la voir. Il entra, commanda un café au serveur, s'avança vers elle. Khadidja se laissa embrasser. Maxime avait les traits tirés mais elle le sentait calme.

– Il ne faut pas que tu rentres aux *Belles*. Il ne faut pas qu'il te trouve.

– Qui ça ?

– Mon frère.

– Ah oui, l'homme invisible.

– Il te cherche. Il veut te tuer. À cause de Vanessa. Il croit que c'est toi.

Il savait ce qui allait suivre. Tout son visage le disait. Et il prenait sur lui comme d'habitude.

– Il ne s'est rien passé avec Vanessa, dit-il calmement. Il faut que tu me croies.

– Pourquoi les témoins mentiraient-ils ? Et puis elle aurait pu t'aimer après tout… ce n'est pas difficile.

Elle se disait : ce qui est difficile c'est d'arrêter. Elle se disait : mais comment vivrai-je sans voir ton visage ? Elle se leva et lui tendit une clé. Celle de l'*Excelsior*, un hôtel de la rue Saint-Martin où elle venait de réserver une chambre pour lui.

– Jure-moi d'y aller. Jure-moi de te cacher jusqu'à ce que les flics te lâchent pour de bon. Ensuite, tu quitteras la France.

– Je ne suis pas un dégonflé, Khadidja. J'en ai vu d'autres.

– Je sais que tu n'as pas peur, mais Farid est dingue.

– Ton frère ne m'impressionne pas.

– Tu ne sais pas de quoi tu parles.

Machinalement, elle toucha le foulard qui cachait son cou meurtri. Elle ne pouvait pas détacher ses yeux de son visage : Maxime, je ne te connais pas, pourquoi m'as-tu si peu parlé de ton passé ? Qui es-tu ?

– Tu quittes le passage du Désir, tu viens t'installer passage Brady. Autrement dit, tu m'épouses, Khadidja. C'est ça que tu veux, non ? Alors allons-y. Tu n'as que trois cents mètres à faire.

Et il souriait. Elle le trouvait touchant. En même temps, elle avait envie de le gifler. Ces mots, il aurait dû les dire avant. Bien avant. Maintenant, il était trop tard. Elle s'imagina à une audition prête à donner la réplique à un partenaire avec tout ce qu'elle avait dans les tripes. Il suffisait de se concentrer. Et de dire le texte. Celui qu'elle avait eu le temps de se repasser cent fois dans la tête.

– J'ai récupéré mes affaires pendant ta garde à vue. Il ne reste plus rien de moi aux *Belles*. Et crois-moi, c'est mieux pour tout le monde. Je ne t'aime plus, Maxime. Et c'est pour ça que c'est fini. Uniquement pour ça.

Elle posa calmement la clé à côté de sa tasse vide et se força à se lever en évitant de le regarder. Une fois dans la rue, elle se mit à courir droit devant elle.

Maxime demanda l'addition et but son café. *Je ne t'aime plus, Maxime. Et c'est pour ça que c'est fini. Uniquement pour ça.* On aurait dit un dialogue de série TV. Il la trouvait émouvante. Comme cette fois où elle lui avait fait la grande scène du deux pour expliquer sa participation à un défilé de Ni putes ni soumises. Il l'avait laissée parler, s'enflammer. Et puis il avait souri. Khadidja avait cru à un sourire moqueur. Il avait fallu expliquer que non seulement il ne se moquait pas mais qu'en plus il avait l'intention de venir manifester avec elle.

Khadidja avait un caractère d'acier trempé, et il était sa seule faiblesse. Il le savait bien et trouvait cette situation très érotique. Je ne t'aime plus, Maxime. À d'autres. Il régla l'addition, prit les clés de l'hôtel et se leva. Il n'avait jamais couru après une femme. C'était le moment de s'y mettre. Ces années à suer bêtement sur un tapis mécanique allaient enfin servir à autre chose qu'à garder la forme. Maxime partit en petites foulées dans la rue Louis-Blanc. Khadidja n'était pas loin. Avec ces bottines à talons, aucune chance qu'elle maintienne longtemps un sprint d'antilope. Il la rejoignit dans la rue du Faubourg-Saint-Martin.

Il l'écouta s'énerver, lui lancer au visage tous les arguments possibles en se foutant éperdument des passants qui les regardaient pour la plupart d'un air amusé. Il l'attrapa par les poignets, plaqua son corps souple contre une porte cochère et dut lutter un moment avant d'arriver à ses fins. La dernière fois qu'il avait embrassé passionnément une fille dans la rue, il était collégien. Gardant Khadidja serrée contre lui, Maxime prit son portable pour joindre Chloé au restaurant et lui dire d'appeler les habitués les uns après les autres : les *Belles* fermaient exceptionnellement, pas de dîner ce soir. Puis sans autre explication, il prit Khadidja par la main et l'entraîna vers la rue Saint-Martin. La perspective de passer la journée à lui faire l'amour dans un hôtel lui plaisait énormément. À l'*Excelsior*, il lui répéterait sur tous les tons qu'il ne s'était rien passé avec Vanessa Ringer. Et cette fois, elle le croirait.

30

Ingrid et Lola étaient arrivées à Saint-Denis très tôt pour constater que la cité des Fleurs était un vaste labyrinthe. Il était déjà onze heures et elles n'avaient obtenu aucun résultat. Après avoir exploré la zone est, elles s'attaquaient à l'ouest. Dans le bloc 8, l'ascenseur était en panne. Elles arrivaient au sixième par l'escalier, péniblement, surtout Lola. Ingrid avait l'impression qu'un gros oiseau malade avait fait son nid dans la cage thoracique de sa compagne.

– On fait une pause ! déclara Lola (elle s'assit sur une marche et nettoya ses lunettes avec l'ourlet de sa robe, un machin gris et mauve qu'Ingrid trouvait aussi affligeant que la robe de chambre magenta. Mais, bon, chacun ses goûts). Je commence à me demander si ton indicateur ne s'est pas fichu de nous.

– De toute manière, Grousset a libéré Maxime. On a tout le temps nécessaire.

– Que tu dis ! Il l'a relâché faute de vraies munitions, certes. Mais le nain de jardin est une espèce fourbe et entêtée. Grousset va remettre ça. Sa carte maîtresse, c'est Chloé et Khadidja. Depuis le début, ces gamines nous cachent quelque chose. Grousset finira bien par leur soutirer des informations. Chloé est vulnérable. Quant à Khadidja, elle l'a mauvaise depuis cette histoire entre Vanessa et Maxime. Crois-moi, ma fille : on n'a pas toute la vie devant nous. Surtout moi, je suis subclaquante, tel que tu peux t'en rendre compte.

– Tu n'as qu'à faire du sport et arrêter de fumer.

– Tout doux, jeune fille, garde tes conseils californiens pour toi. Mon corps est comme ma vieille Twingo, il roule toujours et ne demande rien à personne.

– Comme tu voudras, Lola.

– Il ne manquerait plus que ça ! Tu me vois courir sur un de ces ridicules tapis mécaniques ? Une walkyrie égarée sur le tournage des *Temps modernes*. Grotesque !

– Je me suis toujours demandé pourquoi vous aviez tellement la trouille de la modernité en France.

– Je me suis toujours demandé pourquoi vous aviez tellement la trouille de réfléchir en Amérique ! Bon, on y va ?

Une heure plus tard, elles en étaient au même point. Personne ne connaissait Farid Younis. Du moins ceux qui voulaient bien entrouvrir leur porte.

Arrivées au onzième étage, Ingrid et Lola tombèrent nez à nez avec un réparateur d'ascenseur et le septuagénaire qui lui tenait compagnie.

– Bonjour, mesdames, dit le vieil homme. Onze étages à pied ! Vous devez être fatiguées.

– Bonjour, monsieur ! Plus que fatiguées, répondit Lola. Moulinées.

– Moi je me sens en pleine forme, dit Ingrid. Vous connaissez un jeune nommé Farid Younis ?

– Bonjour, mademoiselle, mon nom est Hopel, Sébastien Hopel.

– Bonjour. Moi, c'est Diesel.

– Pardon ?

– Ingrid Diesel.

– Original et très joli.

– Quant à moi, je réponds au nom de Lola Jost. Younis est de taille moyenne, plutôt beau gosse, il affectionne le noir. Si vous pouvez nous aider…

– Mon voisin était un peu comme ça. Toujours bien mis. Je n'ai jamais su ce qu'il faisait dans la vie, il rentrait chez lui à des heures bizarres…

– *Était* ? Qu'est-ce qui lui est arrivé ?

– Un problème d'intoxication. Il a pris des substances et s'est barricadé. Son ami tambourinait à sa porte. Finalement, il est revenu avec les pompiers. Enfin, *un* pompier qui a défoncé la porte. À la masse.

– À la masse ! Pas à la hache ?

– Tout juste, mais ça a marché aussi bien. Morte, la porte. Vous voyez, le propriétaire ne l'a toujours pas fait réparer. Et pourtant j'ai appelé le syndic. Les syndics sont tous aussi mauvais les uns que les autres, c'est bien connu…

– L'ami et le pompier, qu'est-ce qu'ils ont fait ensuite ? coupa Ingrid.

– L'ami et le pompier ont évacué mon voisin emballé dans une couverture.

– Vous le connaissez, cet ami ? demanda Lola.

– Non. Il braillait « Ouvre-moi ! Ouvre-moi ! C'est Noah ! » à pleins poumons. Alors il y a des chances pour qu'il s'appelle Noah.

– Vous l'aviez déjà vu auparavant ?

– Il me semble l'avoir croisé dans la cité.
– Vous pourriez nous le décrire ?
– Un jeune. Je ne me souviens pas bien de lui.
– Vous possédez pourtant une excellente mémoire, dit Lola.
– Je n'ai pas trop regardé le jeune Noah. J'ai plutôt regardé le pompier.
– Pourquoi donc ?
– C'était une sorte de géant qui avait l'air déguisé. Il portait une veste rouge mais son casque était bizarre.
– Comment ça, bizarre ? demanda Ingrid avec impatience.
– Oh, ça n'a peut-être pas d'importance…
– Mais si, insista Lola en jetant un regard impérieux à Ingrid. Tous les détails ont leur importance.
– Eh bien, son casque…
– Oui, son casque, monsieur Hopel. Son casque. Essayez de vous souvenir, c'est important, dit gentiment Lola.
– Je m'en souviens bien. Son casque sentait la peinture. Et il ressemblait plus à un casque de motard que de pompier. Ceux des pompiers sont autrement spectaculaires. Sur le moment, je me suis dit : ce pompier-là ne fait pas trop soldat du feu. Mais, mesdames, excusez-moi…
– Oui ? dit Lola.
– Je suppose que vous n'êtes pas policiers… pas plus que le grand jeune homme n'était pompier.
– Nous n'avons jamais prétendu l'être. Je suis commissaire à la retraite. Voici mon ancienne carte professionnelle.
– Ah, ça, on vous reconnaît bien. Vous avez de la prestance. C'est la première fois que je rencontre une femme commissaire. Je suis honoré.
– J'enquête sur le meurtre de la jeune fille dans le 10e à Paris. Strangulation, mutilation. C'était dans tous les journaux.

– Ah oui, j'ai vu ça à la télé. Un vrai gâchis. Une belle fille. Vous avez été engagée par la famille ?

– Plus ou moins.

– Moi, je sais où il habite ce Noah.

Ingrid, Lola et Sébastien Hopel se tournèrent vers le réparateur. Il avait une quarantaine d'années, les cheveux coupés en brosse et souriait d'un air goguenard.

– Je n'oserais pas demander la pièce à des flics mais à des privés, ça doit pouvoir se faire ?

– En théorie, ça peut, dit Lola. Mais il me faut du tangible. Une adresse.

– Je n'ai rien que du tangible à vous vendre. Je viens ici à chaque fois que cette vieille guimbarde d'ascenseur tombe en rade. Deux jeunes qui doivent être frères vivent trois étages au-dessus. Ils s'appellent Noah et Menahem. Des noms dont on se souvient. Il y a le joueur de tennis. Et puis Menahem Begin, prix Nobel de la Paix, ça reste bien en tête.

– Vous pouvez nous les décrire ?

– Noah, c'est yeux bleus cheveux noirs. Il est petit et à part ça, plutôt quelconque. Le frère cadet, c'est autre chose. Un beau gars. Grand, mince avec les cheveux châtain aux épaules. Des petites lunettes rondes. Cet hiver, il se baladait en long manteau gris.

– De mon côté, ce sera gratuit, dit Sébastien Hopel d'un ton pincé. J'aime rendre service.

– Moi aussi, j'aime rendre service ! répliqua le technicien. Mais j'ai trois mômes.

– Vous n'avez pas d'alliance, en tout cas, insista Hopel.

– Ça n'a jamais empêché de fabriquer des gamins.

– Messieurs, nous vous laissons à votre débat sur le civisme et vous remercions. Il est évident que vous ne nous avez jamais vues, dit Lola en payant le technicien d'un geste auquel Ingrid trouva une certaine élégance.

Elles redescendirent les onze étages le cœur léger puis s'installèrent dans la Twingo. Elles trinquèrent en buvant deux cafés de la thermos de Lola.

– Tu as failli me casser le coup avec ton impulsivité, ma fille, dit Lola en souriant.

– Si je n'étais pas intervenue, on y était encore, patronne.

– Et puis essaie de dire bonjour avant d'attaquer la falaise, Ingrid.

– Je ne sais pas ce que vous avez avec la politesse, les Français. Toujours prompts à faire remarquer à untel qu'il n'a pas dit bonjour ou merci. Mais ça ne vous empêche pas d'être désagréables avec les touristes et inciviques avec tout le monde.

– La différence avec les États-Unis, c'est que le type incivique ou malpoli ne fait pas long feu. En général, il finit avec une balle dans le buffet.

– N'empêche ! Vous êtes quand même des Latins pas très chauds.

– Il nous faut du temps. Tu voudrais que tout aille si vite. Qu'on te donne de grandes claques dans le dos deux secondes après t'avoir rencontrée. Tu es une impatiente, Ingrid.

– Justement, en parlant de ça. On ne passe pas la nuit dans la Twingo tout de même ?

– Si nécessaire. En tout cas, on attend que Menahem pointe son nez.

– Et s'il a mis les voiles avec son grand frère, Farid Younis et le faux pompier ?

– Patience, ma fille. Patience. Il y a des sandwiches et des couvertures dans cette voiture. C'est un véhicule extraordinaire dans lequel, malgré les apparences, on dort très bien. Du moins en alternance. J'ai même un réveil dans la boîte à gants.

– *I don't believe it ! It's a fucking nightmare !* Tu aurais pu me dire qu'on allait dormir ici.

– Dois-je te rappeler que pour une fois c'est toi qui as voulu venir ? Et j'ignorais ce qui allait arriver. Et puis cesse un peu de nous abreuver de gros mots.

– Si tu m'avais prévenue, j'aurais pris ma brosse à dents électrique portative. Je ne supporte pas d'avoir les dents sales.

– Quoi ! Une bourlingueuse comme toi !

– *So what ?* Je me brosse les dents trois fois par jour.

– Va à la pharmacie et achète-toi une brosse.

– *No !* Je n'aime que les brosses à dents électriques.

– Tu es grognon parce que tu n'as pas assez dormi. C'est justement dans ces moments-là qu'on mesure la qualité des gens. Il faudrait toujours embarquer ses nouvelles recrues pour un bivouac en montagne avant de les engager définitivement.

– *What ?*

– Histoire de voir comment elles réagissent dans les difficultés.

– *What the fuck are you talking about ?* On est à Saint-Denis ! Et il n'y a que l'hygiène dentaire qui me gêne. Pour le reste, je peux manger des haricots pendant un mois, dormir à même la terre, marcher douze heures non-stop avec un sac à dos rempli de pierres et…

– On est à Saint-Denis et c'est Noël en novembre.

– *What ?*

– Qui vient de sortir du bloc 8 ? Qui porte des lunettes, un long manteau gris ? Alléluia ! C'est lui.

– *Menahem. Oh ! What the fuck !*

– Tu me portes chance, Ingrid Diesel. Tu m'inspires.

– Ça ne se voit pas. Tu passes ton temps à m'enguirlander.

– Appelle ça de l'affection bourrue, ma fille.

Au fil de la journée, l'enthousiasme d'Ingrid et de Lola s'effilocha. Elles suivirent Menahem au volant d'une mini Morris rouge et se retrouvèrent rue de la Liberté, devant l'université de Paris VIII. Le jeune homme en ressortit quelques heures plus tard et rentra chez lui pour y passer la nuit. Aucun visiteur correspondant au signalement de Farid, de Noah ou du pompier géant ne passa le porche de l'immeuble. Ingrid se résolut à aller s'acheter une brosse à dents primitive à la pharmacie du coin dont la croix verte clignotante froissait la nuit tombante.

31

Menahem ne se rendit pas à l'université. Il entraîna Ingrid et Lola dans son sillage pour de savants allers retours entre Paris et la banlieue. Tout à l'heure, vers deux heures du matin, le jeune homme avait volé une Opel grise à Courbevoie et était allé la garer avenue Franklin-Roosevelt dans le 8e. À présent, il était quatre heures moins dix, et la petite voiture rouge venait d'entrer dans Levallois-Perret. Lola suivait toujours avec une science consommée, maintenant la distance nécessaire entre la Twingo et la mini Morris. Ingrid trouvait son style épatant.

– Quand même, vous savez y faire, les flics !

– Cause toujours, cocotte.

– C'est sans ironie, Lola, j'admire.

– Moi, j'admire le fait que tu aies passé deux nuits dans cette voiture sans rechigner.

– Une nuit et demie. Je t'ai déjà expliqué que rien ne me gênait à part l'aspect bucco-dentaire.

Lola se gara sur un bateau.

– Qu'est-ce que tu fais ?

– Je me gare, eh, nunuche. Tu n'as pas vu qu'il s'arrêtait ?

– *No !* Tu crois qu'il va voler une nouvelle voiture ?

– Je ne pense pas qu'il va se gêner. Il ferme sa mini à clé. Et le voilà qui remonte la rue. Impeccable !

– Ça a l'air de t'amuser, Lola !

– Ça me rappelle le bon vieux temps. On s'arrache !

Lola redémarra. Devant elle, un 4 X 4 gris métallisé filait à vive allure. Ingrid goûta la conduite coulée tout le long du chemin qui les ramena jusqu'à Saint-Denis. Menahem ne bifurqua pas vers Paris et l'avenue Franklin-Roosevelt, ne rentra pas à la cité des Fleurs mais rejoignit un quartier tranquille de Saint-Denis, où survivaient quelques rares maisons individuelles. Il se gara rue de Quinsonnas et sonna à la porte d'un pavillon en meulière. Lola se dénicha vite un nouveau bateau.

La lampe surplombant la porte s'alluma. Un type immense vêtu de sombre vint ouvrir. Il avait le crâne rasé et portait un bouc vaguement méphistophélique. Il sourit à Menahem, dit quelques mots. Arriva un homme petit et aux cheveux noirs que Menahem embrassa. Le géant rentra dans le pavillon, laissant le petit homme et Menahem mener une brève conversation assez animée.

– Tu ne bouges pas, mais tu ouvres grand les yeux. Je reviens.

– Mais Lola, où vas-tu ?

– Interpréter le rôle de la brave dame qui rentre chez elle. Tout simplement.

Lola remonta le trottoir d'un pas assuré. La nuit était glaciale, elle releva son col et passa devant le pavillon. Elle eut le temps d'enregistrer une scène qui ne manquait pas d'intérêt. Menahem avait déposé des clés dans la main tendue du petit homme qui, au lieu de refermer sa main, resta dans la même position. Un ordre bref du nabot puis Menahem avait haussé les épaules et abandonné un autre jeu de clés dans la main immobile. Lola tourna dans la première rue pour faire le tour du pâté de maisons.

Quand elle rejoignit la Twingo, Ingrid expliqua qu'après le départ de Menahem le petit homme avait sorti une Volkswagen Beetle du pavillon pour la garer sur un emplacement réservé par un plot. Puis il avait disparu dans le garage au volant du 4 X 4.

– Menahem vient de lui donner deux clés, commenta Lola. La deuxième en se faisant prier. J'ai le sentiment que le puzzle prend forme. C'est toujours un moment assez jouissif.

– J'aurais cru que le moment le plus jouissif était celui de la dernière pièce.

– Non, la dernière pièce c'est plutôt postcoïtal comme ambiance.

– *Really ?* Je devrais peut-être m'y mettre.

– À ton avis, pourquoi un type vole-t-il deux voitures en l'espace de quelques heures, en gare une quelque part dans Paris, et livre l'autre à Saint-Denis ? Et tout ça à un gars qui a déjà une Volkswagen.

– Autre question : pourquoi Menahem donne-t-il une clé de contact puis se fait prier pour en donner une autre ?

– Buvons encore un peu de café, ma fille, ça va nous aider.

– La thermos est vide, Lola.

– J'en ai une autre.

– Bien sûr, j'aurais dû m'en douter.

– Deux clés, deux voitures, Ingrid. Menahem est venu livrer deux voitures au même bonhomme. Simplement, il y en a une garée avenue Franklin-Roosevelt. Le bonhomme est sûrement Noah. Il est le seul à avoir embrassé Menahem. L'autre, c'est forcément le géant décrit par Sébastien Hopel.

– Le faux pompier. Qui a embarqué Farid Younis emballé dans une couverture.

– Exact. Et si Farid Younis, Noah Machin et le faux pompier sont les braqueurs du bureau de change sur les Champs…

– Les deux voitures sont leur outil de travail.

– Un 4 X 4 pour défoncer une vitrine à la voiture bélier. Une Opel pour se tirer en vitesse. Ils agissent à l'aube quand Paris est encore tout engourdi. Et que les bureaux de change ont fait discrètement le plein en euros bien frais.

– Ce qui veut dire qu'il va y avoir un braquage avenue Franklin-Roosevelt, Lola.

– Excellent raisonnement, Ingrid. J'appelle Barthélemy.

– *Brilliant idea.*

– Il est où, Menahem ?

– Mon petit frère fait plus le chauffeur, *man.*

– C'est quoi cette embrouille ?

– *Yo !* Farid ! J'ai le respect pour toi, *man* ! Tu le sais. Mais Menahem, c'est mon sang.

– T'as les foies, Noah. C'est tout.

– *Man !*

– Les foies, je te dis.

– Sur ma mère ! Menahem, c'est le seul qui a une tête pour les études dans la famille. Pas question qu'il lui arrive une tuile.

– Avant, ça pouvait lui arriver mais pas cette fois ! Explique.

– Ce coup, je le sens pas, *man.*

– Première nouvelle.

– On a mégoté.

– Quoi ?

– Sur les repérages. D'habitude, tu prépares plus.

– Un bureau de change à cinq cent mètres de celui de la dernière fois, Noah. Quel flic imaginerait un coup pareil ?

– Je te parle des repérages, *man* !

– On défonce celui-là comme les autres. Personne ne bouge. Parce que tout le monde sait que le premier qui lève un doigt est mort. On se casse. Et c'est terminé. Il suffit de le vouloir, Noah. C'est une question de couilles.

Jean-Luc avait branché CNN et regardait le sport en écoutant Farid et Noah argumenter. C'était la première fois que Noah ne sentait pas un coup. C'était surtout la première fois qu'il s'opposait à une décision de Farid. Noah était différent de Farid sur un point. Noah avait le sens de la famille. Ce n'est pas lui qui aurait à moitié étranglé sa sœur, qui se serait arrêté juste à la limite, le moment où la figure devient bleue, le moment où l'autre happe l'air comme un poisson hors de son bocal. Farid était violent, d'une violence incroyable mais c'était comme ça. Jean-Luc avait choisi Farid. Tel qu'il était.

La mer, elle, le changerait. La mer avait changé bien des hommes. Et puis si elle ne pouvait pas changer Farid, alors rien ne le pourrait jamais. Mais ça valait le coup d'essayer. Ça valait le coup de foncer encore une fois droit dans le mur.

Jean-Luc l'avait retrouvée, cette peur. Intacte. Il avait pris les médicaments avant même de ressentir les symptômes. Son fichu ventre lui jouait quand même des tours de passe-passe mais ça allait. L'essentiel était de se concentrer, de visualiser Farid sur le pont de *L'Ange noir*, oubliant le passé.

Évidemment, sortir Menahem du jeu obligeait à faire de Noah le chauffeur puis le guetteur. Il faudrait braquer à deux, prendre un risque supplémentaire. D'un autre côté, Farid était tellement remonté depuis la mort de Vanessa, tellement plein de haine jusqu'au ras des yeux, qu'il en vaudrait au moins deux à lui seul dans le feu de l'action. De toute façon, on n'avait plus le choix. Noah avait ordonné à Menahem de garer l'Opel près du bureau de change de l'avenue Franklin-Roosevelt. Plus question que le môme suive le 4 X 4 comme la dernière fois.

Et puis Jean-Luc ne pouvait plus reculer. Farid et lui avaient passé un pacte. Ils faisaient le casse, Noah rentrait planquer le fric dans le pavillon. Pendant ce temps, Farid et lui se rendaient passage Brady pour buter le restaurateur. Jean-Luc se disait que c'était dommage. Il aurait bien aimé lire ce mec avant de le buter. Rien que le nom de son restaurant donnait envie d'en savoir plus. Un nom à rallonge : les *Belles de jour comme de nuit*. Qu'est-ce que ça pouvait bien vouloir dire ? Que ce gars-là aimait trop les filles, que son restaurant était un hommage à toutes celles qu'il avait connues ?

Patron de restaurant. Drôle d'idée, après les étincelles de la guerre et une vie de liberté, que de s'enterrer dans un business, de se coller des responsabilités, des soucis. Dans les ports, Jean-Luc en avait vu, des gars dans son genre. Des hommes aux gestes paisibles de ceux qui ont roulé leur bosse par gros temps. De ces types aux yeux délavés par les embruns. Ils sont potes avec la peur. Ils la respectent et elle le leur rend bien.

Ça n'allait pas être si facile que ça de tuer un type pote avec la peur.

– Poisse ! Barthélemy ne répond pas.

– J'imagine que ça lui arrive de dormir de temps en temps à ce veinard.

– Ne plaisante pas avec ça, ma fille. Barthélemy répond toujours au téléphone. Surtout quand c'est moi qui l'appelle.

– Il est peut-être en planque dans un endroit où une sonnerie peut tout faire rater.

– C'est bien ça qui m'inquiète.

– Appelle Grousset. Nain de jardin ou pas, c'est un flic. Or, notre but, c'est d'éviter un braquage.

– Non, notre but c'est de sauver Maxime. Ça l'a toujours été.

– Même si c'est Grousset qui y arrive en arrêtant le meurtrier de Vanessa, l'essentiel c'est tout de même que Maxime soit sauvé. Donc, on est d'accord. Appelle Grousset. *Call the fucking bastard now !*

Lola fixa Ingrid un certain temps. Celle-ci pencha légèrement la tête et sourit. Puis elle mima un personnage composant un numéro sur un clavier. Lola sortit une nouvelle fois son portable de sa poche et fit ce que le devoir et Ingrid Diesel attendaient d'elle.

– Un sort funeste s'acharne contre nous. Le Nain ne répond pas lui non plus.

– Grousset planque avec Barthélemy, tu crois ?

– Il y a des chances. Nous voilà bien, ma fille. Bon, assez ri, j'appelle le commissariat du 10e.

Lola déclina son identité d'ex-collègue au planton de service qui enregistra sa demande et assura qu'il allait transmettre à l'Antigang. Vingt minutes plus tard, le garage du pavillon en meulière s'ouvrait sur un 4 X 4 transportant trois hommes. Le géant était assis à la place du mort et portait un bonnet noir.

La grille finit par s'ouvrir. Un 4 X 4 sortit du pavillon avec à son bord le trio de braqueurs et il se sentit aussi prêt qu'on pouvait l'être. L'arrivée dans le paysage de Lola Jost et de sa comparse ne le gênait en rien. Il était à moto. Il laissa Lola Jost se glisser dans le sillage du 4 X 4, démarra et suivit à distance.

Trouver la maison n'avait pas présenté de difficultés particulières. Il n'y avait presque plus de pavillons en meulière à Saint-Denis. Les rues concernées se comptaient sur les doigts d'une main, et encore, celle de

Mickey Mouse. À partir de là, tout avait pris sens. Les nuages s'étaient dissipés. Rien à voir avec ces jeux de stratégie où les escadrons avancent dans le brouillard et ne dégagent le terrain qu'au fur et à mesure. Trouver la tanière de Farid Younis avait été l'affaire de quelques jours.

Un type qui vit en bourgeois dans son pavillon en meulière. Ledit pavillon était situé rue de Quinsonnas. Une maison douillette avec des volets blancs, des fenêtres hautes et étroites, ornées de géraniums et surmontées d'arcs décoratifs rouges et bleus. Un coquet muret de briques rouges. Une grille en fer forgé assortie. Merci Magdalena, alias Chloé Gardel. Merci de ta splendide naïveté. N'importe qui peut faire croire qu'il habite Tokyo en se donnant un peu de mal, tu sais.

Parce qu'il était le plus rapide, le plus fluide, il allait gagner. Il était né petit. Donc, léger. La force physique ne comptait pas face à la détermination et surtout face à la stratégie. Tous les moyens étaient bons, les fausses trappes, les chevaux de Troie, toutes les ruses. Si tu ne peux tuer ton ennemi de tes propres mains, utilise celles des autres.

Si, comme il le devinait, Farid Younis et ses sbires partaient pour un nouveau braquage, il n'avait qu'une chose à faire. Continuer de les suivre, composer le bon numéro au bon moment et attendre.

Pour la première fois de sa vie, Peter Pan avait l'intention de prévenir la police. Et il était certain que Farid Younis ne se laisserait pas arrêter par l'Antigang. Farid Younis choisirait la Mort. Celle qui l'attendait au coin de la rue depuis trois longues années. Une jolie fille, aux longs cheveux blonds, aux yeux bleus, à la peau pâle et glacée.

32

L'Opel grise était bien là où Menahem avait dit qu'elle se trouverait. En face d'une pizzeria. Noah se gara en parallèle, moteur au ralenti, descendit du 4 X 4, monta dans l'Opel, mit le contact. Jean-Luc prit le volant du 4 X 4 et Farid vint s'asseoir à ses côtés. Farid récupéra les deux kalachs. Ils attendirent que Noah démarre dans l'avenue Franklin-Roosevelt. Le bureau de change était une centaine de mètres plus haut, à côté d'un magasin de vêtements de luxe pour homme. Tout droit, s'ouvrait le rond-point des Champs-Élysées, parfaitement vide.

Jean-Luc jeta un coup d'œil dans le rétroviseur. La façade de Saint-Philippe-du-Roule éclairée, la même banderole que la dernière fois. Jésus est toujours là pour t'écouter, dommage que tu n'aies rien à lui dire, pensa-t-il soudain, alors que lui revenaient des images de la messe. L'encensoir qu'on balance, les hymnes qu'on chante à pleins poumons. Il chassa les images, se tourna vers Farid qui lui sourit. Ses yeux noirs électrisèrent Jean-Luc.

Un autre coup d'œil dans le rétro. Il y avait une voiture arrêtée au feu. Et une moto que son conducteur garait sur le trottoir. Jean-Luc attendit que le feu passe au vert. Trois jeunes dans une bagnole immatriculée 93. Ils dégagèrent vers le rond-point. Plus loin, Noah attendait devant le bureau de change, ses feux de position faisaient deux points rouges dans la nuit.

– On y va, Jean-Luc, ou quoi ?

– Il y a un motard dans une cabine téléphonique.

Ils attendirent encore un peu. Le motard sortit, monta sur son engin, démarra et disparut dans le rond-point.

– *Ciao* le motard, dit Farid. Démarre.

La voix impatiente heurta Jean-Luc. Mais Farid eut ce geste, ce geste qu'il avait avec Noah, ce geste dont Jean-

Luc rêvait. Farid déroula la cagoule de Jean-Luc sur son visage avant de faire de même pour lui. Il ajouta :

– On y va, mon frère.

Jean-Luc mit le contact, accéléra dans l'avenue. Le bureau de change à cinquante mètres, vingt mètres.

Une voiture arrivait droit devant. Plein gaz. Pleins phares. En sens unique.

– LES KEUFS !

Farid ramassa le kalach, lui tendit le sien. Ils tirèrent. Le fracas, le verre partout. Jean-Luc passa la marche arrière, accéléra. Farid dégagea le reste du pare-brise à la crosse, tira, tira, tira. Une braillée dans un mégaphone. Bruit, odeur de caoutchouc qui crame. Jean-Luc reculait vers l'église. La banderole était comme un putain de linceul. Et il visualisa le saint suaire. Le linge qui portait le visage du Christ. Il imagina son visage et celui de Farid pour toujours imprégnés dans le linceul vers lequel ils reculaient à fond les manettes. Il fallait se tailler par la rue La Boétie, échapper au suaire, partir vers la mer, tout de suite. Une autre voiture déboucha à pleine vitesse.

– KEUF À L'ARRIÈRE ! hurla Jean-Luc.

Farid tira. Le pare-brise arrière vola en éclats. Jean-Luc braqua, accéléra sous les rafales. Un grognement de Farid. Jean-Luc vit son corps partir vers la portière. Le 4 X 4 fila dans la vitrine d'une boulangerie qui explosa.

Du verre partout, du sang. Ce n'est pas le mien, pensa Jean-Luc. Il tendit la main vers Farid, inerte, toucha son épaule, toucha la laine de sa cagoule noire. Il l'arracha en criant son nom. Et crut s'évanouir dans le visage de Farid Younis.

Mon frère est mort. Mon ange. On nous a vendus.

La peur avait quitté Jean-Luc. Un keuf bramait dans un mégaphone. Vrillaient les gyrophares. Jean-Luc saisit le kalachnikov, s'extirpa du 4 X 4, recula vers la boulangerie en vidant son chargeur. Les balles sifflaient autour de lui. Il déverrouilla une porte, flanqua son poing dans la gueule d'un boulanger, déboula dans un couloir d'immeuble. Une cage d'escalier, une fenêtre, il la brisa avec la crosse de son fusil, sauta dans une cour. Un jardin intérieur, des palmiers rabougris. Les sirènes des flics hurlaient. Un immeuble. Un immeuble de verre éclairé, transparent. Des bureaux les uns au-dessus des autres. Jean-Luc entra par une fenêtre du rez-de-chaussée. Une sirène se déclencha, en compétition avec celles des keufs.

Des dizaines d'écrans, d'ordinateurs, des milliers de papiers. Un bordel de cadres. Une banque peut-être. Jean-Luc traversa au pas de course, déverrouilla une fenêtre et sauta. Il courut dans la rue du Faubourg-Saint-Honoré. Bientôt les flics allaient quadriller le quartier. Une forme allongée sur le trottoir. Un clodo qui dort sur une bouche d'aération. Jean-Luc frappa le tas endormi, frappa, frappa à coups de crosse. Puis s'allongea le long de l'homme mort et attendit. Que le quartier se vide de ses flics, que la foule se presse sur le chemin du métro, qu'il puisse se fondre en elle et aller exercer sa vengeance. Car il savait qui lui avait tué son ange.

Sous la couverture puante, yeux clos, Jean-Luc se concentra. Pour voir qui il était vraiment. La créature qui dormait en lui depuis des années venait de se réveiller et déployait sa puissance. Il se concentra aussi fort qu'il put, yeux fermés, cœur fermé, oubliant le cadavre contre lui, refusant de lui attribuer une identité. Et bientôt, il se vit.

Un loup-garou magnifique, aux yeux jaunes.

33

Khadidja était assise sur une chaise de cuisine et pleurait. Penchée au-dessus d'elle, Chloé lui caressait les cheveux. Lola Jost fumait une cigarette adossée à l'évier et Ingrid Diesel regardait Khadidja Younis avec commisération. Elle repensait à la mort du grand costaud dans une rue de Chicago. Le grand costaud était le frère de Sharon Dougherty. Et Sharon Dougherty était la meilleure amie d'Ingrid adolescente. Ingrid n'avait jamais oublié les rivières pleurées par Sharon. C'était peut-être cette mort qui avait déclenché l'envie de soulager les autres. Elle n'avait ni le goût de la médecine, ni celui de la psychanalyse. Elle avait décidé qu'elle serait masseuse. Qu'elle cajolerait les gens pour leur faire oublier leurs tristesses, leurs soucis, leur stress. Elle était allée aux quatre coins du monde recueillir les recettes ancestrales du soulagement. Et aujourd'hui elle était là, dans une cuisine, girafe aux bras ballants devant une fille qui pleurait son frère. Son frère qui n'avait pas été un ange. Mais tout de même. Un frère était un frère, surtout un jumeau. Du moins c'est ce que supposait Ingrid qui était fille unique.

La petite Chloé ne pleurait pas, elle. Pour tout dire, elle avait même eu l'air soulagé, le premier choc passé, lorsque Lola avait annoncé la nouvelle. Farid Younis, abattu par l'Antigang dans le 8e arrondissement, alors qu'il tentait de braquer un bureau de change. On avait arrêté Noah Zakri, son complice. Restait Jean-Luc Cachart. L'homme qui se trouvait au volant du 4 X 4 avec Farid. Il avait pris la fuite.

C'est Khadidja qui leur avait ouvert la porte. Pendant que Lola lui apprenait la nouvelle, on entendait Chloé jouer du violoncelle. Ingrid s'était dit qu'elle jouait bien. Cette boulotte timide, qui n'avait l'air de rien, était bonne musicienne. Au bout d'un moment, la musique s'était arrêtée et Chloé était apparue sur le seuil de la cuisine, son instrument et son archet à la main. Elle avait écouté Lola répéter son histoire sans réagir. À croire qu'après le meurtre de Vanessa Ringer, rien de plus terrible ne pouvait lui être annoncé. Hormis la mort de Khadidja, bien sûr. Parce qu'Ingrid notait chez les deux filles une solidarité à toute épreuve. Lola était d'accord là-dessus. Elle qui parlait même de complicité avec toute l'ambiguïté que contenait ce mot. Ah ! subtilité de la langue française.

Ingrid commençait à connaître sa Lola. L'ex-commissaire allait monter en puissance et profiter de l'état momentané de faiblesse de Khadidja Younis pour aller de l'avant, dynamiter la porte à secrets des filles. *Once a cop, a cop forever*. D'autant qu'on n'avait pas sa journée devant soi. Grousset ne tarderait pas. Il interrogerait Khadidja Younis et sa colocataire au sujet de la mort d'un frère braqueur. La nouvelle ouvrirait des horizons au petit commissaire, lui ferait comprendre qu'il y avait d'autres profils à étudier que celui de Maxime. En attendant, Lola n'avait pas l'intention de lâcher le morceau. À Saint-Denis, on avait fait des pas de géant. Pas question que tout ralentisse passage du Désir.

– Ingrid et moi avons trouvé beaucoup d'argent caché dans une couette chez Maxime. Il faut que tu parles, Khadidja. Il est temps, ma fille.

Hélas, la sonnerie de l'entrée s'en mêla.

– Ah, poisse ! C'est sûrement Grousset, dit Lola. Je te garantis qu'avec lui ce sera moins drôle, Khadidja. Pourquoi ne fais-tu pas un effort ? Au point où tu en es.

– Je vais ouvrir, dit Chloé en sortant de la cuisine.

•

– Police !

Chloé s'attendait tellement à la voix de Grousset que son cerveau essayait de superposer ce qu'elle venait d'entendre à ses souvenirs du timbre du petit flic fumeur de pipe. En même temps, tout au fond d'elle, son ouïe de musicienne refusait de gâcher la perfection du scénario qui s'offrait : la mort de Farid Younis et le soulagement qu'elle apportait. Jusqu'à cette matinée, Chloé n'avait jamais envisagé à quel point sa disparition nettoyait l'horizon. Et ce, malgré le chagrin de Khadidja. La seule ombre au tableau.

Elle ouvrit la porte d'un geste assuré et la stupéfaction la pétrifia deux secondes, suffisantes pour que Jean-Luc et son fusil pénètrent dans l'appartement. Son regard était glacial, fou. Il posa son doigt sur sa bouche et fit signe à Chloé de reculer. Elle ne bougea que d'un pas : il va tuer tout le monde… il va tuer Khadidja… alors autant mourir tout de suite… ça lui donnera le temps de se sauver… peut-être. Mais Jean-Luc la força à partir vers la cuisine, et referma sans bruit la porte derrière lui. Chloé entendit une petite voix au fond de sa tête : *Bizarre, j'aurais cru qu'il allait tirer.*

Toutes les femmes tournèrent la tête vers le géant qui pointait son fusil sur Khadidja.

– TU NOUS AS DONNÉS AUX KEUFS, SALOPE !

– Si tu savais comme j'en ai ma claque de votre violence, Jean-Luc. Braquer, frapper, tuer : il n'y a que ça que vous savez faire. Et toi, espèce de grand couillon, tu n'as pas imaginé que je pouvais être différente.

– Tu as menacé Farid devant moi parce qu'il avait décidé de tuer ton mec. Tu as voulu sauver sa peau. Aie le courage de le dire. JE VEUX QUE TU LE DISES !

– Ce n'est pas Khadidja qui a donné son frère.

Chloé vit les traits de Jean-Luc se figer puis il se tourna vers madame Lola. Elle était très calme, les deux mains reposant sur le bord de l'évier. Chloé ressentit une bouffée d'admiration pour cette femme obstinée qui ne cherchait que la vérité et n'avait pas peur de se tenir debout. Quant à Ingrid Diesel, elle avait la classe elle aussi. Imperturbable, elle matait le fou comme si elle essayait de lui lire la cervelle aux rayons X.

– T'es qui, toi, la grosse ?

– Une voisine.

– Tu n'aurais pas dû te mêler des affaires de tes voisins.

– Qu'est-ce que tu as l'intention de faire ? Nous buter toutes ?

– Tu sais que tu me chauffes, le mammouth ?

Chloé scrutait la cuisine à la recherche d'un couteau, d'un objet quelconque qui les sauverait. Elles n'étaient que des femmes. Et madame Lola n'avait plus d'arme puisqu'elle avait quitté la police. En même temps, elle se disait : c'est foutu. Un fou vous menace avec un fusil. Il n'y a rien à faire. Dans cette cuisine, à portée de main d'Ingrid Diesel, la plus proche de la gazinière, il n'y avait qu'une cocotte-minute contenant une jardinière de légumes aux petits lardons.

– Vous débarquez comme un forcené, vous nous braquez et vous voudriez en plus qu'on la boucle !

C'était Ingrid Diesel qui avait parlé. Elles essayaient de gagner du temps. On ne pouvait pas dire qu'elles avaient moins peur, mais elles contrôlaient leur trouille, évitaient de la transformer en panique. Mine de rien, elles le travaillaient en duo.

– Ta gueule, toi, la grande bringue !

Chloé reprenait espoir. Après tout, si Jean-Luc avait voulu tuer Khadidja, il l'aurait déjà fait. Sans poser de questions. Là, il était simplement malade de douleur parce qu'il avait perdu son pote. Il avait été gentil avec elle ces derniers jours. Il lui avait même proposé d'embarquer sur son bateau.

– C'est pas Khadidja, osa-t-elle. Jamais elle n'aurait donné son frère à la police.

– C'est pas toi que je veux entendre, le boudin. C'est ta salope de copine.

Chloé encaissa le coup. Jean-Luc était loin. On ne pouvait plus l'atteindre. Fini le politique idéaliste, fini le navigateur au long cours. Le géant n'était plus qu'un tueur, et dans le fond c'était peut-être bien lui qui avait massacré Vanessa. Elle sentit la peur l'agripper à la gorge.

– Eh bien, si tu es persuadé que c'est moi, si ça t'arrange tant que ça, descends-moi et on n'en parle plus, espèce de taré.

La voix de Khadidja était blanche. Elle parlait avec ce qui lui restait d'énergie. Elle n'avait plus de larmes, tout était parti pour Farid. Chloé avait la sensation que son œsophage, ses poumons, son estomac rétrécissaient. Elle pensait aux pilules du Dr Léger. Elle sentait l'angoisse monter…

Jean-Luc fit un truc étrange. Il fonça sur Khadidja, crosse en avant et en hurlant. Touchée à l'épaule droite, Khadidja s'écroula.

– IL N'A PLUS DE MUNITIONS ! cria Lola. ON LE SAUTE, INGRID !

La crosse en l'air, il allait encore frapper ! Chloé saisit son violoncelle et fonça, pique d'acier en avant. Quand elle lui perfora le rein gauche, Jean-Luc poussa un hurlement de forcené. Ingrid Diesel en profita pour le terminer à la cocotte-minute.

Le lieutenant Barthélemy buvait du petit-lait. Non seulement, Lola Jost avait empêché le braquage d'un bureau de change en donnant l'alerte mais elle avait en plus permis l'arrestation de Jean-Luc Cachart, le seul braqueur à avoir échappé au coup de filet de l'Antigang. Le Nain de jardin avait pris possession du colis, solidement ficelé. Le dénommé Cachart, venu imprudemment régler ses comptes avec Khadidja Younis, était tombé sur la patronne en personne. Ça lui avait été fatal. Le gaillard s'était offert une commotion cérébrale à coups de cocotte-minute et une perforation rénale à coups d'archet de violoncelle et soignait tout ça à l'hôpital.

Il n'y en avait pas deux comme Lola Jost, capable de sortir avec une telle magnificence des situations les plus grotesques. Cette femme était une bénédiction de tous les instants, en même temps qu'une calamité pour ses ennemis. Lola Jost était la Némésis de Jean-Pascal Grousset et ce serait ainsi jusqu'à la nuit des temps.

Avec une classe époustouflante, la patronne avait livré les informations en sa possession au Nain de jardin. Se situant désormais au-dessus de la mêlée, elle avait, telle une aristocrate de l'investigation, fait don du fruit de ses recherches à l'homme qu'elle méprisait le plus. Grousset était officiellement en charge de l'affaire Ringer et Lola tenait à démontrer qu'elle respectait la Loi. Sa seule maîtresse après son libre arbitre. Ah c'était beau. C'était si beau qu'on avait envie de grimper aux rideaux, de sortir les cotillons et les langues de belle-mère, de souffler dans des flûtiaux, de lancer des pétales de roses en dansant, de faire pipi dans des képis.

Le bilan s'annonçait prometteur et dissipait les nuages autour de Maxime Duchamp, le bienheureux protégé de la patronne. Il en avait de la chance, celui-là ! Le Nain avait renoncé à le remettre en garde à vue. Désormais, on se focalisait sur Cachart et Zakri, les complices de Farid Younis. Ce braqueur qui avait été le petit ami de Vanessa Ringer, avant qu'elle lui donne son congé, effrayée par sa violence. Younis n'avait jamais admis cette rupture, il avait conservé une clé de l'appartement du passage du Désir. Grousset comptait sur Cachart et Zakri pour découvrir les circonstances exactes de la mort de Vanessa Ringer. Pour l'instant, Jean-Luc Cachart se taisait. L'air hagard, dans son lit blanc, les questions glissaient sur lui. Avait-il disjoncté pour de bon, sonné par le duo de walkyries que formaient la patronne et cette sacrée Ingrid Diesel ?

Restait Noah Zakri. Celui-là, c'était une autre histoire. Un type avec un assez joli casier judiciaire. Il avait lié connaissance avec Jean-Luc Cachart à Fleury. Et présenté Cachart à son meilleur ami, le sieur Farid Younis. Younis et Zakri s'étaient rencontrés cité des Fleurs à Saint-Denis. Où Younis avait débarqué le jour où il avait décidé de laisser derrière lui ses géniteurs et la rue de l'Aqueduc dans le 10e. À peu près trois ans auparavant.

Le seul bémol, c'est que la patronne semblait goûter pour de bon les joies de la retraite. Barthélemy devait l'admettre : il y avait très peu de chances qu'elle réinvestisse son bureau de la rue Louis-Blanc. Évidemment, les circonstances avaient démontré que rien n'était définitif. Dans la vie, il y avait peu de situations où toutes les portes se fermaient à double tour. Celle de Lola Jost restait ouverte. Le lieutenant pourrait la tenir au courant des affaires à la barbe du Nain, lui demander un coup de patte en cas de besoin. La patronne aimait son métier. Barthélemy et elle auraient encore des occasions de se rencontrer. D'ailleurs, à ce sujet, le lieutenant se disait qu'il mourait d'envie d'aller lui demander son avis. À propos d'un détail qui le chiffonnait.

34

Ingrid et Lola étaient installées au fond de la salle, à leur place habituelle. Elles venaient de déguster deux plats du jour. Lola avait arrosé le sien d'un bergerac. Ingrid avait fait honneur à la potée mais chipoté sur le rouge. Les *Belles* faisaient le plein. Le restaurant avait retrouvé ses habitués et déniché quelques touristes anglais ravis et un peu hébétés par le dynamitage de leurs papilles gustatives. Maxime était en cuisine, Chloé et Catherine, la nouvelle serveuse, une solide gaillarde de trente printemps, faisaient de leur mieux pour répondre à la demande.

– Je ne voudrais pas être à la place du Nain de jardin. Moi, ce que j'aime, c'est l'enquête sur le terrain. Avoir la truffe au sol, suivre la piste, fondre sur le gibier au bon moment. Le sport, quoi.

– Oui, je m'en suis aperçue, dit Ingrid avec un léger sourire.

– Mais pour autant, on ne peut pas se contenter du terrain et déléguer. L'un ne va pas sans l'autre. Tu me suis ?

– Oui, parfaitement.

Depuis quelques jours, Lola trouvait à Ingrid l'air idiot. Était-ce la décompression ? Le retour du prosaïque ? Quelle qu'en soit la raison, Ingrid Diesel semblait absente et ne répondait que par de brèves formules aux questions qu'on avait la bonté de lui poser. C'était étrange.

– Je ne suis pas loin de voir l'interrogatoire comme une science, continua courageusement Lola. Certains flics ont le don de faire causer le client. D'autres sont plus laborieux. En tout cas, il m'arrivait souvent, face à un malfrat, d'avoir plus envie de coller des baffes que de poser des questions. Tu vois, mon point ?

– Oui, oui. Je crois que je vois.

– Depuis que nous avons fait émerger Farid Younis, tout a pris une autre tournure dans l'affaire Ringer. Maxime a échappé à Grousset, qui s'est rendu compte qu'avec Jean-Luc Cachart et Noah Zakri il tenait des clients autrement sérieux. Restent Chloé et Khadidja. À l'évidence, ces mômes font dans la dissimulation. Pas plus tard qu'hier, au cœur de la nuit, alors que tu semais le trouble au *Calypso*, moi je questionnais Khadidja chez elle. Une vraie tombe.

– Vraiment ?

– Comme je te le dis. On aurait pu imaginer qu'après avoir été sauvée par la cavalerie – en l'occurrence Lola Jost et Ingrid Diesel – elle nous ferait la grâce de quelques révélations. Penses-tu ! Rien. *Nada.*

– Embêtant.

Lola considéra Ingrid un long moment. Ce regard béat, ce manque de nerfs, cette langueur. Elle but une nouvelle gorgée de vin :

– Tu as la grippe, ma fille ?

– Non. Ce matin, avant notre rendez-vous aux *Belles*, je suis allée faire une grande marche dans Paris. Tout baignait dans une magnifique lumière hivernale.

– Nous sommes encore en automne, Ingrid.

– L'hiver est en avance. À un moment donné, le soleil était une boule orange posée sur la cime des arbres à l'écorce cendrée, les balcons haussmanniens irradiaient cet or en fusion. Les passants marchaient vite, il y avait beaucoup moins de monde que d'habitude dans les rues. Moi, j'ai filé jusqu'au parc Monceau puis je suis rentrée vers le faubourg Saint-Denis. Je savais qu'après cette virée j'allais le retrouver, inchangé. Maxime le consciencieux. Concentré, quoi qu'il arrive. Je me suis assise dans sa cuisine et nous avons parlé. Eh bien crois-moi, Lola, le bonheur c'est ça. C'est un moment comme celui-là.

– C'est le plaisir de mater Maxime à ses fourneaux qui fait de toi ce grand concombre ectoplasmique ?

– Ce matin, j'ai vécu un moment d'une parfaite beauté.

– Écoute, Ingrid…

– *Go on.*

– Tu t'es construit un monde dans lequel tu déambules de ton pas athlétique et élégant. Chaque jour, tu fais ta petite promenade en souriant béatement aux anges. Tu veux que je te dise ce que tu fais en réalité, ma fille ?

– Que je le veuille ou pas, tu vas me le dire.

– Tu rêves ta vie, au lieu de la vivre. Si ce n'était pas Maxime, ça en serait un autre. Et je trouve que c'est un sacré gâchis.

– Rêver est un droit. Ton Brillat-Savarin disait que le vin est la nourriture de l'âme. C'est apparemment ce que tu penses, vu ta descente. Moi, c'est le rêve.

– Oh, tu me fatigues, tiens ! Et après ça, tu vas me parler de ta trouille de la révolution cybernétique. Mais vis donc le présent. Demain, il sera mort. Et nous aussi. Tiens, je bois à nos corps de primates.

– Tu as un côté mégère.

– Et toi un côté mijaurée. C'est un magnifique contraste. J'ai une proposition à te faire.

– M'engueuler en mangeant le dessert ?

– Pas du tout. Je n'aime pas les desserts. Tu devrais le savoir.

– *So what ?*

– On va chez toi et tu me fais le massage promis depuis des lustres. Puisque tu ne veux pas t'occuper de ton corps sérieusement, occupe-toi du mien.

– On ne fait pas de massage après un repas pantagruélique.

– Ce n'était pas un repas pantagruélique. C'était un repas normal et mérité. Allons faire une pantagruélique promenade digestive. Retournons admirer à deux ton Paris de carte postale pour vérifier s'il existe vraiment. Ensuite, on va chez toi, et tu me masses.

– *You really are a bitch, you know that ?*

Elle n'était vêtue que d'une serviette éponge et laissait Ingrid prendre la chose en main. On avait enfin le temps de s'accorder le massage tant attendu. Le repos de la guerrière. Mais ça valait le coup d'attendre ! Ah, nom d'un petit bonhomme, que les empoignades d'Ingrid faisaient du bien ! Et vas-y que je te malaxe les épaules, et vas-y que je te pilonne les vertèbres une à une, et que je te fouette la graisse, le sang, la lymphe, que je te dynamise la carcasse, que je te suffoque la pâte à modeler, que je te disloque pour mieux te reconstituer. Ouh, quelle merveille ! Le massage devrait être une matière obligatoire à l'école. Il jouerait le rôle de l'épouillage chez les chimpanzés, une fonction de ciment social. On se ferait tous tellement de bien qu'on aurait beaucoup moins envie de se faire du mal. Ah, quel cadeau des dieux, ah, quelle victoire sur la grisaille, la morosité, le train-train.

Diesel massait comme elle exécutait un strip-tease : avec dévotion.

On sonna à la porte.

– Bouge pas ! Je vais ouvrir, dit Ingrid.

– Aucune chance de te débarrasser de moi. Tu as un autre client ?

– *No.*

Ingrid revint avec une information : le lieutenant Barthélemy était là. Il venait de s'asseoir sur le canapé rose. Il feuilletait un magazine féminin.

– La barbe ! Tu me termines d'abord.

– Mais il y en a pour une bonne demi-heure, Lola.

– Barthélemy attendra. Aujourd'hui, je suis la reine de Saba.

Barthélemy attendit. C'est une Lola fraîche et rose, emballée dans un peignoir taille XXL qui s'assit face à lui dans la salle d'attente psychédélique d'Ingrid Diesel.

– Alors, c'est à quel sujet, mon garçon ? Le Nain de jardin fait encore son vilain ?

– Pensez-vous, patronne ! Depuis que vous lui avez livré les deux braqueurs sur un plateau, c'est le nirvana du Nain. Il plane sur son petit nuage et nous fout une paix royale. Non, c'est autre chose qui me chiffonne. Un détail, mais…

– Déballe ta marchandise, mon garçon. Telle que tu me vois, je suis extrêmement détendue. J'ai l'intention de le rester encore un peu. Ne joue pas avec mon impatience. Elle dort en boule, au coin du feu, et elle aime ça.

– Patronne, vous vous souvenez du jour où vous avez alerté le planton du 10e, qui à son tour a prévenu les ténors de l'Antigang ?

– Comme si c'était hier.

– Eh bien, l'Antigang a reçu un autre appel. Peu de temps après le vôtre. Juste avant la tentative de braquage. Un témoin qui n'a pas laissé son nom. Une voix d'homme, jeune.

Lola se figea. Diesel et Barthélemy la fixèrent.

– Carambouillasse ! finit-elle par articuler.

– Quoi ?

– *What ?*

– Ça ne peut pas être un témoin qui était là par hasard et qui a fait son devoir en prévenant la police qu'un braquage se préparait. Comme tu l'as dit, ça n'a été qu'une *tentative.*

– Eh oui, puisque les braqueurs ont été cueillis à la racine, dit Barthélemy.

– Un homme jeune, tu es sûr de toi ?

– Certain. J'ai fait répéter vingt fois son histoire au planton. Il en devenait gaga, le pauvre.

– Il faut qu'on se fasse une tempête sous le crâne, là, maintenant, tout de suite.

– Tu ne peux pas dire *brainstorming* comme tout le monde, Ingrid ?

– Je croyais que vous n'aimiez pas le franglais en France.

– Les autres, je ne sais pas, mais moi je m'en fous. Ce n'est pas la restriction qui la sauvera, notre langue. C'est en la faisant vivre. C'est comme pour une enquête : si tu penses petit, tu as toutes les chances de te planter. Il faut laisser les choses venir à toi, la vague t'emporter, la pente te faire glisser. Allez, les gars, pensons large.

– Bon d'accord, dit Barthélemy avec un grand sourire. Tout laisse à penser que vous n'étiez pas les seules à avoir repéré la planque des trois braqueurs.

– Tout laisse à penser que Jean-Luc Cachart voyait juste en affirmant que Farid Younis avait été donné, continua Lola. La nuance, importante, c'est que jusqu'à présent Ingrid et moi étions persuadées d'être ces vilaines donneuses. N'est-ce pas, Ingrid ?

– Tout juste, Lola. Et si c'était Menahem ?

– C'est qui, celui-là ?

– Le jeune frère de Noah, répondit Lola. Il leur servait de pourvoyeur de voitures et de chauffeur. Non, je ne vois pas l'intérêt qu'aurait eu Menahem à donner son frère. Un frère qui finance ses études. Des études qui intéressent Menahem puisqu'il assiste régulièrement aux cours. Non, non. Allez, un effort.

– C'est un peu difficile, parce que deux noms s'obstinent à nous titiller. Un : Maxime Duchamp. Il avait tout intérêt à supprimer Farid avant qu'il ne s'occupe de lui. Deux : Khadidja Younis. Elle devait choisir entre son frère et son amant.

– Si je dis « pensons large » c'est pour éviter ce genre de facilités, mon garçon, répliqua Lola d'un ton impérieux. Ouvre ton esprit au grand tout.

Un certain temps passa pendant lequel le lieutenant Barthélemy et Ingrid Diesel firent le bilan au profit d'une Lola Jost au faciès neutre qui se contentait d'écouter, hochant la tête de temps à autre, n'offrant que quelques vagues « pourquoi pas », « intéressant », « pas mal ». Elle évoquait un moine taoïste ventripotent et imprévisible, installée bien droite sur le canapé orange. Au bout d'un moment, le lieutenant Barthélemy dit qu'il rentrait au ciat, le Nain devait s'impatienter.

Ingrid le raccompagna et revint s'asseoir face à Lola.

– J'ai bien cru qu'il ne décollerait jamais d'ici.

– Tout ce cinéma, c'était pour qu'il s'en aille ?

– En effet. Barthélemy a vite mal à la tête quand il s'agit de réfléchir dans le vague. C'est un concret. Je savais que je l'aurais à l'usure.

– Et pourquoi l'évacuer du paysage ?

– Pour recevoir tranquillement notre visiteur.

– Quel visiteur ?

– Hier, j'ai reçu un coup de fil de Guillaume Fogel. Il sera là dans quelques minutes.

– C'est bizarre, Lola, cette impression que mon appartement est devenu ton bureau.

Guillaume Fogel hésita un moment entre le rose et l'orange. Puis il choisit le canapé rose, sans doute pour faire face à Lola Jost qu'il pressentait représentante de l'autorité dans le duo improbable qu'elle formait avec Ingrid Diesel.

– Constantin est rentré dans son pays. Avant son départ, il a tenu à me parler. Il m'a confié que Vanessa avait plus qu'un journal intime à qui confier ses problèmes. Elle avait un ami, qui lui avait conseillé de commencer ce fameux journal.

– Une histoire de chaînon manquant. Le gamin avait juste oublié un gros détail.

– Il n'avait pas oublié. Constantin dit qu'il ne voit pas pourquoi cet ami aurait fait du mal à Vanessa. Mais comme la police n'a toujours pas trouvé le coupable, il a tenu à rapporter absolument tout ce qu'il savait. Pour partir en beauté. Pour ne pas avoir de remords.

– Et vous croyez vraiment que les enfants voient la vie d'une manière si compliquée, Fogel ?

– Pardon ?

– Je vais vous donner la bonne version : Constantin vous a parlé, dès le début, du journal et de l'ami. Mais vous nous avez servi une traduction édulcorée. Vous avez omis l'ami. Peut-être parce que vous répugnez à jouer les indicateurs. C'est sans doute plus fort que vous. J'ai bien vu qu'on vous extirpait votre coopération. Enfin, dernière chose, s'il n'avait été question que de Constantin, vous m'auriez dit tout ça par téléphone. Vous êtes venu jusqu'ici parce que vous vous sentiez péteux d'avoir bidouillé le témoignage d'un gamin. Qu'en pensez-vous ?

– Vous êtes une femme redoutable, madame Jost.

– Pas vraiment. Mais je suis momentanément nécessaire puisque vous êtes venu quérir mon absolution. Eh bien, je vous l'accorde. De toute façon, je n'ai jamais connu d'enquête où tout affluait dans une progression constante vers la vérité. On avance d'un pas, on recule de deux. Les gens parlent, les gens se taisent, les gens se mélangent les souvenirs, les gens mentent. Non, je ne suis pas une femme redoutable, Fogel. Lucide peut-être.

Le jeune directeur ne s'attarda pas. À peine avait-il vidé les lieux que Lola se rhabillait en vitesse et demandait à Ingrid d'enfiler son blouson d'as de l'aviation et son étrange bonnet. Quelque peu sonnée par toutes ces discussions et manipulations, l'Américaine s'exécuta et sortit sur les pas de Lola sans même s'enquérir de leur destination.

35

Elles étaient assises côte à côte dans un couloir, attendant que s'ouvre la porte sur laquelle était inscrit : *Alain Mirepoix, conseiller principal d'éducation.* On entendait la voix d'un homme qui passait un savon à quelqu'un qui passait un mauvais quart d'heure.

– Tu vois, Ingrid, on ne dit plus surveillant général maintenant. Ça faisait trop flic sans doute.

– Oui, j'ai noté qu'en France, vous commenciez à avoir sérieusement peur des mots.

La porte s'ouvrit sur un grand brun sévère et une ado en pétard. L'homme attendit que l'élève réintègre une classe puis son regard vif se posa sur le duo.

– Mesdames, vous aviez rendez-vous ?

– Non, monsieur Mirepoix, mais ce sera très bref, dit Lola en se levant, déployant en même temps que sa masse toute l'autorité dont elle était capable.

Lola Jost, conseillère principale en pieds dans le plat, pensa Ingrid en entrant sans y être invitée. Elle alla s'asseoir sur l'une des chaises qui faisaient face au bureau et lorsque Mirepoix s'installa, c'est un sourire naïf qu'elle échangea contre son air courroucé.

Le conseiller reprit vite contenance. Il fallut quelque temps avant d'éliminer un quiproquo : Ingrid et Lola n'étaient pas parents d'élèves. Quand Lola expliqua qu'elle souhaitait se renseigner sur trois anciennes élèves dans le cadre du meurtre de Vanessa Ringer, Mirepoix faillit s'étrangler. Ingrid comprit que Lola allait mentir. D'ailleurs celle-ci sortit prestissimo sa carte de police de son imper, et obtint un franc succès. Le conseiller Mirepoix connaissait la commissaire Jost de réputation. L'interrogatoire glissa sur du velours.

Mirepoix se souvenait bien des trois filles pour les avoir reçues fréquemment dans son bureau. Leur trio d'inséparables était aussi un trio de mauvaises élèves. Vanessa, Chloé et Khadidja se tenaient plutôt tranquilles, collectionnaient les notes tout juste moyennes et participaient à peine à la vie de la classe. Il parla de déclin. Assez bonnes au collège, surtout Vanessa Ringer dont les capacités se situaient au-delà de la moyenne, à l'entrée en première, tout avait périclité. Les notes baissaient tandis que les trois filles semblaient se désintéresser de l'école et de leur avenir. Elles produisaient le minimum. Les parents démissionnèrent. Les professeurs se lassèrent.

– Chloé et Vanessa ont raté le bac en beauté. Khadidja a quitté le lycée avant l'examen.

– Et son frère, Farid Younis ?

– Une catastrophe, commissaire. Viré par le conseil de discipline dès la troisième. Non seulement Younis ne travaillait pas mais en plus il était agressif. Un élément incontrôlable.

– Il sortait avec Vanessa Ringer, je crois.

– Oui, et j'avais d'ailleurs mis Vanessa en garde contre les mauvaises fréquentations.

– Comment a-t-elle réagi ?

– Elle s'est contentée d'un regard provocant.

– Provocante, Vanessa ? Mais tout le monde nous l'a dépeinte en fille que les hommes laissaient froide.

– Vous plaisantez ? Vanessa Ringer avait la réputation d'être une allumeuse. C'était sans doute l'une des plus jolies filles du lycée, et elle le savait. Je voyais bien autour de moi comment les gamins se comportaient en sa présence. Elle adorait être le centre d'attraction. Je lui ai vite fait comprendre qu'avec moi, les œillades ne marchaient pas.

– À part Farid Younis et les deux filles, fréquentait-elle d'autres personnes ?

– D'autres élèves, non, je vous l'ai dit…

– Des professeurs alors ?

– Non, pas du tout.

– Monsieur Mirepoix, je vous sens moins réceptif tout à coup.

– Mais non, madame, je suis à votre disposition.

– Je vous en prie, répondez franchement. L'enquête piétine et si ça continue, le dossier Ringer ira grossir la pile des crimes impunis. Ce serait injuste : une fille de vingt ans, qui travaillait dans le social…

– Oui, j'ai lu qu'elle avait trouvé un emploi au centre d'accueil de la rue des Récollets. Tant de dévouement, ça m'a étonné de sa part…

– Revenons à vos souvenirs.

– C'est une vieille histoire, et je ne vois pas bien quel rapport elle peut avoir avec ce qui vous occupe aujourd'hui.

– Dites toujours.

– Nous avions un jeune surveillant. Grégoire Marsan. Je le voyais très souvent discuter avec Vanessa. Trop souvent. Je lui ai rappelé qu'un pion devait dresser une barrière stricte entre lui et les élèves. Tout est rentré dans l'ordre.

– C'est-à-dire ?

– Marsan a repris des relations normales avec Ringer. J'ai pour principe de ne jamais laisser un problème en suspens.

– Où habite-t-il, ce Grégoire Marsan ?

– Il est mort, malheureusement. On a repêché son corps dans le canal. Visiblement il a été agressé puis poussé à l'eau. Pendant les vacances d'été. Il y a trois ans, je crois.

Lola mit quelques secondes à digérer l'information et demanda si le déclin scolaire des trois filles datait de cette période. Mirepoix réfléchit et déclara :

– À peu près. Mais j'ai toujours pensé que c'était une coïncidence, ou la goutte qui faisait déborder le vase, si vous préférez.

– Une grosse goutte, lâcha Ingrid malgré le regard ombrageux de Lola.

– Le fond de l'histoire, c'est que Vanessa, Khadidja et Chloé avaient chacune des problèmes familiaux. J'ai d'ailleurs reçu les parents – du moins ceux qui ont bien voulu se déplacer – et me suis retrouvé face à des gens dépassés par les événements ou trop rigides pour apporter des solutions. Ajoutez à cela le fait que le trio vivait de plus en plus en huis clos et vous aurez un tableau assez précis de la situation.

Lola obtint de Mirepoix les coordonnées de la famille de Grégoire Marsan. Elle vivait toujours rue de Paradis. Elles quittèrent le lycée, se retrouvèrent sous une chape céleste grise et tourmentée. En plus, il y avait du vent, le genre de méchant zéphyr qui venait de loin, des côtes arctiques par exemple, et avait l'intention de frigorifier quelques milliers de nez et le double d'oreilles avant de repartir chez lui. Pour une fois Ingrid ne fit aucun commentaire sur la météo parisienne : elle était tout excitée par leur entretien avec le conseiller principal.

– Je crois que nous avons mis le doigt sur un gros lièvre, Lola. Un ÉNORME lièvre. Une bête mutante venue de l'espace.

– On dit plutôt lever un lièvre, Ingrid. Et en parlant de ça, pense à celui de La Fontaine. La tortue l'a battu au poteau. Attends de voir avant de crier victoire, ma fille.

– Lola rabat-joie !

– Malgré sa lenteur, Grousset a peut-être déjà balayé le terrain. Et ce terrain a pu se révéler fausse piste.

La donzelle se força à refroidir de quelques degrés. Mais Lola savait ce qui se passait dans sa tête de grande girafe : Ingrid était prise par l'enquête comme un fan de Santo Gadejo par la découverte d'un rouleau de pellicule inédit. Ce bel enthousiasme était enviable. Et aussi très énervant, parce que communicatif. Lola n'ignorait pas que l'amour du métier refaisait surface. Elle avait cru le piétiner du cuir de sa semelle, il était toujours là, palpitant, exigeant. Elle qui comptait puzzler jusqu'à la fin des temps, trouver l'apaisement dans cette impeccable pratique zen, qui s'imaginait retraitée définitive et non plus en sursis, qu'allait-elle devenir ? Quand cette aventure serait réglée, il faudrait se prendre la tête à deux mains et réfléchir à demain. Qu'allait faire Lola Jost des beaux jours qui lui resteraient ? D'autant qu'il était hors de question d'aller s'établir à Singapour. Les palmiers, la chaleur, l'humidité, les moustiques, ça allait bien trois semaines par an. Et encore.

Lorsque Ingrid et Lola se présentèrent au domicile de Paul et Élise Marsan, il était près de dix-neuf heures. Élise Marsan préparait le dîner. Rappeler la mort de leur fils à des parents était un fardeau dont on aurait aimé se passer. Ingrid n'avait jamais vécu une telle situation et ne savait comment se comporter. Elle opta pour la discrétion. Sa ronde compagne sut se faire plus ronde encore. Elle précisa qu'elle aussi avait un fils et deux petites-filles. Les Marsan se détendirent et le duo apprit que Grégoire aurait eu vingt-trois ans en avril prochain. Il avait été tué de quatre coups de couteau puis jeté à l'eau. La brigade fluviale avait repêché son corps dans l'écluse des Récollets. On n'avait trouvé aucun témoin. La police avait misé sur un vol ayant mal tourné. Pratiquant le karaté, Grégoire avait dû se défendre, et ses agresseurs, des voyous déterminés, l'avaient poignardé.

Puis Lola demanda aux Marsan de lui parler des fréquentations de Grégoire. Pas grand-chose à glaner. Le jeune homme était en classe préparatoire à Chaptal et travaillait en tant que pion à Beaumarchais. Un emploi du temps si chargé qu'il ne lui laissait guère le temps de socialiser. Ou de prendre des vacances. Il avait été tué en juillet, alors qu'il comptait passer tout l'été à bûcher ses cours rue de Paradis. Paul Marsan se souvenait de l'officier qui avait suivi l'affaire. Un dénommé Toussaint Kidjo. Plutôt gentil, mais qui semblait manquer d'expérience.

Ingrid et Lola entrèrent prendre un remontant dans le premier café venu. La froidure, tombée comme un linge sale et gris sur la ville, était plus que jamais décidée à pénétrer les os et à affliger le moral des Parisiens. Lola commanda un grog et Ingrid suivit le mouvement. Elles soufflaient sur leurs breuvages et s'y réchauffaient les mains. Pour l'une, les yeux au ras du bonnet péruvien, pour l'autre, le col de l'imper relevé sur des oreilles transies, les pieds glacés dans des escarpins humides.

– Poisse de poisse. Ça s'est passé en juillet. Et en juillet je suis toujours à Singapour chez mon fils. Toussaint a hérité de l'affaire Marsan à ma place. À deux semaines près, j'avais tous les éléments là-haut, dit Lola en désignant sa tempe droite.

– Demande à Barthélemy de fouiller les dossiers pour toi.

– Il va finir par lui arriver des bricoles à Barthélemy, à force de jouer double jeu. Le gamin risque de se retrouver au placard par ma faute.

– Arrête ! C'est tout le contraire. Tu lui fais un cadeau en or ! Tu lui donnes une piste… mais au fait…

– Quoi ?

– C'est ça qui te déplaît ! Si tu le branches sur l'affaire Marsan et que le rapprochement avec l'affaire Ringer fait tilt, on est évacuées de l'enquête. Et ça te tracasse. Au début, tu ne voulais rien entendre et maintenant tu es piégée, Lola !

– C'est curieux, ces crises d'intelligence. C'est sûrement à force de me fréquenter.

Elles changèrent de café et câlinèrent un deuxième grog au *Compère Robert*, rue Louis-Blanc. Lola connaissait l'établissement comme la poche de son imper, de même pour le patron. Le fameux Robert, homme intelligent, était habitué au commerce avec la maréchaussée. Interprétant le coup d'œil de Lola, il se contenta de la saluer sobrement.

– Je m'étais bien juré de ne jamais repasser ce porche, murmura-t-elle en désignant l'entrée du ciat à travers la vitrine embuée, de l'autre côté de la rue.

– Tu veux que je t'accompagne ?

– Tu plaisantes, ma fille ? Dans le genre discret, ce serait complet. Et puis, ne me regarde pas avec ces yeux-là.

– Mes yeux sont comme ils sont.

– Pas du tout. Ce soir, ce sont des yeux d'épagneul breton. Tu m'as habituée à plus intéressant.

– Et comme ça, ça te convient ? questionna Ingrid en tirant son bonnet jusque sur son nez.

– On dirait un épagneul péruvien, c'est pire.

– Tu me raconteras, un jour, ce qui est arrivé à Toussaint Kidjo ?

Ingrid enleva son bonnet, se composa un air neutre et attendit. Pour toute réponse, Lola se leva et quitta le *Compère Robert*, l'air lugubre. L'Américaine la vit traverser la rue Louis-Blanc, s'arrêter devant le porche du ciat, allumer une cigarette et restée plantée tel un vieux chêne prêt à recevoir la foudre. Le temps sembla se figer. Ingrid eut le sentiment de fixer un bon bout de temps la lourde silhouette. Enfin, l'ex-commissaire Jost jeta son mégot dans le caniveau et passa le porche. Ingrid ne put réfréner une légère grimace quand il se referma sur son amie. Elle avait mal pour elle.

Au retour, Lola était plus détendue. Elle déposa un gros livre sur la table et déclara :

– J'ai raconté une histoire que le planton a gobée toute crue. Telle que tu me vois, je suis une retraitée de la police ayant repris goût aux études. En tant qu'étudiante en droit, je suis venue récupérer mon vieux Dalloz. En tant que Mata Hari du faubourg Saint-Denis, je me suis coincé le dossier Grégoire Marsan sous l'imper. C'est très inconfortable.

– Bravo, Lola, je suis fière de toi, s'enthousiasma Ingrid, l'air sérieux.

– Cela ne m'étonne pas de toi, ma fille. Bon, allons chez toi ou chez moi étudier cette paperasse.

– Je ne peux pas. Cette nuit, je danse au *Calypso*.

Lola plissa les yeux puis sourit. Ingrid lui rendit son sourire, l'air intrigué.

– Tu n'as jamais pensé à lui envoyer une invitation ?

– À qui, Lola ?

– Au petit con qui t'a mis une tripotée quai de Valmy.

– Benjamin Noblet ?

– Oui, c'est ça. J'avais oublié son nom. Pas toi, apparemment.

– Mais pourquoi lui enverrais-je une invitation ?

– Pour le surprendre, pardi. J'ai bien vu que c'était un compliqué ce gars-là. Un cinéaste, un cérébral, tout ça.

– Lola !

– Ma fille, souviens-toi de ce que je t'ai dit : demain, le présent sera mort. Je n'ai pas changé d'avis.

36

Lola avait passé sa robe de chambre rouge sur sa chemise de nuit en pilou. La planche supportant le puzzle en travaux était posée sur la moquette verte attendant des jours meilleurs. La table de la salle à manger était couverte de papiers. Toussaint Kidjo n'avait pas mégoté en matière de procès-verbaux.

Elle s'offrit un autre verre du vénérable porto qu'elle affectionnait et reprit son travail. Le gamin avait fait du beau boulot, si l'on appréciait le travail de fourmi. Elle l'imaginait passant des heures à arpenter le pavé. Car il fallait en enfiler des rues, en monter des escaliers, en débiter des introductions pour mener à bien l'entreprise titanesque que représente l'enquête qui suit la mort d'un pion. On était en juillet. Tout le monde était en vacances et, malgré cela, Toussaint Kidjo avait décidé d'interroger tous les élèves de Beaumarchais restés à Paris. Et les collègues de la classe préparatoire de Marsan à Chaptal.

En août, revirement brutal, Kidjo avait été réquisitionné pour une série de cambriolages qui avait eu lieu dans le quartier. Et moi aussi, pensa Lola. J'étais de retour de vacances, j'avais retrouvé ma piétaille. Le capitaine Grousset avait récupéré l'affaire Grégoire Marsan, s'était empressé de tout ramollir selon son style inimitable, et de classer le dossier.

Lola lut avec soin tous les PV des interrogatoires menés par Toussaint Kidjo. Puis passa à ceux de Grousset. Elle retrouvait une excitation qu'elle croyait avoir perdue : celle de mettre le nez dans la paperasse à la recherche d'une perle. Elle fut récompensée vers vingt-trois heures. Elle relut plusieurs fois le document qu'elle tenait dans ses mains. Il contenait une phrase magnifique : « Greg était mon meilleur ami, mais je suppose que ça ne veut rien dire pour vous. » Effectivement, cette déclaration n'avait pas inspiré Grousset.

Lola regretta que cette nuit fût celle d'une danse au *Calypso*. Ingrid allait rater le final. Ce serait frustrant et elle était sûre que la tenace Américaine en ferait tout un plat. Elle allait se retrouver seule dans un moment crucial et elle n'avait jamais aimé ça. Elle téléphona donc à Barthélemy et maudit le répondeur qui lui débita ses excuses. Espèce de blanc-bec, c'est quoi ces manies de ne plus jamais répondre quand on te sonne ? Lola abandonna un message hautain, raccrocha en maugréant, puis se calma : si c'est ce soir, c'est ce soir.

Elle ouvrit la fenêtre, tendit le bras pour prendre la température. Le vent arctique avait fait place à un acolyte plus sournois. Un vent des steppes lointaines qui jadis poussaient les envahisseurs barbares dans le dos. Eh bien, puisqu'il en est ainsi, cette nuit je suis Gengis Khan et ses hordes mongoles à moi seule, se dit-elle en extirpant de son placard son unique pantalon : une affaire en flanelle qu'elle comptait marier avec une vieille paire de boots doublées de fourrure. Il était grand temps de sortir le manteau d'hiver de sa housse. Une fois revêtue de cet équipement, Lola Jost noua un foulard sur sa tête et sortit dans la nuit froide.

Elle marcha d'un pas vif et ne ralentit que dans la rue des Vinaigriers. Les petits personnages en plastique dormaient sagement dans la vitrine du *Concombre masqué*. Lola recula, leva la tête vers la façade. L'appartement des Kantor était éclairé. La chambre de Patrick également. Tout au-dessus, le ciel fébrile. C'était une tourmente opaque striée de déchirures grises, une langue de laine courroucée qui filait, emportée par le vent furieux. Un passage continu de colère blanche.

Rodolphe Kantor vaquait à ses affaires au *Star Panorama* et le clan Kantor ne se composait que de la mère, évanescente et planant dans les vapeurs du cannabis et des années soixante-dix, et du fils occupé à de subtiles manœuvres de destruction massive sur son fidèle ordinateur.

Elle fit mine d'être en visite de courtoisie. S'adresser à quelqu'un d'aussi défoncé que Renée Kantor éliminait le problème de l'heure. Pour l'instant, la libraire hésitait entre les Doors ou Jefferson Airplane. Lola lui conseilla les premiers dans *Riders in the storm*, la météo s'y accordant à la perfection. Renée tapa des mains et invita Lola à l'écouter avec elle. Elle ouvrit grand la fenêtre de son salon, huma l'air énervé et proposa à Lola de guetter le rayon lumineux de la tour Eiffel qu'on devinait au loin. Placide, les mains dans les poches de son manteau de gros drap brun, Lola captura un rai de lumière et dit que c'était beau. Renée Kantor alla chercher une bouteille de madiran. Elle servit Lola puis se mit à danser les yeux fermés, la commande électronique à la main. Quand

Riders in the storm se terminait, elle le faisait repartir d'un coup de pouce.

– Je reviens, dit Lola.

Et elle se dirigea vers la chambre de Kantor junior.

Il n'y avait que les reflets de l'écran pour l'éclairer, et elle actionna l'interrupteur. Il grommela : « Qu'est-ce qu'il y a encore, maman ? » et se retourna. Un étonnement tranquille vite évanoui. Il la salua d'un léger mouvement. Patrick Kantor reprenait déjà les commandes de son jeu.

– Tu as dit un jour : « Greg était mon meilleur ami, mais je suppose que ça ne veut rien dire pour vous. » Tu t'es trompé, Patrick.

– Je vous le dirai si j'arrive à comprendre de quoi vous parlez.

– Grégoire Marsan était un peu plus âgé que toi et pion dans ton lycée. C'était ton ami, ton grand frère ou un substitut de ton père, Rodolphe Kantor n'ayant jamais trop fait l'affaire.

– J'aime bien quand les flics font dans la psychologie. On n'est jamais déçu.

– En résumé, Marsan était très important pour toi. La malchance a voulu qu'il tombe amoureux d'une allumeuse, la belle et insouciante Vanessa Ringer. La demoiselle avait un petit ami. Un gars pas commode du nom de Farid Younis. Un violent qui s'était fait virer de Beaumarchais. Younis n'a pas apprécié que Marsan courtise Vanessa. Alors il l'a tué de quatre coups de couteau et a jeté son corps dans une écluse du canal Saint-Martin.

– Vous en savez des choses, c'est fou.

– Tu t'es rendu au commissariat. Tu as été reçu par le capitaine Grousset. Tu lui as dit que tu soupçonnais Farid Younis. Grousset n'ayant pas l'obstination nécessaire pour lui mettre la main dessus, Younis s'est évaporé dans la nature. Alors tu t'es juré de faire justice toi-même. Même si ça devait te prendre des années. Vanessa et ses amies vivaient toujours dans le 10ᵉ. Marquée par la mort de Marsan dont elle se sentait en partie responsable, Vanessa n'était plus que l'ombre d'elle-même. En revanche, pour Farid Younis, Vanessa était inoubliable.

– Vous aussi, croyez-moi !

Sous le ricanement, l'énervement. Lola s'approcha un peu et poursuivit :

– Elle avait rompu avec lui effrayée par sa violence, mais il espérait la reconquérir. Tu as attendu, guetté Younis. Sans résultat. Alors tu as décidé de le faire réagir. En lui tuant sa Vanessa.

Il arborait son petit sourire en coin mais il n'était pas inaccessible. Elle se rapprocha encore.

– Le problème était de rabattre les soupçons sur quelqu'un d'autre, continua-t-elle. Maxime Duchamp faisait un coupable idéal. Tu lui as inventé une histoire avec Vanessa. Tu t'es très finement débrouillé pour que ce soit ta mère qui aille en toucher deux mots à Grousset, aujourd'hui commissaire. Regarde-moi quand je te parle.

Il se tourna vers elle. Il essayait de se contrôler mais c'était difficile. Elle lui grignotait son espace vital. Il n'aimait pas ça. Son poignet s'était crispé sur la souris en plastique gris.

– Tu as éliminé Farid Younis comme tu élimines tes soldats de pixels. Sans te salir les mains, et sans risquer de te faire mal. Je ne sais pas comment tu t'es débrouillé pour repérer sa planque à Saint-Denis mais tu y es bel et bien arrivé. Tu as attendu que Younis et ses copains se lancent dans un dernier braquage et tu les as donnés à l'Antigang. Propre, net, impeccable. Qu'est-ce que tu dis de ça, mon garçon ?

– Que votre imagination est au diapason de votre physique, madame Jost. Formidable.

– Il est vrai que la tienne laisse à désirer. Tu as pillé *Otaku*. Ton idée de créer un meurtrier obsédé par les lycéennes vient de là. Abreuvé par ta mère, tu baignes depuis toujours dans l'œuvre de Rinko Yamada-Duchamp. Tu sais sûrement que Maxime possède des poupées qui ont inspiré le manga.

– Vous n'avez aucune peur du ridicule. Si ce n'était pas si triste, ce serait somptueux.

– L'idée de l'assassinat rituel n'était pas mauvaise. La police pouvait coller l'étiquette de fétichiste fou à Maxime Duchamp en découvrant chez lui les poupées de Rinko. C'est sans doute pour cette raison que tu as glissé une Bratz aux pieds amovibles dans la chambre de Vanessa. Et pour ceux qui ne comprendraient toujours pas, tu as insisté en lui mutilant les pieds. Dommage. C'est ton souci de la précision qui t'a perdu, Patrick. Tu as voulu trop en faire. La police croulait sous les détails croustillants. La vraie vie ne ressemble jamais à un scénario de manga ou de jeu vidéo, mon garçon. Sinon, ça se saurait.

Kantor fit mine de reprendre sa partie. Il essayait de maîtriser sa voix.

– Votre fiction va rester au stade du scénario. Vous n'avez aucune preuve.

– Que tu dis !

– Et vous n'êtes même plus flic. De quel droit venez-vous me harceler ? Parce que c'est bien de ça qu'il s'agit et je peux porter plainte.

– Qui te dit que je ne suis plus flic ? En fait, je n'ai jamais été à la retraite. Mon année sabbatique vient de prendre fin.

– Flic ou pas, vous commencez à me fatiguer grave. Vous êtes largement en dehors des heures légales.

Elle s'empara de la souris et tira sec. Tout lui vint en main, le petit corps de la bête et la longue queue en plastique. Quand Kantor se leva, il avait les poings serrés et suait de rage. La vieille paire de bottes fourrées de Lola était équipée de talons assez hauts. La tête de Patrick lui arrivait à peine au-dessus des seins. À force de rester assis dans sa chambre, il avait oublié les barrières physiques que représente parfois le corps de certains – Vanessa était si fluette. Lola se fit l'effet d'une matrone parée à maîtriser un freluquet mais son geste la surprit. Il agrippait le tissu de son manteau et tirait fort. Il le faisait remonter jusque sous la gorge. C'était très désagréable. Elle lui balança une claque. Il fit le geste de lui en retourner une, mais elle dévia son poignet et le tordit. Il poussa un cri perçant. Lola se servit du fil de la souris pour lui lier les mains. Elle terminait un joli nœud appris au cap Fréhel lorsque la porte s'ouvrit.

Les cheveux de Renée Kantor étaient collés sur son front après cette danse en compagnie du fantôme de Jim Morrison. Les yeux écarquillés, elle avança vers le duo compact que formaient Lola et son fils.

– J'ai tout entendu ! Mais qu'est-ce que tu cherches à faire, Lola ? Tu veux sacrifier Patrick pour sauver ton Maxime, ce salaud !

Lola réfléchissait. Elle se reprochait d'être venue seule. Son manque de talent pour obtenir des aveux jouait une fois de plus contre elle. Ah, si elle avait fait équipe avec Barthélemy ou Ingrid ! Elle n'était qu'une soliste désarmée face à un fils et une mère faisant front, le môme se révélant plus coriace que prévu. Les jeux vidéo avaient aiguisé son sens de la stratégie. Lola fit se retourner Patrick pour que sa mère voie son expression. Il n'arrivait pas à se contrôler si bien que ça. Et puis elle bluffa.

– C'est cuit pour toi, Patrick. Il y avait un témoin dans l'appartement. Un petit Roumain nommé Constantin qui a tout vu. C'est un sans-papiers, et il ne s'est présenté que cette nuit au poste.

Elle s'attendait à ce qu'il lui rie au nez mais son visage se durcit. Son regard prit une fixité étrange. Renée Kantor fit un pas vers son fils, bras en avant. Il recula vite, son corps était rigide, il tremblait. Lola n'arrivait pas à interpréter. Ça allait trop vite. Au hasard, elle avait appuyé sur un bouton.

– Vanessa t'a ouvert la porte sans crainte parce qu'elle te connaissait. Comme il n'était pas censé être chez elle, Constantin a cru que le directeur du centre venait le chercher. Il s'est caché dans le placard. Et il a tout vu. Comment tu l'as étranglée...

– Patrick ne pourrait jamais faire une chose pareille !

– Tais-toi, Renée. Laisse-moi finir. (Et s'adressant à Patrick :) Comment tu l'as mutilée, comment tu as tout bidouillé pour incriminer Maxime. Comment tu as délaissé l'argent du braquage pour qu'on pense à un crime passionnel. Malheureusement, c'est un aspect qui t'a échappé puisque l'argent a disparu avant l'arrivée de la police. Khadidja a fait comme Constantin. Elle a réfléchi longtemps avant de venir nous voir.

– Mais quel argent, quel braquage, Patrick ? Ne la laisse pas radoter ! C'est pas possible ! Réponds !

Renée se jeta sur Lola. Kantor junior souleva son clavier, le retourna, trancha ses liens sur un objet brillant fixé au ruban adhésif. Le hachoir ! Il l'arracha, le brandit vers les deux femmes. Accrochée aux vêtements de Lola, sa mère se mit à hurler, à hurler. Lola n'imaginait pas qu'un tel cri sorte d'une si petite femme. Renée lâcha prise, tomba comme un sac, et partit à sangloter. Patrick recula vers la porte restée entrouverte.

– Ça sert à rien tout ce cinéma, maman.

Lola fila sur ses traces en se maudissant encore d'avoir agi seule, évaluant la pile d'ennuis qui allait s'abattre sur eux.

– TU POSES TON COUPE-COUPE ! TU BOUGES PLUS !

La voix de Barthélemy. On entendit le clang métallique du hachoir qui heurtait le parquet. Barthélemy pointait son Smith & Wesson sur Patrick Kantor.

– Rien de cassé, patronne ?

– Non, mon garçon. Tout baigne. Du moins pour nous deux.

Et Lola s'assit sur le premier siège venu. Ses jambes étaient en coton, ses poumons renâclaient à faire leur travail, ses paumes étaient trempées de sueur. Elle les essuya sur son pantalon de flanelle, puis ses yeux se posèrent machinalement sur l'œuvre encadrée de Rinko Yamada-Duchamp. Debout dans son uniforme à jupe plissée, la lycéenne japonaise fixait Patrick Kantor de ses grands yeux innocents.

37

Lola posait très prudemment un pied devant l'autre : des plaques de givre avaient envahi les trottoirs. Une neige si fine qu'on la distinguait à peine voilait la rue. On approchait de Noël. Elle allait faire ses achats pour ses deux petites-filles. Il fallait s'y prendre en avance si l'on voulait que les cadeaux arrivent à temps à Singapour.

Elle poussa la porte de *Jouets d'hier et d'aujourd'hui*. La vendeuse conseillait une cliente qui avait laissé sa poussette pour jumeaux dans un coin. Lola ne put s'empêcher de penser aux Younis. Khadidja qui essayait de gagner sa place au soleil sans rien devoir à personne. Farid qui braquait parce que c'était plus facile que de travailler. Farid le tueur.

Enfin, le tueur supposé. Ni Jean-Luc Cachart, ni Noah Zakri n'avaient apporté un quelconque témoignage au sujet du meurtre de Grégoire Marsan. Quant à Patrick Kantor, travaillé au corps par les hommes de la rue Louis-Blanc, il avait raconté sa haine de Farid Younis, une haine telle qu'elle avait motivé l'élimination de Vanessa Ringer. Kantor croyait dur comme fer à la culpabilité de Younis. Si sûr de lui qu'il avait jeté le journal intime et les pieds mutilés de Vanessa dans l'écluse. Un tribut vengeur à l'ami perdu. Pour autant, il n'alimentait son accusation d'aucune preuve. Il affirmait avoir découvert la vérité en lisant à son insu le journal de Vanessa. Ledit journal était aujourd'hui inutilisable, son long séjour dans l'eau avait eu raison de ses secrets. Kantor répétait à Grousset que c'était au tour de la police de se décarcasser. Qu'il ne les aiderait en rien parce qu'il les méprisait. Il n'avait pas parlé du sac contenant l'argent. Et c'était une aubaine parce que Lola n'en avait pas parlé non plus. Les cinq cent mille euros continuaient de dormir dans le placard d'Ingrid Diesel.

Khadidja et Maxime étaient bel et bien séparés. Jonathan, le coiffeur de *Jolie petite madame*, avait vu la jeune fille dans un petit rôle à la télé : celui de la beurette de service dans un grand lycée parisien. Paradoxe étrange : Khadidja jouait une allumeuse qui aimait le seul garçon ne s'intéressant pas à elle. « Un téléfilm pour midinettes mais bien fait », avait commenté Jonathan.

La maman des jumeaux choisit un lutin bariolé, demanda un emballage cadeau et quitta le magasin. La vendeuse proposa plusieurs jouets à Lola qui avait très envie d'acheter deux Bratz. Deux belles poupées clinquantes, avec pieds amovibles et look Star Academy. Elle paya et sortit avec ses paquets. Elle était fière d'elle. Il ne fallait pas se laisser empoisser par les mauvais souvenirs. Au-delà de l'affaire Ringer, une poupée resterait une poupée. Une joie pour une petite fille.

Elle poursuivit ses courses dans le quartier du même pas prudent, puis rentra chez elle. Elle rangea ses achats et s'assit devant son puzzle. La chapelle Sixtine était presque terminée, il lui manquait une dizaine de pièces. Il fallait juste avoir envie de les poser à leur place. Lola regarda par la fenêtre : il neigeait toujours, c'était inouï. Pour une fois, la neige semblait tenir et bientôt un duvet blanc embellirait la ville. Ce matin, les sons étaient étouffés dans l'atmosphère glacée. Les passants engourdis économisaient leur salive et leur temps, pressés de rentrer se mettre au chaud. Lola admit vite qu'elle n'avait qu'une envie : ressortir. Quitter ce cocon trop doux et laisser patienter la Sixtine. D'ailleurs, elle avait gardé son manteau.

Une fois dans la rue du Faubourg-Saint-Denis, Lola marcha vite. Un sentiment confus la travaillait. Barthélemy était content, Grousset était content. Tout le monde était content sauf Lola Jost. Et peut-être bien Ingrid Diesel qui pensait à haute voix : « L'affaire Ringer n'est pas tout à fait terminée. »

Le passage du Désir baignait dans une lumière irréelle. Un rêve inhabité, le vieux Tonio étant parti se mettre au chaud dans un abri du quartier. Le brocanteur avait fait réparer sa vitrine et la petite danseuse était là, gracieuse dans sa bouteille, en attente de celui qui tournerait la clé et la ferait revivre. Tiens, je l'avais complètement oubliée celle-là, se dit Lola avant d'entrer. Elle négocia assez longtemps et emporta la poupée qu'elle glissa dans son sac à main. Puis elle sonna chez Ingrid Diesel.

Personne ne répondit. Il était trop tôt pour les *Belles*, où donc était-elle ? Lola réfléchit en faisant les cent pas puis elle partit vers la rue des Petites-Écuries.

L'hôtesse du *Supra Gym* eut l'air étonné de voir une si grosse dame s'aventurer dans son club, mais elle lui tendit un plan des locaux et expliqua que la grande blonde à l'accent américain était en salle de cardiotraining.

La donzelle était vêtue d'un débardeur et d'un pantalon moulant bleu sombre égayé par deux lignes blanches qui accentuait la longueur de ses jambes. Elle portait des écouteurs et semblait éprouver une joie extraordinaire à courir sur place. Son tapis mécanique se déroulait à belle vitesse. Du moins pour Lola qui n'envisageait pas de tenir deux secondes à un rythme pareil. Elle la voyait courir de profil, amazone heureuse. Elle ne voulait pas gâcher son plaisir ; elle trouva une chaise, s'y assit et posa son sac sur ses genoux.

C'est une Ingrid dégoulinante de sueur, les joues délicatement rosies, la chevelure en petites langues rebelles qui arriva tout sourire. Lola sortit le cadeau de son sac.

– Elle est magnifique !

– Oui, elle te ressemble, Ingrid. Il suffit de remonter la clé et elle gigote comme une perdue pendant un sacré bout de temps. Il faut le voir pour le croire.

Plus tard, Ingrid, douchée et rhabillée, partageait une pause café avec Lola au *Roi Roger*, le bistrot des habitués du *Supra Gym*. La danseuse était posée sur le comptoir et elle en avait déjà remonté quatre fois le mécanisme. Elle s'apprêtait à récidiver sous l'œil inquiet du barman. La musique était une comptine jolie mais un poil agaçante sur la durée.

– Quand j'ai dit à Patrick Kantor que Grégoire Marsan était comme son père, je travaillais à l'instinct, mais j'avais le sentiment de mettre le doigt sur quelque chose.

– Sur un lièvre. Oui, je vois bien ce que tu veux dire.

– On dit *lever* un lièvre, Ingrid. Combien de fois faut-il te le répéter, ma fille ?

– J'oublie tout le temps. *Sorry !*

– Je ne sais pas d'où te vient cette envie obsessionnelle de mettre le doigt sur un lièvre…

– Revenons à nos moutons, Lola, tu veux bien ?

– J'avais vu juste. L'expert psychiatre qui a interrogé Patrick confirme que Marsan était pour lui un substitut à son père biologique. Le sieur Pierre Norton.

– Curieux. C'est le nom d'un antivirus d'ordinateur.

– Antivirus ou pas, ce type a abandonné Renée et le petit Patrick âgé de six ans. Norton a disparu de la circulation et n'a plus jamais donné signe de vie. C'était il y a douze ans. Lorsque Grégoire Marsan a disparu à son tour, tué par Farid, le traumatisme de la fuite du père est remonté à la surface.

– Et Patrick tue Vanessa pour faire sortir Farid de sa planque. Cette histoire est bien sympathique mais…

– Il lui manque le petit plus qui sonne juste. On est bien d'accord, Ingrid. Et ça me travaille. À tel point que je ne puzzle plus.

– C'est grave.

– Moque-toi, ma fille. Pour bien faire, je devrais tenter encore une fois ma chance avec Antoine Léger. Parce que je peux tisser des théories psychologiques comme d'autres enfilent des perles ad vitam aeternam, sans déboucher sur rien. Il vaut toujours mieux s'adresser à un professionnel. Qui plus est, un professionnel connaissant les protagonistes de l'histoire. Tu ne crois pas ?

– Je sais ce que tu manigances, Lola.

– Ah oui ?

– Antoine Léger est un de mes clients et tu veux le rencontrer *par hasard* chez moi.

– Comme tu deviens fine, ma fille. Ah, j'ai vraiment fait du beau travail. Quand a-t-il rendez-vous ?

– À quatorze heures, comme tous les mercredis.

– Quelle coïncidence !

– Lola ?

– Ingrid ?

– Tu n'as tout de même pas consulté mon agenda ?

– Tu prononces très mal le mot « agenda ». Répète après moi : a-gen-da.

La neige avait cessé mais il faisait un froid de loup. Lola essayait de s'intéresser à un des magazines qui traînaient en piles molles sur la table de la salle d'attente, mais ils lui tombaient des mains, les uns après les autres. Il faut dire qu'il était difficile de se concentrer sur une lecture avec un dalmatien qui ne vous quittait pas des yeux. Sigmund Léger était allongé sur le tapis, museau sur pattes croisées, dans la même attitude que celle qu'il adoptait lorsqu'il assistait son maître et recueillait en sa compagnie les secrets du quartier. Le regard noir était beau, plutôt intelligent pour un quadrupède, mais difficile à soutenir.

Cela faisait un quart d'heure que Lola attendait la sortie de son propriétaire. Ingrid jouait les prolongations. Rien d'étonnant à cela : la donzelle n'économisait jamais son temps. Soudain Sigmund leva la tête et s'assit sur son derrière tacheté. Il regarda la porte, puis Lola, puis la porte. L'observant par-dessus son magazine, Lola se disait que les chiens étaient parfois plus étranges que les êtres humains. On sonna et elle se leva d'un bond, heureuse de cette diversion. Sigmund émit un petit jappement. Lola se retrouva face à une Chloé Gardel aux yeux luisants et au nez rouge. Elle portait une écharpe autour du cou.

– Je pensais trouver Ingrid pour lui emprunter de l'Antigrippine, dit-elle d'une voix nasillarde.

Tout s'enchaîna assez vite. Chloé vit Sigmund. Sigmund vit Chloé. Le chien fila vers la porte derrière laquelle se trouvait son maître. Lola s'apprêtait à inviter Chloé à entrer lorsque celle-ci bredouilla que, tout compte fait, elle retournait se coucher. Elle reviendrait lorsqu'elle irait mieux. Lola répondit à son dos que c'était pour aller mieux qu'on prenait des médicaments. Puis elle haussa les épaules et se rassit. Quelques minutes passèrent et le dalmatien reprit sa place.

– Si tu pouvais parler, je suis sûre que tu m'en raconterais de bonnes, mon garçon, lui lança-t-elle.

Quand elle en eut assez d'attendre, elle frappa à la porte de la cabine de massage et Ingrid lui ouvrit. Elle souriait. En arrière-fond, on voyait Antoine Léger rhabillé, assis sur un pouf, qui dégustait un thé à la menthe. Natacha Atlas chantait en sourdine.

– On ne s'en fait pas pendant que je poireaute, les amis.

– Antoine me parlait justement de Pierre Norton, dit Ingrid rayonnante.

– Favoritisme, répliqua Lola. À moi, on oppose le secret professionnel. À toi, on raconte tout.

– Pierre Norton n'a jamais été mon client, rectifia Antoine Léger avec un sourire très détendu.

C'est le moment. Jamais Léger ne sera plus décontracté qu'après être passé entre les mains d'Ingrid. Taïaut.

– Ingrid pense comme moi, lâcha-t-elle. L'affaire Ringer ne se termine pas avec la découverte de son meurtrier.

– Je sais, Ingrid m'a expliqué ça en me massant.

Lola jeta un bref coup d'œil à Ingrid qui gardait l'expression la plus innocente qui soit.

– Je n'ai pas d'analyse quant à ce qui a poussé Patrick Kantor au crime, continua Léger de sa voix posée. Ce ne serait pas sérieux de ma part car j'ai très peu d'éléments en main. En revanche, il y a une chose dont je suis sûr. C'est que si son père a disparu il y a douze ans, il est toujours bien vivant. Du moins il l'était il y a deux ans, lorsque je l'ai croisé en pleine montagne en compagnie d'un groupe d'apprentis skieurs. J'attendais à un remonte-pente avec ma femme. Pierre Norton ne m'a pas reconnu. Et pour cause, j'avais un casque et des lunettes de ski. Lui, en revanche, était nu-tête. Il portait la combinaison bleu blanc rouge des moniteurs de l'École du Ski Français.

– Vous l'avez dit à Renée ?

– Pour retourner le couteau dans la plaie ? Non.

Sigmund entrait dans la pièce. On entendait le cliquetis de ses griffes sur le linoléum argenté. Il alla directement vers son maître et posa sa tête sur son genou.

– Je vais vous dire le fond de ma pensée, Antoine. Je me demande si l'amant caché de Rinko Yamada-Duchamp n'était pas Pierre Norton.

– Renée Kantor n'est plus ma patiente depuis longtemps, alors je peux bien vous le dire. L'amant caché était une amante. C'est Renée et Rinko qui vivaient une histoire torride.

– Et c'est pour cette raison que Norton est parti ?

– C'est plutôt l'excuse qu'il attendait pour mettre les voiles. Renée et Norton n'ont jamais été mariés. Il vivait de petits boulots et dessinait des BD. Seulement il n'avait ni le talent ni le courage de Rinko Yamada. Du moins si l'on en croit Renée.

38

Le TGV, un gigantesque lombric aux anneaux flous sous le voile neigeux. C'est ainsi que Lola, qui n'aimait guère les voyages et encore moins les ferroviaires, voyait les choses. Des flocons dansaient devant leurs yeux. Joyeuse, Ingrid les capturait sur ses gants de laine, goûtait leur parfaite géométrie. Au bout du long quai blanc qui avalait les sons, se dessinait la façade en verre de la petite gare savoyarde. Lola arborait un bonnet et une écharpe d'où ne dépassaient que ses lunettes, et tirait énergiquement sur la courroie de son bagage à roulettes, sûre de ses pas grâce à une nouvelle paire de snow-boots antidérapants. Elle portait une combinaison de ski noire plutôt ajustée, achetée la veille, en solde. Ingrid, quant à elle, avait extirpé de son armoire un ensemble beige de coupe large très seyant. Le contraste de leurs deux silhouettes était plus saisissant que jamais.

Elles trouvèrent un taxi et traversèrent Bourg-Saint-Maurice en un rien de temps. La route des Arcs sillonnait en montant à travers les hauts sapins surchargés de neige. C'est là que les difficultés s'annoncèrent. Un touriste avait fiché sa voiture en travers de la route. Il fallut du temps pour la dégager.

Arrivées à l'hôtel, elles récupérèrent leurs clés à la réception, déposèrent leurs bagages dans leurs chambres et filèrent chez le loueur de skis. Ingrid choisit un matériel qualité platine, Lola se contenta du niveau bronze. Elles firent également l'acquisition de deux forfaits et se lancèrent enfin sur les pistes. Il neigeait dru, la visibilité était moyenne, sur le télésiège les skieurs n'étaient plus que des silhouettes fantomatiques, silencieuses et transies. Ingrid étudia rapidement le plan des pistes dont elle s'était équipée et décréta que l'École du Ski Français était dans cette direction. Elle désignait un vague point lumineux dans le brouillard. Lola hocha la tête tandis que sa compagne chaussait les skis et se lançait dans le grand blanc. Ingrid Diesel skiait aussi souplement que Gabriella Tiger dansait.

La descente sur la piste rouge fut trop rapide au goût de Lola mais elle s'inscrivit scrupuleusement dans le sillage de son amie, une perfection parallèle à laquelle l'ex-commissaire répondit par un chasse-neige acquis dans les années cinquante.

– J'adore skier ! claironna Ingrid en déchaussant devant le chalet de l'École du Ski Français.

– Cela ne m'étonne pas de toi, ma fille. Mais si tu veux que nous décrochions un cours avec Pierre Norton, il va peut-être falloir copier mon style.

Malheureusement, elles durent déchanter. Lola avait pourtant peaufiné son numéro en racontant qu'elle se sentait rouillée, qu'elle était en vacances avec sa fille, laquelle avait été ravie des cours particuliers dispensés quelques années auparavant par un moniteur du nom de Pierre Norton. La quinquagénaire installée derrière le bureau de rondins affirma qu'aucun moniteur nommé Pierre Norton ne faisait partie des effectifs de l'école. Lola s'inscrivit pour des cours particuliers avec le premier professeur disponible, régla la facture et sortit sous l'œil interrogateur d'Ingrid. Le vent avait chassé la couche nuageuse, libérant un ciel d'un bleu éblouissant.

– Il a pu changer d'identité, lâcha finalement Lola. Logique pour un homme qui veut vraiment couper les ponts avec sa famille.

– Il a pu aussi changer de région.

– Ne soyons pas pessimistes. Le gars a disparu depuis douze ans mais Léger l'a aperçu ici il y a deux hivers. Admettons qu'il ait roulé sa bosse au début, au bout d'un moment il a bien dû se fixer quelque part. Œuvrons de manière rationnelle. Je prends un café pour oublier que le blizzard m'a congelé les oreilles, ensuite je retrouve mon professeur et je pars skier. Il va sans dire que je lui pose mille questions susceptibles de me mettre sur la piste du père de Patrick. Je cherche un homme blond et petit, de quarante-cinq à cinquante ans, aux yeux clairs. Et à la légère cicatrice sur le menton. La description d'Antoine Léger est précise.

– Et moi ?

– Toi, tu visites tous les restaurants d'altitude. Tu cherches le même homme et tu poses donc les mêmes questions.

– Ça a l'air simple.

– Si ça ne donne rien, on aura toujours pris quelques vacances à la neige. *Ingrid et Lola font du ski*, tu ne trouves pas que c'est un joli titre ?

– Oui, mais il y aura une suite. *Ingrid et Lola rentrent bredouilles*. Et puis ce sera *Lola s'obstine*. D'ici à ce qu'on ait signé un contrat à vie sans le savoir.

– Un contrat avec qui ?

– Avec le grand tout. Avec ce qui pousse les gens à se dépasser.

– Oui, les gens dans ton genre. Les mystiques qui ne croient pas en Dieu et cherchent une solution de remplacement.

– Tu crois en quoi, toi ?

– Je crois que Karl le barbu avait raison au moins sur un point : la religion c'est l'opium du peuple. Et ça ne va pas aller en s'arrangeant.

– Tu crois bien en quelque chose.

– Je crois en toi, Ingrid. Je crois que tu vas faire tous ces estaminets des neiges les uns après les autres dans la joie et la bonne humeur. Amen. Skie en paix, ma fille et que le grand Yéti tout poilu ne te dévore pas.

Le soir, Ingrid retrouva Lola dans le salon de l'hôtel. Fourbue, elle sirotait un vin chaud, captivée par les flammes dansant dans la cheminée. Au-dehors, nuit et neige tombaient à des vitesses différentes. L'Américaine resta debout jusqu'à ce que l'ex-commissaire tourne la tête et découvre sa grande silhouette emballée dans tout ce beige mouillé, le bonnet brillant de mille cristaux en phase de disparition. Ingrid était fatiguée mais rayonnante.

Lola l'invita à s'asseoir, à prendre un vin chaud, à se réchauffer dans les vapeurs d'épices où dominait la cannelle. Elle lui raconta brièvement ses souffrances dans la poudreuse sur les traces d'un professeur bien trop énergique. Leurs conversations sur les remonte-pentes n'avaient pas permis d'identifier Pierre Norton.

– Eh bien moi, aux *Chamois*, le dernier relais avant le point culminant de l'aiguille Rouge, j'ai conversé avec des chasseurs alpins et gagné une description qui colle au bonhomme, expliqua fièrement Ingrid. Celle d'un moniteur de l'école de ski rivale. L'école des Alpages. J'y suis allée, leurs locaux se trouvent cinq cents mètres plus bas dans la station, et j'ai identifié un certain Pierre Normann. En ce moment même, il accompagne un groupe de touristes au col de la Croix-Rousse, une randonnée pour skieurs expérimentés. Trois jours de hors-piste, à traverser des glaciers, des torrents, à dormir dans des refuges.

Ingrid se renversa dans son fauteuil et s'offrit enfin une gorgée de vin chaud en plissant les yeux puis en claquant la langue. Lola la fixait sans rien dire.

– Qu'est-ce qui se passe, Lola ? Tu n'es pas contente ?

– Moi si, mais mon corps de grand-mère un peu moins. Au lieu d'attendre tranquillement au chaud qu'il revienne avec sa bande de frappés de la montagne, on va devoir y aller.

– Pourquoi ?

– Parce que si ton Normann est bien notre Norton, il va vite savoir qu'une grande blonde à l'accent américain le cherche partout.

– Mais c'est toi qui m'as envoyée jouer les détectives des cimes !

– Je ne dis pas le contraire. Mais si tu as obtenu de si bons résultats en si peu de temps c'est parce que tu as mis le paquet. Dans le genre bulldozer Diesel.

– Je t'aiderai à arriver à la Croix-Rousse, Lola. J'ai déjà fait quelques randonnées de ce type dans le Colorado. Je serai ton guide, et à deux, on s'en sortira très bien.

Lola sourit faiblement. Le silence s'installa entre elles. Puis Lola reprit la parole :

– Que met-on dans un sac à dos de survie en haute montagne ? Du champagne et des petits-fours ?

– Du corned-beef, des biscuits salés et des boissons pour l'effort sportif, entre autres. Allons faire les courses à l'épicerie de la station. Il me faudra également une boussole et une carte sérieuse. Et on achètera deux sacs de couchage spéciaux. Départ demain à l'aube.

Lola n'avait jamais tant exigé de son corps. Elle se sentait grosse chaudière encrassée consommant bien trop vite ses ressources. Ses articulations pleuraient en silence, ses muscles criaient au supplice, ses yeux se noyaient dans le blanc. Elle suivait Ingrid du mieux qu'elle pouvait mais l'obligeait souvent à ralentir. Pour la première fois de sa vie, elle aurait voulu avaler la potion d'un docteur miracle, jeter trente bonnes années au panier, retrouver une énergie de jeune femme. Alors elle essayait de s'abandonner à la glisse, de dissoudre les reproches de ses nerfs dans l'effroyable beauté du paysage. Un univers de pureté silencieuse, de pins ténébreux si droits, si serrés, d'une hauteur impériale, indifférente à leurs pauvres gesticulations d'humains. Un univers qui pouvait en quelques minutes vous aveugler dans la fibre grise de ses nuages, vous briser la carcasse dans un de ses précipices de roche ancestrale, vous engloutir dans le tonnage de ses avalanches.

Il y avait des heures qu'elle suivait Ingrid l'infatigable donzelle beige, la fée des glaces, la libellule des glaciers. Certes, on avait fait halte dans un refuge, et Ingrid avait ordonné l'ingestion de quelque en-cas énergétique insipide et d'un café du thermos. Dix misérables minutes d'arrêt, les fesses sur un banc de bois glacé, à échanger la vapeur de leurs souffles et quelques considérations qui se voulaient réconfortantes. Et on était repartis. C'était un cauchemar. Un cauchemar tout blanc.

39

Elles les rattrapèrent la nuit suivante, au refuge du Loup Mathieu, vers dix-neuf heures. Le ciel était une perfection de soufre noir, piquée de mille diamants. Lola était médusée par le silence compact, par l'invraisemblance du chemin parcouru. Pendant des heures, leur duo s'était tu. Ingrid attendait Lola. Ingrid souriait à Lola et on repartait. On s'économisait. Lola avait trouvé une ressource cachée au tréfonds de ses veines et de ses fibres musculaires, un étrange système de pilotage automatique qui maintenait le gouvernail, permettait au cœur de battre, aux poumons de gonfler dégonfler, au cerveau de rester sous tension.

Le refuge rassemblait une dizaine de skieurs. Un couple isolé sur une mezzanine et huit autres personnes qui formaient un groupe. Des hommes seulement. Cinq jouaient aux cartes. Les autres commentaient la partie. Parmi eux, un quinquagénaire aux cheveux décolorés par le soleil, à la complexion de montagnard chevronné, à l'autorité naturelle d'un chef.

Ingrid et Lola échangèrent les formules de politesse d'usage et déballèrent leurs sacs de couchage. Elles se partagèrent quelques provisions, adoptèrent sans effort la pose de randonneuses ayant gagné leur repos du soir et écoutèrent les conversations. Les compagnons du blond l'appelèrent Pierrot à plusieurs reprises, évoquèrent la Croix-Rousse proche.

Ingrid s'endormit vite. Emballée dans son sac de couchage argenté d'où dépassaient quelques mèches en brindilles, elle ressemblait à un énorme ver luisant. L'idée plut à Lola qui n'hésita pas à se coller contre son dos pour y puiser la chaleur animale. Elle mit du temps à trouver le sommeil. Mille trains passaient au ralenti sous ses yeux et elle n'arrivait plus à courir assez vite pour les rattraper. Elle essaya de se perdre dans la respiration d'Ingrid qui bientôt se confondit avec la chanson d'un torrent proche. Elle y réussit.

Une porte s'ouvrit dans son rêve et elle sentit un courant d'air sur son visage. Elle était consciente de rêver mais n'avait nulle envie de se réveiller, nulle envie de quitter son sac de couchage pour affronter la montagne et ses sortilèges glacés. Quelque chose la poussa à nager vers la surface de la réalité. Comme si le refuge menaçait de prendre feu. Elle ouvrit les yeux, vit le corps endormi de l'Américaine à ses côtés. Il y avait une odeur de fumée désagréable, celle d'une cigarette. Elle se redressa, écouta les ronflements mêlés autour d'elle. Prit la lampe de poche coincée dans une de ses poches et éclaira l'emplacement de Pierrot Normann alias Pierre Norton. Vide. Lola secoua Ingrid mais n'obtint aucun résultat. Certains ont besoin pour émerger qu'on hurle leur nom ou qu'on les secoue comme des pruniers. Ingrid était peut-être de ce bois-là. Il fallait éviter de réveiller les randonneurs.

Lola enfila sa combinaison, son bonnet, ses gants et sortit. Le halo de sa lampe heurta la barrière du brouillard, dessinant un rond opaque où dansaient de gros flocons. Elle tourna péniblement sur elle-même – elle avait de la neige au-delà des genoux –, éclaira la masse indéfinie du refuge puis celle d'un amas de rochers repéré en arrivant. Elle abaissa le jet lumineux vers le sol et repéra les traces de Norton. Elle marcha une vingtaine de mètres, à pas laborieux, ses snow-boots crissant dans le silence ouaté. Les traces bifurquaient sur la gauche. Lola décida de passer à l'offensive. L'occasion de parler en tête-à-tête, hors d'écoute des compagnons de Norton, ne se représenterait pas. En même temps, elle savait qu'il l'avait entraînée là volontairement, il n'avait aucune raison d'aller en griller une en pleine nuit dans soixante-dix centimètres de poudreuse. Il avait dû lui souffler la fumée de sa cigarette au visage pour qu'elle se réveille.

Elle l'appela par son vrai nom à plusieurs reprises, prononça le mot « police » mais sa voix retomba dans la neige. Alors elle attendit, le faisceau de sa lampe dirigé vers de hautes ombres grises.

– Qu'est-ce que vous lui voulez à Pierre Norton ?

– Savoir ce qu'il a fait à son fils pour qu'il devienne un meurtrier.

– Vous délirez ou quoi ?

La voix n'était pas purement interrogative, mais chargée d'agressivité. Lola enfila ses lunettes à filtre orange. Elle distingua vaguement son environnement. Les ombres grises devaient être une ligne de sapins et la voix venait de là. On entendait le torrent. Elle en déduisit qu'il y avait un ravin au-delà des arbres. Instinctivement, elle recula de quelques pas.

– C'était dans tous les journaux. Patrick Kantor a tué une jeune fille à Paris. Patrick Kantor, l'enfant que vous avez abandonné il y a douze ans.

– Vous êtes marchande de morale ?

Sur cette phrase, des pas rapides dans la neige. Lola éteignit sa torche et recula en essayant de retrouver les canyons creusés par ses snow-boots. Elle n'avait pas peur mais son corps était trop fatigué, il envoyait des messages confus à ses nerfs. Elle se mit à courir en zigzag pour l'embrouiller, comptant ses pas pour revenir régulièrement au centre et repartir et revenir. Mais il était guide de montagne. Il avait dû en voir détaler des lièvres blancs, ceux à qui Ingrid rêvait d'enfoncer un doigt dans le ventre ! Qu'est-ce qu'elle attendait pour rappliquer, la donzelle, nom d'un petit bonhomme !

Elle voulut hurler « Ingrid ! » et son appel se coinça dans sa gorge. On lui broyait les côtes. Il venait de la ceinturer. Ils tombèrent. Le gant de Norton masquait sa bouche, les boursouflures du tissu lui donnaient envie de vomir. Son haleine chauffait la tempe de Lola. Il murmura :

– Dis-moi pour qui tu bosses ! Tu n'es pas flic, sinon tu serais venue avec les gendarmes.

Il dégagea sa main à moitié. Elle articula :

– Je *suis* venue avec les gendarmes, abruti. Ils arrivent.

– Tu me prends pour un con. À toi de voir. Allez, on se relève.

Il la tira et l'entraîna. Elle essaya de lui donner des coups, de crier, mais elle n'avait plus d'énergie. Le froid l'engourdissait. Elle avait perdu le sens de l'orientation. Mille pensées confuses convergèrent vers une même sensation. Celle d'être arrivée à la racine du mal. Ce mal auquel elle n'avait jamais cru. Un mal protéiforme. Celui que portait un père qui l'avait transmis à son fils. En même temps, elle se refusait à des analyses aussi simplistes. Il n'y avait que ces foutus Américains pour voir le monde en noir et blanc, en bien et mal. Cette nation d'hommes d'action qui ne réfléchissaient qu'après avoir agi. Les sudistes étaient les raffinés, les nordistes les hommes d'action. Et le Sud a perdu, n'est-ce pas ? Mais qu'est-ce que tu fous, Ingrid, nom d'un saint-bernard ! Puisqu'on parle d'action, c'est le moment ! Lola essayait de se faire rire mais ça ne marchait pas. Elle entendait le souffle de l'autre. Rien d'asthmatique. Oh non, seulement du solide. De la turbine bien huilée, de l'athlétique. Il soufflait dur mais il tirait, il tirait. Et maintenant, elle savait qu'ils avaient fait un bon bout de chemin dans la nuit, tous les deux, lui avec ses yeux à infrarouges de trappeur, elle avec sa grosse fatigue. Parce qu'elle entendait le torrent rouler sa fureur en contrebas. Un son d'une grande cruauté qui condensait la magnifique, la hiératique indifférence de la nature. Elle avait commis la plus grosse erreur de sa longue vie de flic en sortant seule de ce foutu refuge.

Elle tenta de se faire plus lourde encore, impossible à traîner, mais cet homme avait la force d'un ours et la tractait vers le torrent. Elle savait qu'il voulait la balancer vers son lit de rochers. Elle s'y fracasserait. Ensuite, il irait chercher Ingrid. Il la tuerait de la même manière. Et la neige avalerait les traces. Et demain, la troupe quitterait le refuge à l'aube sur les pas de son guide, laissant derrière elle deux formes endormies dans des sacs de couchage. Deux leurres. Il faudrait des semaines avant qu'on retrouve leurs cadavres congelés.

– Lolaaaa ! Lolaaaa ! Lolaaaa !

Ça pouvait être une hallucination auditive. Le mélange de la furie du torrent et d'une bribe de vent, la plaisanterie d'un oiseau nocturne. Mais ça pouvait aussi être Ingrid Diesel. Dans un sursaut d'espoir et de force, Lola Jost tira Norton, le fit basculer avec elle. De nouveau la morsure glacée ; elle batailla pour sortir sa lampe de sa poche, et du bout du bras lança des signaux lumineux frénétiques tout en rampant dans la neige et la caillasse. En même temps, elle hurlait le nom d'Ingrid, elle avait la bouche pleine de neige mais elle hurlait quand même malgré le corps de l'homme qui la frappait de partout, cet homme désespéré qui grognait, boule de rage aveugle.

Mais Ingrid arriva. Elle lui cria de lui donner la lampe. S'ensuivit une bagarre où Ingrid lui ordonnait d'agripper les pieds de Norton tandis qu'elle le frappait à coups de lampe. Puis Ingrid poussa un vrai cri de furie et on entendit un choc, comme un craquement. Et un autre cri, celui de Norton, plus étouffé, et qui finit en gémissement.

Elles se retrouvèrent ahanant au-dessus du corps de Norton assommé, les muscles anéantis, la cage thoracique au bord de l'explosion, leurs têtes l'une contre l'autre dégoulinantes de neige, leurs voix cassées.

Ingrid attendit de retrouver son souffle :

– J'ai cassé la torche. Il va falloir le ramener dans le noir.

– Une petite… minute encore… je suis trop… détériorée, articula Lola.

– *No way, Lola ! Now !*

Il y avait un infirmier parmi les skieurs de l'expédition. Il s'était occupé de Lola et lui avait bricolé une attelle avec les moyens du bord, la trousse de secours de Pierre Norton et des sacs en plastique. Le groupe de randonneurs attendait la venue de la gendarmerie. Ils tapaient le carton mais sans conviction. Ils feignaient de ne pas écouter la conversation qui se déroulait entre leur guide et les deux femmes qu'il avait failli occire en les précipitant dans un ravin. Norton était ficelé avec une couverture découpée en lanières et semblait résigné à son sort.

– J'étais venue t'interroger à propos de Patrick, pour essayer de le comprendre, pour nouer deux ou trois fils un peu lâches, par-ci par-là. Ta réaction a été bien disproportionnée, Pierrot Norton.

Il la regardait sans aménité mais sans grand intérêt non plus. Ce qu'il craignait le plus depuis douze ans avait eu lieu. Le reste n'était que routine. Encore un peu et on l'embarquerait. Mais Lola voulait savoir de quoi il retournait.

– J'ai d'abord cru que tu étais l'amant caché de Rinko Yamada-Duchamp. J'ai compris ensuite que j'étais vraiment à côté de la plaque sur ce coup-là.

– Pas qu'un peu, lâcha-t-il avec un sourire amer.

À la bonne heure ! Il se décongelait. Lola sentait Ingrid qui gigotait à côté d'elle. Elle avait bien du mal à dissimuler son agacement. Ce type avait failli les tuer et il faisait durer le suspense, se croyait dans un soap opera à l'américaine.

– Ton témoignage l'aidera, tu sais. La tôle à vie à dix-huit ans, ce n'est pas franchement de la rigolade. Tu lui dois bien ça.

Elle le laissa hésiter pendant une longue minute. Elle le sentait reparti dans un passé qu'il avait essayé à toute force d'oublier derrière une barrière montagneuse, d'engloutir sous des tonnes de neige. Soudain, il lui vint des larmes. Lola savait que tout remontait à la surface. Elle avait vu maintes fois cette expression, cet abandon qui affleurait. Il fallait laisser couler, ne plus interrompre, ça allait rouler comme les pierres dans ce fichu torrent qui avait failli leur servir de tombe.

– J'ai voulu comprendre. Je suis allé voir la Japonaise. Pour parler. Mais elle n'aimait pas parler. Elle était secrète et se foutait de moi avec ses sourires pointus. Elle n'avait qu'une envie : que je m'en aille avec mes questions idiotes pour retourner à ses foutus chefs-d'œuvre. La haine m'a pris. Ça a été ma minute. Celle où le sort m'est tombé sur la gueule. La saloperie de minute qui a changé ma vie.

Les larmes coulaient sur les joues de Norton. Il n'y eut plus que ses reniflements pour découper le silence. Le jeu de cartes avait cessé. Les trépignements d'Ingrid Diesel aussi.

– Je l'ai tuée en lui serrant le cou. Je l'ai transportée jusqu'à la chambre. Je voulais maquiller sa mort en crime passionnel. Je lui ai enlevé ses vêtements et j'ai commencé à l'attacher… aux barreaux du lit…

Lola visualisait la scène. En même temps, elle y superposait celle que Barthélemy lui avait racontée, celle de la mort de Vanessa. Le crime du père, le crime du fils. L'un sur l'autre. À treize ans d'intervalle. Norton n'arrivait plus à finir. Lola continua à sa place :

– Le gamin était là. C'est ça ?

– Je ne sais pas depuis quand. J'ai attaché les chevilles de Rinko aux barreaux du lit et au moment de passer aux poignets, je… je l'ai vu. Patrick. Il était là. Il m'avait suivi depuis la maison. Je ne savais plus quoi faire. Je réfléchissais en marchant dans la rue, sa main dans la mienne. Il ne parlait pas.

Lola superposait deux autres scènes. Une vraie, une fausse. Celle où Patrick regardait son père attacher les chevilles de Rinko morte. Celle qu'elle avait imaginée pour déstabiliser Patrick : Constantin assistant au meurtre de Vanessa. Sans le savoir, elle avait tiré dans le mille. Mais elle n'en éprouvait aucune satisfaction.

– On est rentrés chez nous. Renée était encore à la librairie. J'ai couché Patrick et je lui ai fait prendre un somnifère. Pendant qu'il s'endormait, je lui murmurais à l'oreille qu'il avait fait un cauchemar, que rien de vrai n'avait eu lieu.

– Et puis tu as plié bagage et tu es parti. Comme ça.

– Oui, comme ça. Je pensais qu'au matin Patrick parlerait. Qu'il leur dirait ce qu'il avait vu mais…

– Mais Patrick n'a jamais rien dit.

– Non, pendant douze ans, Patrick n'a jamais rien dit.

Tout le monde se tut. Un peu plus tard, on entendit le bruit du moteur et des pales. Puis des voix dans un mégaphone. Lola se releva et marcha jusqu'à la porte qu'elle ouvrit sur le froid glacial de la nuit. Comme si elle n'avait pas entendu l'hélico de la gendarmerie, Ingrid dit d'une voix douce, un rien étrange :

– *Frost in the past.*

40

Le commandant de gendarmerie Aurélien Passart avait du mal à comprendre ce qui avait amené Lola Jost, ex-flic du ciat de la rue Louis-Blanc, Paris 10e, et Ingrid Diesel, masseuse de son état, domiciliée passage du Désir dans ce même arrondissement, à venir traquer Pierre Norton, un Parisien ayant refait sa vie en Savoie sous le nom de Pierre Normann. Il se faisait réexpliquer l'histoire par une Lola équipée d'une attelle au bras droit et d'un coquard à l'œil gauche. Ingrid buvait tranquillement son café en écoutant sa compagne. Elle trouvait qu'elle s'en sortait très bien. Le commandant commença à y voir plus clair lorsqu'il put joindre au téléphone le lieutenant Jérôme Barthélemy et faire le lien avec l'affaire Vanessa Ringer. Parler à un vrai flic dans l'exercice de ses légitimes fonctions le rassura. La promesse de l'arrivée, par le TGV de seize heures vingt-sept, dudit lieutenant finit de le convaincre qu'il n'avait pas affaire à une dangereuse paire d'illuminées. Ingrid et Lola précisèrent qu'elles seraient joignables à l'hôtel des *Clochettes d'argent*.

Le commandant Passart sembla soulagé de les voir lever le camp.

Jérôme Barthélemy mourrait d'envie d'aider la patronne à découper son jambon de pays. Empêchée de manier le laguiole à cause de cette vilaine attelle, elle bataillait dur contre une superbe raclette. Lola lui abandonna la découpe du jambon et se concentra sur la bouteille de roussette, un vin qu'elle jugeait « très convenable ». Quant à l'Américaine, elle n'y allait pas de main morte et faisait un sort à la savoureuse charcuterie de pays, aux pommes de terre fumantes qu'elle noyait sous le fromage chaud. C'était très communicatif de voir cette femme manger. Barthélemy considérait cette grande blonde un rien fantasque avec d'autant plus d'intérêt qu'il venait d'apprendre qu'elle avait sauvé la vie de Lola Jost. Rien que ça. Le lieutenant n'avait pas pu s'empêcher de lui serrer longuement la main et de la féliciter à plusieurs reprises. D'ailleurs, il en avait le cœur encore tout chaud. Il y alla de nouveau de son compliment.

– Ah, mademoiselle Diesel, je ne vous remercierai jamais assez !

– Tu nous fatigues, mon garçon, dit Lola de sa voix bourrue. Ingrid m'a sauvée, c'est une affaire entendue. On ne va pas faire le réveillon là-dessus.

– Moi, je resterais bien ici pour le réveillon, dit Ingrid en raclant encore une bonne dose de fromage, c'est chouette !

– Il nous faut pourtant rentrer, ma fille. On n'a pas tout à fait fini notre travail. Il y a encore deux ou trois fourberies à élucider.

Barthélemy sourit à la patronne. Demain, il embarquerait Norton à Paris. Mais ce soir, il s'amusait comme un petit fou. La grande Lola était de retour. Cabossée, à moitié éborgnée, claudicante mais debout. Ô combien debout. Elle avait élucidé l'affaire Vanessa Ringer, elle avait résolu un meurtre vieux de douze ans. Et elle en voulait encore. Comme elle voulait encore de cette raclette, de cette roussette. Quelle merveilleuse santé ! Ah, c'était autre chose que les chipotages du Nain. Et d'ailleurs ça ne valait même pas le coup d'y penser à celui-là.

– Mais de quoi tu parles, Lola ?

– De Chloé Gardel et Khadidja Younis, pardi. Ces deux gamines me doivent une explication. Et je l'aurai.

L'Américaine poussa un soupir qui lui fit des joues de hamster, dit une grossièreté du genre « *Why is this so fuc-*

king important to you ? », et finit par hausser les épaules. Elle faisait équipe avec la patronne depuis trop peu de temps pour avoir tout compris. Normal, il fallait des années de pratique pour approcher la vérité. Et encore.

41

La plaque en cuivre annonçait « Sonnez et entrez ». Alors Lola Jost sonna et entra, Ingrid Diesel et Khadidja Younis sur ses talons (elle n'avait pas eu son mot à dire, Lola l'ayant menacée de parler du sac bourré de billets à Grousset si elle n'obtempérait pas). Il n'y avait qu'un homme dans la salle d'attente. Il ne leva pas son nez de son journal économique lorsqu'elles y pénétrèrent. Lola demanda au monsieur :

– Pardonnez-moi. C'est bien une jeune fille brune et un rien boulotte qui vient d'entrer dans le cabinet du docteur Léger ?

– Mais oui, madame. Pourquoi ?

– Il s'agit de ma petite-fille, monsieur. Et, à tout hasard, vous ne sauriez pas où se trouve le chien ?

– Mais quel chien, madame ?

– Le dalmatien du docteur Léger. Il a dû le faire sortir du cabinet avant l'arrivée de ma petite-fille. Du moins je l'espère, car elle est affreusement allergique aux poils. Et je voulais être sûre qu'il n'avait pas oublié.

L'homme haussa un sourcil circonspect, hésita mais finit par répondre :

– Je crois que le dalmatien est dans la cuisine.

– Parfait, dit Lola.

Puis elle murmura brièvement à l'oreille d'Ingrid. Enfin, elle pénétra seule dans le cabinet du docteur Léger.

Le psychanalyste montra un léger étonnement. Il était assis dans son fauteuil habituel, vêtu d'un de ses pantalons de velours familiers. Sa chemise était rose et son gilet d'un beau beige chaud. En jean et gros pull informe, Chloé était allongée sur le divan bleu, les mains croisées sur son ventre. Elle sursauta. Puis se tourna, suppliante, vers Antoine Léger.

– Il y a une urgence, madame Jost ? demanda calmement le psychanalyste.

– Tout dépend de la définition que vous donnez à ce mot, docteur Léger. Pour moi, c'est une urgence qui date de trois ans.

Et Lola attaqua le vif du sujet. Un sujet qui plongeait ses racines dans la cour du lycée Beaumarchais au beau milieu d'une rivalité amoureuse entre un pion et un élève indiscipliné. Si indiscipliné qu'il avait été viré. Pour autant, si Farid Younis s'était désintéressé de ses études et leur avait préféré l'apprentissage des lois de la rue, il continuait de voir Vanessa. Il avait constaté qu'elle faisait les yeux doux à Grégoire Marsan. Et il avait détesté ça. On ne pouvait pas donner le détail de ce qui s'était passé entre Farid Younis et Grégoire Marsan, le lent travail insidieux de la jalousie, la comptabilité des menaces, l'escalade des insultes, voire des coups. On ne pouvait pas et ça n'avait pas grand intérêt.

– En revanche, on peut revenir sur le meurtre de Grégoire Marsan. Sur la mort donnée au couteau. Sur son corps jeté dans le canal Saint-Martin, et englouti par l'écluse des Récollets. Chloé, que peux-tu nous dire au sujet du meurtre de Grégoire Marsan ?

– Mais rien, madame… rien.

– Lola, vous allez trop loin. Je ne vous aurais jamais cru capable d'interrompre une de mes consultations…

– Je n'interromps rien, Antoine. Je mets les pieds dans le plat. Ce qui n'est pas la même chose. Convenez-en.

L'élégant psychanalyste eut une moue dubitative. Lola sourit et ajouta :

– Et je vais peut-être vous aider à faire un bond en avant. Alors, Chloé, ne crois-tu pas qu'il est grand temps de parler ? D'ouvrir enfin ton cœur ?

– Je ne sais rien.

– Vanessa a essayé d'expier en se dévouant pour les autres. Elle a aussi tenu un journal. Sur les conseils intéressés de Patrick Kantor. Mais ça ne lui a pas réussi. Le jeune Kantor y a découvert un secret dangereux. Un secret que tu connais.

– Mais non !

– Khadidja se drape dans sa dignité. Toi, tu vomis ta trouille à intervalles réguliers. Ça ne peut plus durer, ma fille. Tu le sais bien.

– Je ne vois pas de quoi vous parlez.

– Bon. Comme tu voudras.

Lola claudiqua vers la porte, l'ouvrit avec sa main valide et appela Ingrid. L'Américaine arriva avec Sigmund en laisse. Khadidja suivait, la mine sombre. En apercevant Chloé, le chien freina des quatre pattes. Ingrid tira sur la laisse et la bête et referma la porte derrière elle. Sigmund gardait la gueule basse, les yeux obstinément fixés sur les boots d'Ingrid. Chloé regardait le bel animal comme s'il s'agissait d'un chien fantôme. Elle était devenue livide et sa bouche tremblait. Antoine Léger se leva. Il avait l'air très mécontent. Lola l'arrêta d'un geste.

– Désolée d'avoir recours à des manières que vous jugez certainement brutales.

– C'est le moins que l'on puisse dire, madame.

– Pourquoi ne supportes-tu plus la vue de Sigmund, Chloé ? Hein, pourquoi ?

Chloé était raide comme une statue. Elle resta pétrifiée un long moment, puis se tourna vers son psy.

– C'est à toi de décider, Chloé, dit Antoine Léger.

La petite avala sa salive puis elle s'écarta du divan comme si son geste avait une puissance symbolique. Du moins c'est ce qu'espérait Lola. Ingrid s'accroupit et se mit à caresser le chien. Lola se dit que ça aussi c'était un beau geste. Un geste bien à propos qui dédramatisait la situation comme une main posée doucement sur une joue, sur une épaule. Mais pour l'instant, elle savait d'instinct qu'il ne fallait surtout pas toucher Chloé. Ne pas toucher cette gamine qui se bagarrait contre la peur enroulée dans sa chair. Chloé parla d'une voix mal assurée.

– Vanessa plaisait à tous les garçons. Cette nuit-là… pour s'amuser… elle avait donné rendez-vous à Greg, près de l'écluse. C'était l'heure de la promenade du chien, on était là toutes les trois. Greg est venu… plein d'espoir. Je ne sais pas comment Farid l'a su mais il est arrivé lui aussi. Il a vu Vanessa, il a vu Greg. Il est devenu fou. Ils se sont bagarrés mais Farid avait la rage. J'étais… terrorisée. Je… serrais mon chien contre moi. Vanessa et Khadidja essayaient de les arrêter. Farid… Farid a sorti un couteau. Il y a eu du sang. Beaucoup de sang. Il a traîné Greg, il l'a jeté à l'eau. Et après… il a juré de nous tuer si on parlait. Après ça, au lycée, ça n'a plus été. Plus rien n'a été. J'ai abandonné mon dalmatien parce que chaque fois qu'il me regardait, je lisais… un reproche dans ses yeux qui avaient tout vu.

Chloé se réfugia dans les bras d'Antoine Léger et se mit à sangloter. Il resta debout les bras ballants puis les resserra sur sa patiente en jetant un regard sévère à Lola puis à Ingrid.

– La psychanalyse, c'est comme dans le cinéma ou la police, on attend beaucoup trop, lança Ingrid au psy, puis elle sortit du cabinet.

Sigmund fila sur ses talons.

Pendant que Chloé pleurait dans les bras du docteur Léger, Lola demanda à Khadidja de lui parler de l'argent. La jeune fille raconta.

– Qu'est-ce que tu comptais en faire, ma fille ?

– Le donner à une association pour les enfants roumains, répondit-elle sans hésiter. C'était la volonté de Vanessa. Mon frère me l'a dit. Et de toute façon, je n'ai jamais eu l'intention de le garder.

– Je te crois.

– Vraiment ?

– Vraiment. Tu vaux nettement mieux que ce que tu crois, ma fille.

– Et vous nettement mieux que ce que je croyais.

– Bon, maintenant qu'on a fini de se jeter des brassées de compliments à la tête, que comptes-tu faire au sujet de Maxime ? Parce qu'il ne sait rien, n'est-ce pas ?

Khadidja se contenta de hausser les épaules. Et puis, pour se donner une contenance, elle alla s'asseoir sur le divan bleu.

– J'ai peur qu'il me méprise. Je me suis tue pendant si longtemps à propos de Greg. J'ai manqué de courage.

– Eh bien, c'est le moment d'en avoir. Raconte-lui l'histoire complète. Une bonne fois pour toutes. On ne construit rien sur des fondations pourries. Et puis j'ai toujours pensé qu'il valait mieux avoir des remords que des regrets.

Khadidja Younis et Chloé Gardel étaient fidèles au poste. Elles faisaient le service comme à l'accoutumée mais Chloé évitait de s'attarder dans le périmètre de Lola Jost. Le plat du jour étant une somptueuse pintade rôtie en croûte de sel accompagnée de sa purée de pois chiches, Lola l'avait commandée sans marquer la moindre hésitation. Ingrid avait opté pour un tartare poêlé, accompagné de frites.

– Il ne va pas falloir que tu traînes trop, ma fille.

– Et pourquoi ? demanda Ingrid. J'ai l'intention de prendre un dessert. Samedi, c'est le jour de la mousse au chocolat. Maxime la réussit toujours à ravir.

– Tu as un rendez-vous à quatorze heures tapantes. Pour un massage thaï.

– Première nouvelle.

– Si, si. Je t'assure.

– Qu'est-ce que tu as fabriqué, Lola ?

– J'ai passé un coup de fil à l'apprenti cinéaste.

– Benjamin Noblet !

– Lui-même. De fil en aiguille, on en est venus à parler de toi. Ça n'a pas été difficile. Ce type avait naturellement envie qu'on lui parle de toi. Il avait d'ailleurs passé une annonce dans le journal pour te retrouver. Un truc cérébral du genre : « Marcel Cerdan recherche désespérément Wonderwoman… » Mais apparemment tu ne lis pas le journal. Peut-être le *Herald Tribune*, de temps en temps, non ?

Ingrid se recula dans sa chaise pour mieux croiser les bras et travailler son air farouche.

– Je n'ai pas besoin d'une seconde mère, Lola. La mienne m'a amplement suffi.

– Parce que tu crois qu'une mère jetterait sa fille dans les bras d'un cinéaste en herbe, un cinéaste gore qui plus est ? J'ose espérer que non, Ingrid. Sinon, ça voudrait dire que tout va encore plus mal aujourd'hui qu'hier et bien moins que demain.

– Tu me balances ton ironie au visage comme un écran de fumée, Lola, mais ça ne marche pas. Tu es bel et bien en train de me forcer la main.

– Forcer la main d'une masseuse est un défi intéressant.

– Et hop, une nouvelle pirouette. Je voudrais au moins t'entendre avouer que tu es terriblement autoritaire. Au moins ça, Lola.

– Tu n'y es pas du tout. Je suis pire. Écoute bien, tu vas comprendre. Ce soir, je prends l'avion de dix-neuf heures trente. Il m'emmènera à Singapour où je compte passer Noël pour la première fois de ma vie. J'ai deux poupées à livrer.

Petite pause, et ce regard énervant qui persistait.

– Et alors ? lâcha Ingrid d'un ton impatienté.

– Je t'ai acheté un billet.

– *What ?*

– J'avais l'intention de te l'offrir en guise de cadeau de Noël et pour te remercier d'avoir sauvé ma vieille carcasse. Et puis m'est venue une idée. J'allais te laisser choisir ton cadeau. Alors voilà, tu choisis. Et si tu dis non pour l'avion, ne t'inquiète pas. Une vieille copine d'Air France m'arrangera le coup.

Ingrid plissa les yeux pour tenter de lire l'expression de Lola. Mais autant analyser le sourire du chat fou d'*Alice in Wonderland*. C'était peine perdue. Elle réfléchit, rembobina la conversation et arriva à une conclusion qui lui fit tendre son avant-bras :

– Pince-moi, je veux savoir si je rêve. Ton choix de cadeau c'est Benjamin Noblet ou Singapour, c'est bien ça ?

– Pas besoin de te pincer. Autour de toi tout est on ne peut plus réel, ma fille.

– Je peux aussi choisir de sortir d'ici et d'aller faire une grande balade dans Paris pour me laver la tête. Tu n'avais pas pensé à ça !

– Refuser un cadeau n'est guère recommandable, Ingrid. Quant à la grande balade dans Paris, c'est une fuite en avant. Je te l'ai déjà dit. Allez, maintenant il faut choisir. Du courage, ma fille. Tu peux le faire.

Chloé arriva avec son petit carnet, son crayon, et demanda ce que ces dames prendraient comme dessert.

– Un calva, répondit Lola.

– Rien, dit Ingrid. Mon appétit vient de prendre l'avion pour Singapour.

– Alors, ma fille, tu restes à Paris ou tu pars le retrouver sous l'équateur, ton appétit ?

– Je reste. Et d'ailleurs il faut que je m'agite un peu si je veux être à l'heure. Tu as bien dit « thaï » ?

– C'est ce que j'ai dit.

– Bon, eh bien… joyeux Noël, Lola.

– *Merry Christmas*, Ingrid, et à l'année prochaine.

Chloé Gardel suivait la conversation d'un air inquiet. Elle vit Ingrid Diesel se lever et partir vers la porte. Elle souriait. Lola Jost aussi.

– Encore une que les robots n'auront pas, dit l'ex-commissaire en se tournant vers Chloé. Ça fait plaisir.

– Bien sûr, madame Lola. Vous prendrez peut-être une mousse au chocolat avec votre calva. Samedi, c'est le jour de la mousse au chocolat…

– Non, ma fille. Je prendrai un calva avec mon calva.

– Bien sûr, madame Lola.

– Et cesse de dire « bien sûr » à tout bout de champ. Surtout si tu n'es sûre de rien. Parce que, vois-tu, l'essentiel c'est de croire dur comme fer à ce qu'on fait même si on fait n'importe quoi. Tu es musicienne, tu devrais le savoir. C'est la même chose pour un acteur, un romancier ou un détective amateur. Tu comprends ?

– Non.

– Pas grave. Ça viendra, ma fille, ça viendra.

Dans la même collection, Chemins Nocturnes

Fred Vargas
Ceux qui vont mourir te saluent
Debout les morts
(Prix Mystère de la Critique 1996 – Prix du Polar de la ville du Mans 1995)
L'Homme aux cercles bleus
(Prix du festival de Saint-Nazaire 1992)
Un peu plus loin sur la droite
Sans feu ni lieu
L'Homme à l'envers
(Grand Prix du roman noir de Cognac 2000 – Prix mystère de la Critique 2000)
Pars vite et reviens tard
(Prix des Libraires 2002 – Prix des Lectrices ELLE 2002)

Fred Vargas/Baudoin
Les Quatre Fleuves
Prix ALPH-ART du meilleur scénario, Angoulême 2001
Coule La Seine

Colette Lovinger Richard
Crimes et Faux-semblants
Crimes de sang à Marat-sur-Oise
Crimes dans la cité impériale
Crimes en karesme
37e Parallèle

Estelle Monbrun
Meurtre chez tante Léonie
Meurtre à Petite-Plaisance
Meurtre chez Colette

Sandrine Cabut/Paul Loubière
Contre – Addiction

Maud Tabachnik
Un été pourri
La Mort quelque part
Le Festin de l'araignée
Gémeaux
L'Étoile du Temple
Fin de parcours

Jean-Pierre Maurel
Malaver s'en mêle
Malaver à l'hôtel

Philippe Bouin
Les Croix de paille
La Peste blonde
Implacables Vendanges
Les Sorciers de la Dombes

Liliane Korb/Laurence Lefèvre
Sang dessus dessous

CET OUVRAGE
A ÉTÉ ACHEVÉ D'IMPRIMER
SUR ROTO-PAGE
PAR L'IMPRIMERIE FLOCH
À MAYENNE EN JUILLET 2005

N° d'éd. 145. N° d'impr. 63488.
D.L. avril 2004.
(Imprimé en France)